中国古典诗词

名家菁华赏析丛书

白居易诗歌赏析

马　玮 主编

商務印書館国际有限公司

丛书主编

马　玮

本册撰稿人

马佳明

丛书编委

（按音序排列）

曹晨曦　方周立
胡连彬　马佳明
马静婉　马　骎
马　玮　南　方
徐　斌　杨二宁
杨　芳　杨　敏
张　一

总　目

说　明

一、本书选取唐代诗人白居易不同时期不同风格的代表性诗歌100首。

二、所收诗以《全唐诗》为底本，同时参考其他版本。

三、所收诗按照创作年代的先后顺序排列。

四、正文前撰有白居易简介，内容涉及诗人的生卒年、名号、籍贯、主要仕历或人生经历、创作经历、创作特点、他人评价或在文学史上的地位等。

五、诗原文后列有对一些难解字词、生僻字、历史词、方言词、古地名、出典、重要事件等的注释。

六、每首诗都设有题解，内容包括诗的类型、写作背景（或人物关系）、思想内容以及其他需要交待的内容等。

七、每首诗都有赏析，主要阐述诗所蕴含的文学性和思想性，对于比较难懂的诗，一般有逐句翻译式的串讲，有名句的，大都给予点出。

八、一般对一首诗撰写一篇赏析文字，某些内容联系紧密的组诗，也有合撰一篇的情况。

九、本书使用简化字和现代汉语标点，在可能有歧义时，酌用繁体字或异体字。

十、行文中涉及的年份，一般用旧纪年，其后括注公历纪年，“年”字从略。

十一、行文中如涉及与今地名不一致的旧地名时，在旧地名后括注今地名或其归属地。

序

梁　静

“中国梦”，这个富于诗意的名词，激发了国人对于未来的美好憧憬。这一梦想承载着每个华夏子孙的使命与担当，寄托着无数神州儿女的未来与希冀。中国梦更是面向未来的事业，需要一代又一代青少年励志成长成才，矢志逐梦圆梦，努力让美丽青春焕发绚丽光彩！

实现美丽的中国梦，必须走中国道路，弘扬中国精神，凝聚中国力量。在中华民族五千年悠悠文明史中积淀的优秀传统文化，无疑是凝聚民族精神的思想内核。一代文学大家巴金曾说：“我们有一个丰富的文学宝库，那就是多少代作家留下的杰作，它们教育我们，鼓励我们，要我们变得更好，更纯洁，更善良，对别人更有用。文学的目的就是要人变得更好。”这座文学宝库中，唐诗宋词等闪耀着瑰丽光芒的奇葩，历千年而不朽，给世人以丰润的精神滋养：这里有杜甫“穷年忧黎元，叹息肠内热”的忧国忧民的伟大情怀；有李白“仰天大笑出门去，我辈岂是蓬蒿人”的自我肯定；有王维“行到水穷处，坐看云起时”的随缘自适；有李商隐“春蚕到死丝方尽，蜡炬成灰泪始干”的无私奉献；有苏轼“莫听穿林打叶声，何妨吟啸且徐行。竹杖芒鞋轻胜马，谁怕，一蓑烟雨任平生”的淡定、旷达。每每读之，掩卷沉思，这些诗词不仅给我们带来了唯美的精神享受，帮我们构筑起永恒的精神家园，同时，让我们的人生变得更加诗意。

众所周知，文学即是人学。无论是文学创作，还是文学阅读，出发点与归宿都是“人”，是人的心灵，人的情感，人的精神。“古人为诗贵于意在言外使人思而得之”（司马光语）。对于正处在接受德育、修养品性最佳年龄段的青少年来说，大量阅读唐诗宋词等经典作品，不仅能够让他们突破时空的限制，与千年之远、万里之外的人、生物乃至宇宙的一切生命进行对话，进行思想的沟通与心灵的交流；而且能够让他们从中汲取丰富的精神养料，以此陶冶性情与提高修养；同时，还能够让他们从先贤的境遇中学会如何面对人生，解决人生的种种问题，最终成长为具有美丽心灵的健全的“人”。

此外，大量阅读经典也能够让青少年对汉语的魅力有更深刻的感受。汉语是世界上最精练的语言文字，唐诗宋词则将汉语的这种优势发挥得淋漓尽致。在这些文学大师的笔下，语言就像是被赋予了生命一般，富有灵气，蕴藉深邃。

随着“国学热”“汉语热”的回潮，以凝聚着民族和时代精神的“文学名作”为主体的大量青少年课外读本被开发、推广。商务印书馆国际有限公司出版的这套中国古典诗词名家菁华赏析丛书，首批十本，分别选取了唐代开宗立派的诗人，如王维、李白、杜甫、白居易、杜牧、李商隐，以及宋代成就卓著的词人，如柳永、苏轼、李清照、辛弃疾。每本选取一位诗词大家的具有代表性的作品近百篇，在尽可能尊重原作意旨的基础上，进行深层的赏析与阐发；同时，对作品的创作背景简单介绍，做到知人论世。至于诗作版本方面，则择善而从，一般不作校勘说明。

这套书应时而出，定会对广大青少年提高审美鉴赏能力、提升思想境界起到积极的作用。

白居易简介

白居易（772—846），字乐天，号香山居士、醉吟先生。因曾任太子少傅，故世称“白傅”。谥号“文”，又称白文公。白居易是唐代著名诗人、文学家，也是一位产生了世界影响的伟大诗人。

一、白居易生平

白居易生地郑州新郑（今河南新郑市）。少年时代因战乱颠沛流离五六年，对社会现状有了清醒的认识。白居易素有抱负，读书向来刻苦：“昼课赋，夜课书，间又课诗，不遑寝息矣，以至于口舌成疮，手肘成胝。”（白居易《与元九书》）唐德宗贞元十六年（800）进士及第，十八年（802）应拔萃科考试，入甲等，授秘书省校书郎，与好友元稹一起进入官场，后诗坛“元白”齐名。唐宪宗元和元年（806），罢校书郎，撰《策林》七十五篇，登“才识兼茂明于体用科”，授盩厔（今陕西周至）县尉。元和二年（807）回朝任职，十一月授翰林学士，次年授左拾遗。元和四年（809），与元稹、李绅等倡导新乐府运动。元和五年（810），改京兆府户曹参军，仍担任翰林学士。元和六年至八年（811—813），因母亲去世服丧退居下邽（今陕西渭南）。元和九年

（814）回长安，授太子左赞善大夫。元和十年（815），两河藩镇叛乱，刺客在长安刺杀了宰相武元衡。白居易率先上书请急捕刺杀武元衡的凶手。当朝大臣认为他是宫官，不该越职言事。这时又有人乘机诬陷，说白居易母亲因赏花而坠井身亡，白居易却写了《赏花》《新井》等诗，有伤礼教。于是白居易被贬为江州（今江西九江）刺史。中书舍人王涯又上书，认为白居易不宜治郡，于是追贬为江州司马。这次贬谪对白居易打击很大，他开始"吏隐"，思想从早年的"兼济天下"开始转向"独善其身"为主。

元和十三年（818），白居易改任忠州（今四川忠县）刺史。元和十五年（820），宪宗暴卒，穆宗李恒即位，白居易被召回朝廷，累迁中书舍人。因朝中朋党倾轧，白居易有意躲避政治中心，于唐穆宗长庆二年（822）请求外放，此后任杭州、苏州刺史，颇得民心。唐文宗大和元年（827），被征为秘书监，又除为刑部侍郎，但他自请分司东都（洛阳）。自大和三年（829）以后，白居易定居洛阳，先后任太子宾客、河南尹、太子少傅等职。在洛阳时白居易以诗、酒、禅、琴及山水自娱，常与刘禹锡唱和，时称"刘白"。唐武宗会昌二年（842）以刑部尚书致仕。会昌四年（844），出资开凿龙门八节石滩以利舟民。会昌六年（846）病逝，年七十五岁，葬于洛阳龙门香山琵琶峰，李商隐为其撰写墓志铭。

二、诗歌创作经历及特点

白居易一生留下近3000篇诗作，是唐代创作数量最多的诗人，也是继李白、杜甫之后最伟大的诗人。

白居易在江州时，曾整理、编集自己的诗歌作品，分讽喻、闲适、感伤和杂律四大类。《与元九书》说："自拾遗来，凡所遇所感，关于美刺兴比者，又自武德讫元和，因事立题，题为《新乐府》者，共一百五十首，谓之讽喻诗。又或退公独处，或移病闲居，知足保和，吟玩情性者一百首，谓之闲适诗。又有事物牵于外，情理动于内，随感遇而形于叹咏者一百首，谓之感伤诗。又有五言、七言、长句、绝句，自百韵至两韵者四百余首，谓之杂律诗。"大体上，前三类是古体诗，最后一类是近体诗；前三类中大致以内容区分，但也有参互交错的。在这四类诗中，白居易自己比较重视讽喻诗和闲适诗。他认为讽喻诗反映了“兼济之志”，闲适诗显示出“独善之义”，都是他人生目标的直接体现。

白居易《与元九书》云“文章合为时而著，歌诗合为事而作”。他主张直接关照当下重大的社会问题，用诗歌来反映时代的脉搏和社会的变迁，对社会上的不良现象进行纠正。他的作品涉及社会各个方面，像一面镜子，揭露出了许多社会弊端，为权贵所不满与仇恨。白居易诗歌创作中最精华的部分，是他的讽喻诗，其中包括《新乐府》50 首、《秦中吟》10 首等代表作。这些诗篇广泛反映了中唐时期社会生活各方面的重大问题，着重描写了现实的黑暗和人民的痛苦，如《观刈麦》《采地黄者》《重赋》《杜陵叟》等写农夫的辛苦和赋税剥削的沉重；《宿紫阁山北村》《卖炭翁》等写宦官的飞扬跋扈和宫市给人民带来的苦难；《轻肥》等揭露豪门贵族的穷奢极侈；《新丰折臂翁》等反映边防问题和战争给人民带来的灾难；《悲哉行》等为门第限制下人才受压制而抱不平；《井底引银瓶》《母别子》《上阳白发人》等为礼教束缚下妇女的悲惨命运发出控诉。在表现形式上，讽喻诗多数采用直赋其事的方法。《卖炭翁》《新丰折臂翁》《井底引银瓶》等，叙事完整，情节生动，刻画人情物态细致传神。

白居易的闲适诗多用于表现闲情逸致，抒写对归隐田园的宁静生活的向往和洁身自好的志趣，不少篇章还宣扬了乐天安命的思想。但这些诗也从侧面反映出他对现实社会的不满，说明他追求闲适，也只是无可奈何的自我解脱。

白居易的感伤诗写一时感触，而往往有深沉的寄托。著名的叙事长诗《长恨歌》和《琵琶行》最为脍炙人口，在诗人在世时就已“童子解吟《长恨曲》，胡儿能唱《琵琶篇》”。《长恨歌》歌咏唐玄宗李隆基和贵妃杨玉环的婚姻爱情故事，情绪感伤，寄托深微。诗中既写“汉皇重色思倾国”，导致昏庸误国，讽意明显；更写“天长地久有时尽，此恨绵绵无绝期”，感伤玄宗、贵妃爱情真挚缠绵，流露出作者的同情。《琵琶行》则是感伤自己生平坎坷的抒情叙事诗。在叙事抒情中，通过精美的意象来勾勒一个个画面，以变化的节奏把画面连接起来，跌宕起伏。诗人把自己和社会下层的歌伎相提并论，引为知音，这在中国诗史上并不多见。清朝诗人沈德潜在《唐诗别裁集》里评价“写同病相怜之意，恻恻动人”。这两首长诗叙事曲折，写情入微，加以绘声绘色的铺排描写、多方面的气氛烘托以及流转和谐的韵律声调，艺术上达到很高成就。

杂律诗在白居易诗作中数量最多。其中有价值的是一些耐人寻味的抒情写景小诗，如《赋得古原草送别》《钱塘湖春行》《暮江吟》《问刘十九》等，都能以白描手法，寥寥几笔勾画出生机盎然的境界，历来脍炙人口。

白居易诗歌的基本风格是平易浅切，明畅通俗。平易，是指用寻常的话，写寻常的事，明白自然，人人能够领略。所谓“郢人斤斫无痕迹，仙人衣裳弃刀尺”（刘禹锡《翰林白二十二学士见寄诗一百篇，因以答贶》），就是对于这种平易自然、浑成无迹的诗风的高度赞扬。白诗的平易，又是同叙写情事的直切畅达联系在一起的，意到笔随，挥洒自如，有很大的感染力。宋代僧人惠洪《冷斋夜话》记叙白居易作诗令老妪都解的传说，虽不必真有其事，而他的作品文字浅显，少用典故和古奥的词句，便于广大读者接受，则是有目共睹的事实。

三、白诗的流传与影响

白居易生前就诗名极盛，他的诗歌不仅在中国大地广泛流传，而且跨越国界，走向了世界。唐时有朝鲜商人来求索白诗，带回去卖给该国宰相，一篇值百金。日本皇室贵族习读、仿作白诗蔚然成风，而且白居易对日本文学的影响一直持续到近代。

白居易的诗歌对后世文学也有巨大影响。晚唐的皮日休、聂夷中、陆龟蒙、罗隐、杜荀鹤，宋代的梅尧臣、苏轼、陆游，一直到清代的吴伟业、黄遵宪等，都在不同方面、不同程度受到白居易诗风的启示。此外，元、明、清历代剧作家有不少人取白居易作品的故事为题材编写戏曲，如《长恨歌》演变为白朴的《梧桐雨》、洪昇的《长生殿》，《琵琶行》演变为马致远的《青衫泪》、蒋士铨的《四弦秋》等。白诗的词句，也有很多被宋、元、明话本所采用。

目　次

江南送北客，因凭寄徐州兄弟书

故园望断欲何如[1]？
楚水吴山万里余[2]。
今日因君访兄弟，
数行乡泪一封书。

注　释

① 故园：家乡。望断：望尽，望不见。
② 楚水吴山：泛指江南地区。

题　解

作者自注“时年十五”，这是白居易现存诗篇中最早的一首诗。白居易十一岁时，因两河藩镇战乱，由荥阳逃难到徐州符离（今安徽省宿州市北），不久又南下到越中，投奔在杭州做县尉的堂兄。作这首诗时白居易的父亲白季庚任徐州别驾，哥哥白幼文，弟弟白行简、白幼美还在徐州符离。诗人在苏州、杭州一带，当时有熟人北上，白居易请他捎带一封家信，表达了对家人的思念，所以题目中出现了“江南送北客”。

赏　析

“故园望断欲何如？楚水吴山万里余。”日日向着家乡远望，却总是看不到，中间隔着遥远的距离。对于一个游子来说，“故园”永远是心中神圣的字眼，一个十五岁的少年远离了父亲和兄弟在外游历，一个“望断”便表达了深深的思乡之情。“万里余”表示分隔两地之距离，在今天看来虽然杭州距离符离并没有那么远，但古代交通不便，这距离也不近。这种现在看来夸张的用语着重表现了诗人那种远离家人，不能相见的思念之苦。可以说，这两句将诗人的思乡之情表现得淋漓尽致。

“今日因君访兄弟，数行乡泪一封书。”正好今天有朋友要北上去拜访你们，我流着泪写下了这封家信让他带给你们。诗人知道自己和兄弟之间有着遥远的距离，他只有把那无限的思念和眷恋写入家书，托付北归的熟人带回。“因君”表明缘由，因为有熟人北上，所以飘荡几年积累的思乡之情便都在今天爆发了，想起了兄弟之情，与客人临别之时不免眼泪流下，而且是“数行乡泪”。

白居易弟兄四人，兄弟情深。长兄白幼文是他的异母兄弟，因在浮梁县为官，白居易常在家书中尊称其为浮梁大兄。后白居易独子白阿崔早亡，过继兄白幼文之子白景受为子，白景受官至孟怀观察支使。同胞兄弟白行简也是唐代著名的文学家，文风简约质朴，颇有白居易的风格。另有一异母兄弟白幼美，生平不详。

这首诗直抒胸臆，一气呵成，朴实无华的诗句却情真意切，表达了对亲人深切的思念之情。

赋得古原草送别

离离原上草[1]，一岁一枯荣[2]。
野火烧不尽，春风吹又生。
远芳侵古道[3]，晴翠接荒城[4]。
又送王孙去[5]，萋萋满别情[6]。

注 释

① 离离：青草茂盛的样子。
② 枯：枯萎。荣：繁荣、茂盛。
③ 远芳：草。侵：侵占，覆盖。
④ 晴翠：阳光下翠绿的野草。荒城：荒凉、破损的城镇。
⑤ 王孙：本指贵族后代，此指远方的友人。
⑥ 萋萋：青草长得茂盛的样子。

题　解

《赋得古原草送别》作于唐德宗贞元三年（787），作者当时实龄未满十六岁。这首诗是科场考试中根据命题而作，所以题目前加“赋得”二字。据唐张固《幽闲鼓吹》记载：白居易带着包括这首诗在内的一卷诗文拜见当时的名士、著名诗人顾况。顾况看到白居易年纪轻轻，于是拿白居易的名字开起了玩笑：“米价方贵，居亦弗易。”等读到“野火烧不尽，春风吹又生”这一联时，顾况大为惊奇，连声赞赏说：“道得个语，居即易矣！”顾况的高度肯定顿时让白居易在长安名声大振。

赏　析

“离离原上草，一岁一枯荣。”古原之上，野草一副茂盛的样子，一年经历一次枯败与繁茂。诗人首先切入了一个宏大的场景：一望无际的旷野上，那些野草遵循着四季的变化，枯荣交替。“离离”表现野草充满生机的状态。“原”交代了野草生长的空间，与题目里的“古”字相结合，形成了时间、空间相融的一个概念，更能表现野草枯荣交替的时间之长。而“枯荣”则更为有趣，最后的落脚点在“荣”。一般来说，野草的生长都是先“荣”后“枯”，但如若写成“一岁一荣枯”，则会给人一种忧伤、哀婉之感。“枯荣”则形象地表现了野草在自然规律里的顽强生命力。

“野火烧不尽，春风吹又生。”那火没办法烧尽野草，只要春风一吹，便又焕发了生机。“野火”对“春风”，“烧不尽”对“吹又生”，再次形象地展现了野草惊人的生命力，讴歌了它们生生不息、永不言败的品质。

“远芳侵古道，晴翠接荒城。”春草一直蔓延到了古道，阳光下的广阔绿野连接着荒城。“远芳”“晴翠”与上文的野草繁茂、生机勃勃相对应，展现了野草的芳香与青翠。“侵”表现一种活力，展现野草顽强的延伸生命；“接”则展现野草的范围之广，连绵不绝，把远处的荒城也连接在一起。“古道”会让人产生一种远行、送别的联想，蕴含着伤感的情绪；“荒城”则给人以荒原绝域的想象，暗含了离别的凄凉情绪。

萋萋满别情

“又送王孙去，萋萋满别情。”再次送远行的友人，这繁茂的青草仿佛都饱含着离别之情。“又送”说明这种送别已经不是一次，诗人已经饱受这种离别之苦。“萋萋”既是写野草的繁盛，此时也是指离别的情绪到达了顶点。

这首诗情景交融，既状写了野草不畏困难、生生不息的顽强生命力，也展现了离别之情。情与景融汇在一起，景中含情，情里有景，体现了诗人极佳的创作才华和艺术造诣。

潜 别 离

不得哭，潜别离；不得语，暗相思。
两心之外无人知。
深笼夜锁独栖鸟，利剑春断连理枝①。
河水虽浊有清日②，乌头虽黑有白时③。
唯有潜离与暗别，彼此甘心无后期④。

注 释

① 二句暗示两人的别离是由外力强行拆散的。连理枝：两株树的干或枝连接在一起。

② 河：黄河。《左传·襄公八年》："《周诗》有之曰：俟河之清，人寿几何？"东晋王嘉《拾遗记》卷一："黄河千年一清。"

③《史记·刺客列传》索隐引《燕丹子》："（燕太子丹）求归，秦王曰：'乌头白，马生角，乃许耳。'丹乃仰天叹，乌头即白，马亦生角。"

④ 甘心：死心，无法可想。

题 解

这首诗作于唐德宗贞元九年(793)。但凡带有“别离”的题目都是从乐府《古别离》衍生而来。“潜别离”，指隐藏的、不能公布的离别，实际上就是表现相思离别不能道明的苦楚。白居易早年与他的女邻居湘灵情投意合，但因为唐朝讲究门第观念，出生世家大族的诗人不能与平民子女相结合。虽然二人情深义厚，但白居易还是没有勇气与封建礼法相抗衡，虽然不甘心但还是选择了“潜离和暗别”。本诗展现了诗人的无奈与伤感。

赏 析

“不得哭，潜别离；不得语，暗相思。两心之外无人知。”不能大声放纵地哭泣，只有悄悄地别离。不能向人诉说，只有暗自深深地思念。两个人的相爱与深情只有两人清楚，其他人根本没法知晓。和心爱的女子因为门第观念不能在一起，这不能不说是悲剧。不能哭，不能诉说，只能偷偷别离，任思念泛滥成灾。

“深笼夜锁独栖鸟，利剑春断连理枝。”用巨大的笼子锁住孤独的栖鸟，用利剑砍断连在一起的枝叶。“连理枝”指诗人与湘灵的浓厚情意，“深笼”“利剑”指的是封建门第观念。在这些外力的逼迫下，两个相爱的人不得不分离。

“河水虽浊有清日，乌头虽黑有白时。”再浑浊的黄河水也有清澈的一天，满头的乌发也有变白的时候，但是我和湘灵的相爱永远没办法被理解与接受。这句里面明显有着无奈与不满，对于那些阻挡和心爱的女人在一起的封建制度，诗人无疑是愤怒的。

但是这种不满和愤怒并不能起到任何的作用，因为单个的人没办法与整个社会体系抗争，于是诗人不得已发出了最后的感慨：“唯有潜离与暗别，彼此甘心无后期。”只有潜离与暗别，彼此知道却没有任何办法，这一别从此以后便天各一方，永不相见。生离死别的伤痛，此时流露到了极致。

这首诗巧用比喻，形象地展现了白居易早年的爱情悲剧以及不舍之情。白居易于唐宪宗元和三年（808）结婚，但他一直怀念湘灵，为她写诗。可以说湘灵影响了白居易的爱情观，二人悲剧般的爱情经历也为诗人创作《长恨歌》打下了情感基础。

生　离　别

食檗不易食梅难①，檗能苦兮梅能酸②。
未如生别之为难，苦在心兮酸在肝③！
晨鸡再鸣残月没，征马连嘶行人出。
回看骨肉哭一声，梅酸檗苦甘如蜜④。
黄河水白黄云秋，行人河边相对愁。
天寒野旷何处宿？棠梨叶战风飕飕。
生离别，生离别，忧从中来无断绝⑤！
忧极心劳血气衰，未年三十生白发。

注　释

① 檗：黄檗，皮与根入药，味苦。
② 梅：味酸，古人用以调味。
③ 古人以五味属人之五脏，说法各异。宋张君房《云笈七签》卷五七《服气精义论·慎忌论第六》："味所入：苦入心，辛入肺，酸入肝，甘入脾，咸入肾。"
④《诗经·邶风·谷风》："谁谓荼苦，其甘如荠。"
⑤ 中：内心。这句化用自汉曹操《短歌行》："忧从中来，不可断绝。"

题 解

这是一首离别诗，全诗一直贯穿在骨肉分离的痛苦当中。“生离别”，就是活生生的离别。有不想离别、不忍离别，但又不得不离别的意思。题目“生离别”出自屈原《九歌·少司命》“悲莫悲兮生别离”。白居易的父亲经常外出做官，因此白居易从小由母亲陈氏带大，并且陈氏教授白居易读书写字，母子二人关系非常深厚。唐德宗贞元十五年（799）春天，白居易由浮梁前往洛阳探望生病的母亲，但是到了秋天他又要回到宣州参加省考，不得不忍痛告别母亲，于是写下了这首诗。因此，不难想象诗人在与生病的母亲离别时的痛苦有多么的强烈。

赏 析

“食檗不易食梅难，檗能苦兮梅能酸。未如生别之为难，苦在心兮酸在肝！”黄檗和梅直接入口都不太容易，因为黄檗极苦，梅又极酸。但是这两种感觉跟离别的痛苦相比，还是比较容易接受。因为离别之苦直奔心窝，离别的酸楚直达肝脏。诗人一开篇就以黄檗的苦和梅的酸来比喻离别的痛苦，奠定了全诗“生离别”痛苦至极的基调。

“晨鸡再鸣残月没，征马连嘶行人出。回看骨肉哭一声，梅酸檗苦甘如蜜。”清晨时候公鸡打鸣，月亮也看不见了，要远行的马匹嘶叫着，路上开始有了行人。回头看一眼母亲，不由得哭了出来。这种离别之苦虽然痛彻心扉，但体现着对亲人的无限眷恋。“鸣”“没”“嘶”“出”这四个动词将“晨鸡”“残月”“征马”“行人”四个意象构筑了一幅生动的离别场景图。“骨肉”指骨肉至亲，此处指的是白居易的母亲陈氏。“回看骨肉哭一声”这一句有力地说明，那些认为“这首诗是写在与情人分别时刻”的说法是站不住脚的。

“黄河水白黄云秋，行人河边相对愁。天寒野旷何处宿？棠梨叶战风飕飕。”秋天的清晨，黄河水很干净，天上飘着黄云，出行的人站在河边黯然神伤。天气寒冷，四野空旷，不知道将来会在哪里歇息。那棠梨的叶子在大风的吹动下剧烈地摆动。这四句刻画了离别的清冷，“相对愁”“何处宿”交代游子的心态，不仅现在要跟亲人离别，还在为旅途担心。

最后诗人发出了带泪的呐喊：“生离别，生离别，忧从中来无断绝！忧极心劳血气衰，未年三十生白发。”活生生的离别啊，真让人撕心裂肺，这种离别的忧伤是从心底发出，连绵不绝，从不中断。而且这种忧伤导致了气血两衰，不到三十岁便生出来白头发。“无断绝”“血气衰”“生白发”都在强调离别之痛。

这首诗通俗易懂，但颇能抓住读者的心理。白居易对母亲的深深眷恋，以及全诗饱含的真挚感情让人动容。

秋暮西归途中书情

耿耿旅灯下①，愁多常少眠。
思乡贵早发②，发在鸡鸣前。
九月草木落，平芜连远山③。
秋阴和曙色，万木苍苍然。
去秋偶东游，今秋始西旋。
马瘦衣裳破，别家来二年。
忆归复愁归，归无一囊钱。
心虽非兰膏④，安得不自燃！

注　释

① 耿耿：光亮的样子。
② 发：起身出发。
③ 平芜：平原。
④ 兰膏：点灯的油。古代用泽兰子炼制油脂，用以点灯。

题　解

题目交代出此诗写于秋天，诗人正在归家的路途上，但这首诗具体创作时间不详。王汝弼选注《白居易诗选》里认为“此诗亦早年漂泊时作”。根据诗文内容来看，这种说法颇为可信。这首诗描绘了一个贫困游子思念家乡的情绪，情真意切。

赏　析

诗人一开始便渲染思乡的急迫之情。“耿耿旅灯下，愁多常少眠。思乡贵早发，发在鸡鸣前。”在昏黄的灯光下，躺在客店的床上因为忧愁而常常不能入睡。因为思念家乡而早早起身出发，出发的时候鸡还没有打鸣。“旅灯下”交代状态，出门在外。“愁多”与“少眠”形成强烈对比。于是我们不禁要问，人在旅途，诗人究竟是在忧愁什么，竟然让他无法入眠。接下来一句“思乡”便道出了原因：这一切都是因为太想念家乡。因为如此的思念，所以回家的途中才能有了“发在鸡鸣前”的行为。

“九月草木落，平芜连远山。秋阴和曙色，万木苍苍然。”秋天里草木枯黄、树叶掉落，平原连着远山。拂晓时的天色阴晴不定，近处的森林显得非常茂盛。这四句通过各种角度写沿途的风景：“草木落”是近景，“平芜连远山”是远景；既有天空的曙色描写，又有地上的森林出现。需要注意的是，不管什么样的视角，主色调一律是灰暗的，这既是思乡之情急迫的体现，也是下文忧愁的伏笔。

“去秋偶东游，今秋始西旋。马瘦衣裳破，别家来二年。”去年的秋天离开家乡往东游历，今年的秋天才开始往回走。坐骑瘦弱不堪，身上的衣裳破破烂烂，算起来离开家已经两年。“去秋”交代东游的时间，“今秋”交代西旋的时间。“马瘦衣裳破”则说明了诗人在游历中的穷困潦倒。人在失意的时候愈发的思乡，这几句也很好地解释了诗人的思乡之情为何如此迫切。

“忆归复愁归，归无一囊钱。心虽非兰膏，安得不自燃！”想要回家但却忧愁回家，因为口袋里没有钱做路费。这时候心虽然不是点灯的油，但也因为着急忧愁而自燃。思念家乡却因为没有路费回家，如此的矛盾心情，如此穷困潦倒的窘境，大概是游子最大的悲哀。末句诗人用“心虽非兰膏，安得不自燃”作结，虽然夸张，但极为符合此时的心情。

望月有感

自河南经乱，关内阻饥，兄弟离散，各在一处。因望月有感，聊书所怀，寄上浮梁大兄、于潜七兄、乌江十五兄，兼示符离及下邽弟妹

时难年饥世业空①，弟兄羁旅各西东②。
田园寥落干戈后③，骨肉流离道路中。
吊影分为千里雁④，辞根散作九秋蓬⑤。
共看明月应垂泪，一夜乡心五处同。

注 释

① 世业：祖宗遗留下来的产业。
② 羁旅：作客他乡。
③ 寥落：荒废、冷落。
④ 吊影：出自西晋李密《陈情表》："茕茕孑立，形影相吊。"身与影相互安慰，形容孤独、寂寞。
⑤ 九秋：秋季九十日，称九秋。

题 解

这是白居易的一首望月抒怀之作。唐德宗贞元十五年（799）二月，各地叛乱频发，唐朝廷分遣十六道兵马去攻打，战事发生在河南境内。当时南方漕运主要经过河南输送关内，再加上贞元十四年、十五年长安周围的严重旱灾，所以出现了“河南经乱”“关内阻饥”的场景。此时，诗人在洛阳侍奉母亲，而兄弟姐妹分散在五处，又屡经战乱和灾荒，诗人不免感伤，于是写下了这首诗。

赏 析

诗人首先交代了兄弟分离的大背景和现状：“时难年饥世业空，弟兄羁旅各西东。”时势艰难，兵荒马乱又遭遇灾荒，祖上留下的家业没了，兄弟手足都东西四散地漂泊在他乡。“时难年饥”指战争和饥荒，这是一个国家的不幸，“世业空”“羁旅”则又是家人的不幸。正是因为这种种的不幸集中在一起，构成了整个时代的不幸，才有了之后的深切感伤。

“田园寥落干戈后，骨肉流离道路中。”在战乱之后，到处的田园都荒芜了，骨肉兄弟漂泊流浪，失散在途中。百姓不仅遭受饥饿的折磨，还要忍受亲人分离的痛苦。时代的磨难，更是广大老百姓的磨难，战争给百姓带来了巨大的灾难。

“吊影分为千里雁，辞根散作九秋蓬。”离群的孤雁之间相隔千里，形影相吊；同根的兄弟随风飞散，恰似秋蓬。诗人想到兄弟姐妹分居五处，一个个就像离群的孤雁，形影相吊。因为大雁飞行时排列整齐，所以古人常用“雁行”作为兄弟的代称，离群的孤雁本来就很忧苦，诗人又将“千里”放在“雁”之前，表现兄弟间距离的遥远。“千里雁”“九秋蓬”两个比喻句对仗工整，境界比较开阔，形象贴切地展现出离别之苦，也进一步表明战乱的危害。

因为思念，诗人在诗尾想象出了一幅感人的画面：“共看明月应垂泪，一夜乡心五处同。”看到同一轮明月应该都会落泪，虽然在五个不同的地方，但兄弟手足今晚都会思念家乡和亲人。“明月”即圆月，是团圆的象征，所以失散的兄弟见到它更易牵动思念之情。

白居易的这首诗语言浅显平实，全诗没有华丽的辞藻，但是却抒写出了感人的兄弟骨肉之情，符合白居易一贯平易却饱含深情的创作风格。

长安早春旅怀

轩车歌吹喧都邑①，中有一人向隅立②。
夜深明月卷帘愁，日暮青山望乡泣。
风吹新绿草芽坼③，雨洒轻黄柳条湿。
此生知负少年春，不展愁眉欲三十④。

注　释

① 轩车：轩为古代大夫以上乘坐的车。《左传·闵公二年》载："卫懿公好鹤，鹤有乘轩者。"

② 向隅：对着墙角，形容孤独失意。《说苑·贵德》载："今有满堂饮酒者，有一人独索然向隅而泣，则一堂之人皆不乐矣。"

③ 坼：草木发芽。

④ 欲：将，将要。白居易当时二十九岁。

题 解

唐德宗贞元十六年（800），白居易在长安应进士举，这首诗作于这年的春天。白居易在《与元九书》中说："初应进士时，中朝无缌麻之亲，达官无半面之旧。"也就是说此时在朝中连一个远亲都没有，高官贵族更是连面都没见过。由此可见，诗人这个时期很孤独。这首诗主要描绘了诗人初入长安的孤苦心态。

赏 析

"轩车歌吹喧都邑，中有一人向隅立。"京城里人来车往、歌舞升平，但这城市里却有一个人对着墙角而立。这人是谁呢？必然是诗人自己。偌大一个繁华热闹的都市，初进长安考中进士，身边没有亲人、旧友，孤零零一人看到城市的喧闹，不免伤感难过。

"夜深明月卷帘愁，日暮青山望乡泣。"夜深人静的时候一轮明月挂在天空，想出去走走，身边却连个卷帘的人都没有。看着太阳从山上落下，不禁望着家乡哭泣。"愁"表现孤独，"泣"则是思乡太厉害的缘故。按理说大丈夫当胸怀天下，不能因为远离亲人而表现懦弱，但对于一个初进长安的有志者来说，这样的孤寂与思念反倒显得真实、可爱。

接下来诗人笔锋一转，勾绘出了一幅美丽的早春图："风吹新绿草芽坼，雨洒轻黄柳条湿。"一阵风刮过，早春便来了，草木开始发绿；又一阵雨飘过，那刚刚吐出嫩黄的柳条变得愈发湿润动人。"新绿""轻黄"两种颜色很好地交代出了早春的万物复苏。

"此生知负少年春，不展愁眉欲三十。"没有在年轻的时候有所成就，耽误了大好青春，马上就要三十了，想来不禁愁上眉头。"欲三十"就是快三十岁。古人讲究"三十而立"，到了三十岁要能够独自地面对一切困难，确立自己的人生目标和发展方向。白居易当时已二十九岁，初入长安刚中进士，于是不免对自己未来的方向有些焦虑。

这首诗形象生动，在孤独的情绪描写里体现了诗人的远大抱负。从全诗看，前四句主要写思乡之情、孤寂之苦。但是接下来的诗句从意思上完全呈现了逆反的方向：写早春的美景，进而引出初中进士后对人生发展方向的反思。看起来两层描写不搭调，其实贴切地表现了一个初入长安并中举的士子的心态，离乡的孤独与中举后对仕途前程的思考糅合在一起，成就了这首诗。

邯郸冬至夜思家

邯郸驿里逢冬至[①]，
抱膝灯前影伴身。
想得家中夜深坐，
还应说着远行人。

注　释

① 邯郸：河北省邯郸市。冬至：二十四节气之一。冬至日在一年中昼最短，夜最长。

题 解

该诗作于唐德宗贞元二十年（804）岁末，诗人时年三十三岁，任秘书省校书郎，当时作者正游历河北。冬至是古代中国的一个重要节日，尤其在唐代，冬至跟新年的分量几近相同，一般当天会祭祖、联络亲友，是家人团聚的日子。所以旅途中的白居易特别关注这天，写下了这首诗。作者孤身在外，想象家人对自己的思念，浓浓亲情浸透诗句，情感表达十分真挚。

赏 析

一个原本团圆的日子却孤身一人在外，游子思念家人的情绪自然异常的强烈。虽然思念情绪非常的重，作者也在表达这种思念的情绪，但是全诗不见一个“思”字。

“邯郸驿里逢冬至，抱膝灯前影伴身。”住在邯郸驿站的时候恰逢冬至，晚上抱着双膝坐在灯前，只有自己的影子陪伴。“抱膝”而坐，表明静坐时的一种孤寂，“灯前”交代时间，也顺带出了“影伴身”。一个“伴”字连接了“身”和“影”，诗人的那种孤单感便扑面而来。

“想得家中夜深坐，还应说着远行人。”冬至本是一个美好的日子，但现在诗人在外，这个节日家人定然过得也是不轻松。我料想，今天家里人会一直坐到深夜，还应该说着我这个“远行人”。至于说了什么，作者不再去写，给读者留下了较为宽广的想象空间。

该诗语言质朴，情感真挚，看似轻描淡写，却用真情打动读者。全诗反向落笔，无一“思”字，却处处蕴含着“思”情。“想得家中夜深坐，还应说着远行人”，这句与唐王维《九月九日忆山东兄弟》“遥知兄弟登高处，遍插茱萸少一人”、唐杜甫《月夜》“今夜鄜州月，闺中只独看”，有异曲同工之妙。

禁　中　月

海水明月出，禁中清夜长①。
东南楼殿白，稍稍上宫墙。
净落金塘水，明浮玉砌霜。
不比人间见，尘土污清光。

注　释

① 禁：宫禁，皇帝的住处。

题　解

这首诗为咏月佳作。唐德宗贞元十九年（803）春，白居易与元稹等人以书判拔萃科登第，授秘书省校书郎，唐宪宗元和元年（806）罢校书郎。这首诗应该作于任职校书郎期间。题目“禁中月”，即为在皇帝住处看月亮。

赏　析

自古以来，明月就是各路文人骚客咏怀的对象。明月以它的皎洁美丽吸引了无数的目光，诗人们也给我们留下了无数咏月的佳作。白居易是喜爱月亮的，他也写下了很多跟月亮相关的诗作。这首诗主要描写月光的清亮。

“海水明月出，禁中清夜长。”一轮明月从海水里升了起来，在这皇宫中清净的夜晚便显得悠长。“清夜长”说明诗人是孤单一人。在这禁宫之中，想象着明月从海面上冉冉升起，清静的夜晚，只有月亮默默地陪伴着他，此时诗人必然是孤单又寂寞的。

“东南楼殿白，稍稍上宫墙。”时间在逝去，月华也在流转。月光照亮了东南的楼殿，然后又照上了宫墙。“楼殿白”表明月光的明亮。毕竟月光不是一下子就转动的，而是慢慢地变动。所以诗人用“稍稍”一词，贴切形象地描写了月亮的移动、月光的流转。

“净落金塘水，明浮玉砌霜。”那月光明净地照射在池塘里，水面上的光冷清得像玉石、寒霜一般。“净落”“明浮”再次强调了月光的清冷明亮。

“不比人间见，尘土污清光。”这月光跟尘世上的其他光亮相比，没有被尘土污盖掉清净的光芒。禁宫中的月光清净无尘，自然比其他地方的光芒来得清亮。

长 恨 歌

汉皇重色思倾国[①]，御宇多年求不得[②]。
杨家有女初长成，养在深闺人未识。
天生丽质难自弃，一朝选在君王侧；
回眸一笑百媚生[③]，六宫粉黛无颜色[④]。
春寒赐浴华清池[⑤]，温泉水滑洗凝脂[⑥]；
侍儿扶起娇无力，始是新承恩泽时。
云鬓花颜金步摇[⑦]，芙蓉帐暖度春宵[⑧]。
春宵苦短日高起，从此君王不早朝。
承欢侍宴无闲暇，春从春游夜专夜；
后宫佳丽三千人[⑨]，三千宠爱在一身。
金屋妆成娇侍夜[⑩]，玉楼宴罢醉和春。
姊妹弟兄皆列土[⑪]，可怜光彩生门户；
遂令天下父母心，不重生男重生女。
骊宫高处入青云[⑫]，仙乐风飘处处闻。
缓歌慢舞凝丝竹，尽日君王看不足。
渔阳鼙鼓动地来[⑬]，惊破霓裳羽衣曲[⑭]。
九重城阙烟尘生[⑮]，千乘万骑西南行。
翠华摇摇行复止[⑯]，西出都门百余里。
六军不发无奈何[⑰]，宛转蛾眉马前死[⑱]。
花钿委地无人收[⑲]，翠翘金雀玉搔头[⑳]；
君王掩面救不得，回看血泪相和流。

黄埃散漫风萧索，云栈萦纡登剑阁[21]；
峨眉山下少人行[22]，旌旗无光日色薄。
蜀江水碧蜀山青，圣主朝朝暮暮情；
行宫见月伤心色，夜雨闻铃肠断声[23]。
天旋地转回龙驭[24]，到此踌躇不能去[25]；
马嵬坡下泥土中[26]，不见玉颜空死处。
君臣相顾尽沾衣，东望都门信马归。
归来池苑皆依旧，太液芙蓉未央柳[27]。
芙蓉如面柳如眉，对此如何不泪垂。
春风桃李花开夜，秋雨梧桐叶落时。
西宫南苑多秋草[28]，落叶满阶红不扫。
梨园弟子白发新[29]，椒房阿监青娥老[30]。
夕殿萤飞思悄然，孤灯挑尽未成眠[31]；
迟迟钟鼓初长夜，耿耿星河欲曙天。
鸳鸯瓦冷霜华重[32]，翡翠衾寒谁与共[33]？
悠悠生死别经年，魂魄不曾来入梦。
临邛道士鸿都客[34]，能以精诚致魂魄；
为感君王辗转思，遂教方士殷勤觅。
排空驭气奔如电，升天入地求之遍；
上穷碧落下黄泉[35]，两处茫茫皆不见。
忽闻海上有仙山[36]，山在虚无缥缈间。
楼阁玲珑五云起，其中绰约多仙子[37]。
中有一人字太真，雪肤花貌参差是[38]。
金阙西厢叩玉扃[39]，转教小玉报双成[40]。

闻道汉家天子使，九华帐里梦魂惊[41]。
揽衣推枕起徘徊，珠箔银屏迤逦开[42]；
云鬓半偏新睡觉，花冠不整下堂来。
风吹仙袂飘飖举[43]，犹似霓裳羽衣舞；
玉容寂寞泪阑干[44]，梨花一枝春带雨。
含情凝睇谢君王，一别音容两眇茫。
昭阳殿里恩爱绝[45]，蓬莱宫中日月长[46]。
回头下望人寰处[47]，不见长安见尘雾；
唯将旧物表深情，钿合金钗寄将去[48]。
钗留一股合一扇，钗擘黄金合分钿[49]；
但令心似金钿坚，天上人间会相见。
临别殷勤重寄词，词中有誓两心知；
七月七日长生殿[50]，夜半无人私语时：
在天愿作比翼鸟[51]，在地愿为连理枝[52]。
天长地久有时尽，此恨绵绵无绝期！

注 释

① 汉皇：汉武帝，此处代指唐玄宗。倾国：绝色的女子。
② 御宇：统治天下。
③ 回眸（móu）：回首顾盼。眸：眼珠。
④ 六宫：《周礼·天官·内宰》："以阴礼教六宫。"统指皇后嫔妃。粉黛：原指女性化妆品，此处借指嫔妃。
⑤ 华清池：骊山华清宫温泉，在今陕西省西安市临潼区骊山北麓。
⑥ 凝脂：《诗经·卫风·硕人》载："肤如凝脂。"形容女子肌肤润泽。
⑦ 云鬓（bìn）：《木兰诗》载："当窗理云鬓，对镜贴花黄。"形容女子鬓发盛美如云。步摇：女子头饰。以黄金为山题，上有垂珠，行步则摇。
⑧ 芙蓉帐：形容帐之精美。南朝梁萧纲《戏作谢惠连体十三韵》载："珠绳翡翠帷，绮幕芙蓉帐。"
⑨《后汉书·皇后纪》："自武元之后，世增淫费，乃至掖庭三千。"言后宫女子之多。
⑩ 金屋：《汉武故事》载：汉武帝幼时为胶东王，曾言："若得阿娇作妇，当作金屋贮之也。"
⑪ 列土：分封土地。
⑫ 骊（lí）宫：骊山的宫殿，即华清宫。
⑬ 渔阳：今天津市蓟州区。唐玄宗天宝初，渔阳郡属范阳节度使。白诗以渔阳通言范阳。鼙（pí）鼓：骑兵用的小鼓。
⑭ 霓裳羽衣曲：舞曲名，据说唐明皇曾亲自对它进行过加工润色，杨贵妃进宫后，善为此舞。
⑮ 九重城阙：皇宫。《楚辞·九辩》："君之门以九重。"
⑯ 翠华：皇帝的仪仗。
⑰ 六军：皇帝的军队。《周礼·夏官·司马》载："凡制军，万有二千五百人为军。王六军，大国三军，次国二军，小国一军。"
⑱ 娥眉：同"蛾眉"，指美女。《诗经·卫风·硕人》："螓首蛾眉。"

⑲ 花钿（diàn）：精致的首饰。

⑳ 翠翘、金雀、玉搔头：均为首饰名。

㉑ 云栈：栈道，入蜀所经。“云”言其高险。萦纡：盘旋迂回。剑阁：剑阁道，在剑州大剑山（今四川剑阁境内），凿石为飞梁阁道。

㉒ 峨眉山：在今四川峨眉山市境内。玄宗入蜀不经峨眉山，白诗泛言蜀地名胜。

㉓ 夜雨闻铃：《乐府杂录》：“《雨淋铃》者，因唐明皇驾回至骆谷，闻雨淋銮铃，因令张野狐撰为曲名。”

㉔ 龙驭：皇帝的马车。

㉕ 据《旧唐书·后妃传》载：玄宗自蜀还，令中使祭奠杨贵妃，密令改葬于他所。“初瘗时，以紫褥裹之，肌肤已坏，而香囊仍在，内官以献，上皇视之凄惋，乃令图其形于别殿，朝夕视焉。”

㉖ 马嵬坡：地名，在今陕西兴平市。杨贵妃死处。

㉗ 太液：太液池，在长安大明宫北。未央：未央宫，汉宫名。

㉘ 西宫：太极宫，又称西内。南苑：兴庆宫，又称南内，在皇城东南长安外郭城兴庆坊。

㉙ 梨园弟子：唐代供奉宫廷的歌舞艺人。《新唐书·礼乐志》载：玄宗既知音律，又酷爱法曲，选坐部伎子弟三百教于梨园，声有误者，必觉而正之，号皇帝梨园弟子。宫女数百，亦为梨园弟子。

㉚ 椒房：皇后所居，以椒涂壁，取其温暖，且可避邪。阿监：宫中女官。

㉛ 宋邵博《邵氏闻见后录》卷十九称：“宁有兴庆宫中，夜不烧蜡油，明皇自挑灯者乎？书生之见可笑耳。”王楙《野客丛书》卷五二谓：“诗人讽咏，自有主意，观者不可泥其区区之词。……二词正所以状宫中向夜萧索之意，非以形容盛丽之为。固虽天上非人间比，使言高烧画烛，贵则贵矣，岂复有长恨等意邪？观者味其情旨斯可矣。”

㉜ 鸳鸯瓦：《三国志·魏书·方技传》载：文帝梦殿屋两瓦堕地，

化为双鸳鸯。房瓦一俯一仰相合，称阴阳瓦，亦称鸳鸯瓦。

㉝ 翡翠衾：《楚辞·招魂》："翡翠珠被，烂齐光些。"言其珍贵。

㉞ 临邛（qióng）：地名，今四川邛崃。鸿都：汉代鸿都门，唐人用以指代长安。这里指道士客游长安。

㉟ 碧落：指天上。黄泉：地下。《庄子·田子方》："夫至人者，上窥青天，下潜黄泉。"

㊱ 海上仙山：《史记·封禅书》："自威、宣、燕昭使人入海求蓬莱、方丈、瀛洲，此三神山者，其传在渤海中。"

㊲ 绰（chuò）约：形容女子体态优美的样子。《庄子·逍遥游》："藐姑射之山，有神人居焉，肌肤若冰雪，绰约如处子。"

㊳ 参差：大约，大概。

㊴ 金阙（què）：道家认为天上有黄金阙，为仙人或天帝所居。玉扃(jiōng):白玉之门。

㊵ 小玉：吴王夫差的女儿。双成：西王母的侍女董双。两人在诗中指代杨玉环侍女。

㊶ 九华帐：精美的帷帐。《宋书·后妃传》载："自汉氏昭阳之轮奂，魏室九华之照耀。"

㊷ 珠箔：珠帘。迤逦（yǐ lǐ）：曲折连绵。

㊸ 袂：衣袖。

㊹ 阑干：眼泪纵横流下。

㊺ 昭阳殿：汉代宫殿名，此处指代唐宫。

㊻ 蓬莱宫：道教传说中仙山上的宫殿。

㊼ 人寰（huán）：人间。

㊽ 钿合：黄金珠宝镶嵌的盒子。

㊾ 擘（bò）：分开。

㊿ 七月七日：传说牛郎织女相会的日子。长生殿：华清宫祭神的宫殿。李、杨于祀神之所对天盟誓，正表现其爱情忠贞。

51 比翼鸟：传说中的鸟名，只有一目一翼，雌雄需要并翼才能飞行。

52 连理枝：两株树的干或枝连接在一起。

题 解

唐宪宗元和元年（806）冬，白居易任盩厔（今陕西周至）县尉，和朋友陈鸿、王质夫一起游览仙游寺，谈到唐玄宗李隆基和杨贵妃的故事时，都感慨颇多。在王质夫的建议下，白居易写了《长恨歌》，陈鸿写了《长恨歌传》，以叙写李、杨二人的爱情故事。《长恨歌》前半部分基本依据史实去写杨贵妃的得宠以及身亡，后半部分则吸取了民间传说，讴歌李、杨生死不渝的爱情。

赏 析

提起白居易，人们往往先想到的是《长恨歌》。千百年来，诗中塑造的李、杨二人缠绵悱恻的爱情故事打动了无数人，感动了无数人。毫无疑问,《长恨歌》是白居易流传最广的名篇之一。

《长恨歌》是一首长篇叙事诗。长恨歌，顾名思义就是歌“长恨”。至于是谁“恨”，怎么“恨”，为什么“长恨”，作者没有直接去说，而是通过一层层的故事来慢慢道来。

在这首诗里，作者主要构建了四个场景来展开李、杨二人的爱情故事。

从“汉皇重色思倾国”到“尽日君王看不足”为第一层，这部分主要展现了杨贵妃得宠的一幕。唐玄宗重色，统治多年终于找到了“回眸一笑百媚生，六宫粉黛无颜色”的绝世美人杨玉环。尤其这一句，将杨贵妃的貌美、娇媚展现得活灵活现。因为有了如此娇美的杨玉环，唐玄宗沉溺于美色，“从此君王不早朝”。杨玉环集三千宠爱在一身，不仅让帝王迷恋到耽误朝政，而且因为她的原因，杨玉环的姊妹兄弟都飞黄腾达了。这真可谓是“一人得道，鸡犬升天”。唐代诗人杜牧在《过华清宫绝句》里的一句“一骑红尘妃子笑，无人知是荔枝来”也从侧面佐证了杨贵妃的受宠程度。不仅如此，因为杨玉环的光宗耀祖，重男轻女的封建社会竟然开始“不重生男重生女”。而唐玄宗则整日纵欲行乐，沉浸在歌舞酒色之中，荒淫无度，不理朝政。诗人用词极简，但却将杨贵妃的得宠描写得淋漓尽致。

一个是重色轻国的帝王，一个是娇媚受宠的贵妃，白居易对于二人细致的描写与铺张，实质上也是为后文二人的爱情悲剧埋下了伏笔。

从“渔阳鼙鼓动地来”到“回看血泪相和流”为第二层，这部分描述了安史之乱后皇帝仓皇出逃，以及杨贵妃如何死去。“六军不发无奈何，宛转娥眉马前死。花钿委地无人收，翠翘金雀玉搔头；君王掩面救不得，回看血泪相和流。”将士们把国家动荡的原因归结于唐玄宗迷恋女色，愤怒的御林军们要求处死杨贵妃，于是就有了马嵬坡前生离死别的一幕悲剧。这一层是全诗的核心，杨贵妃死后，李、杨二人的爱情才演变成了真正的悲剧。而作为一个帝王，万人之上，权倾天下，在危急关头却救不了自己心爱的女人，只能眼睁睁地看着心爱的女人死去，唐玄宗心中怎么可能不会怨恨？又怎么不会“长恨”？ 杨贵妃的死去，拉开了李、杨二人爱情悲剧的大幕。

从“黄埃散漫风萧索”至“魂魄不曾来入梦”为第三层，这部分主要讲述唐玄宗对杨贵妃的思念之情。唐玄宗进四川时刚刚经历了马嵬坡的生离死别，所以这时的心情完全是凄惨，尽管“蜀江水碧蜀山青”，但如此优美的青山绿水是不可能消去他心头的悲伤；返回长安的路上睹景思情，想起杨贵妃，又勾起了心中伤心的回忆；而回到皇宫，睹物思人，杨贵妃的形象历历在目，唐玄宗在夜晚更是辗转难眠。对一个人的思念到达了极致，想把对杨贵妃的思念带到梦中，结果也不遂愿：“悠悠生死别经年，魂魄不曾来入梦。”连在梦中见见心爱人的简单愿望都不能实现，这时候虽没写“恨”，但读者已然能够体会到帝王心中对杨贵妃的强烈的思念，以及这种思念不得果里夹裹着的绵绵“恨”意。这一层很好地展开了“长恨”。

从“临邛道士鸿都客”到诗的结尾是第四个场景，这部分主要化用民间传说讲述道士帮唐玄宗寻找杨贵妃。唐玄宗思念杨贵妃，想方设法地去找寻她的踪迹，但是这种寻觅也是颇费功夫：“上穷碧落下黄泉，两处茫茫皆不见。”上天入地竟然都查找无果。好在功夫不负有心人，有天终于在海上仙山上找到了杨贵妃，而此时的贵妃“云鬓半偏新睡觉，花冠不整下堂来。风吹仙袂飘飖举，犹似霓裳羽衣舞；玉容寂寞泪阑干，梨花一枝春带雨。含情凝睇谢君王，一别音容两眇茫。”贵妃依然是那么的貌美，并且含情脉脉地看着帝王，但却掩饰不了脸上的悲伤。她向唐玄宗表达了深深的思念之情：“七月七日长生殿，夜半无人私语时：在天愿作比翼鸟，在地愿为连理枝。”此时杨贵妃对上一层中唐玄宗思念的回应，进一步深化了“长恨”的主题。这一层将李、杨二人的爱情故事推到了一个高潮，也让故事变得更加曲折、生动。

而在结尾，诗人以一句“天长地久有时尽，此恨绵绵无绝期”直接点明主旨，呼应前文，留给读者无穷的想象与回味的空间。

全诗既有浓郁的生活气息，又有浪漫主义的色彩。诗人使用了大量的细节去展现李、杨二人的爱情生活，细腻而生动。在故事的处理上曲折而动人，情感真挚。整诗文字哀艳动人，抒情气氛浓郁，颇有感染力。全诗不仅在故事上取胜，在构思上也是十分巧妙，歌“长恨”却不提长恨，一切都交给读者去思考，具有极强的感染力。

赠元稹

自我从宦游[1]，七年在长安[2]。
所得唯元君，乃知定交难。
岂无山上苗[3]？径寸无岁寒。
岂无要津水[4]？咫尺有波澜[5]。
之子异于是[6]，久要誓不谖[7]。
无波古井水，有节秋竹竿。
一为同心友，三及芳岁阑[8]。
花下鞍马游，雪中杯酒欢。
衡门相逢迎[9]，不具带与冠。
春风日高睡，秋月夜深看。
不为同登科，不为同署官。
所合在方寸，心源无异端[10]。

注　释

① 宦游：外出求官或者做官。

② 七年：唐德宗贞元十六年（800）白居易进士考试及第，唐宪宗元和元年（806）创作本诗。

③ 苗：草木，借指朋友。

④ 要津水：要津意为重要的职位，要津水则指通向重要职位的仕途。

⑤ 波澜：即波涛。此处指世事变化起伏。

⑥ 之子：此人，指元稹。

⑦ 不谖（xuān）：不会欺诈。

⑧ 岁阑：年末。

⑨ 衡门："衡"通"横"，以横木为门，意指简陋的房子。

⑩ 异端：不同见解。

题　解

元稹（779—831），字微之，别号威明，行九，世称元九。洛阳（今河南洛阳）人，中唐著名诗人，与白居易并称“元白”。元稹是白居易一生中关系最好的朋友。唐德宗贞元十五年（799）冬白居易到长安，贞元十六年 (800) 参加进士考试及第，到唐宪宗元和元年（806），正是其“自我从宦游，七年在长安”的时段。其实写这首诗时，他们的友情还没有经过重大事件的考验。但白居易凭借他和元稹的交往经历，凭借敏锐的直觉意识到，在他所认识的人里边，元稹是他志同道合的朋友，是值得信赖的人，所以写了这首诗相赠。该诗展现了元、白二人深厚的友情。

赏　析

元白之交，深情不渝，历来被认为是士林楷模。二人友谊之深，在中国文学史上尚无人能与他们相比。白居易和元稹则相识于唐德宗贞元十九年（803）春吏部试及第之后，当时他们都被授为校书郎，因为志同道合，二人结成亲密的友谊，写出了很多相关的诗篇。此诗即为白居易写给元稹诸多诗文里的一首。

这首诗始终围绕着诗人和元稹的珍贵友情为中心，从各个侧面来展现它，完整它，丰富它。开头四句，述说元白定交的不易。接下来四句为反面衬托，之后四句又是正面褒扬，与上四句相映相照。“一为同心友”六句则具体地陈述二人的交往，丰富读者的感性认知。最后四句则揭示了两人友情深厚的真正原因，统帅全篇。

白居易在诗的开篇就对元稹进行了高度评价：“自我从宦游，七年在长安。所得唯元君，乃知定交难。”照理说，在人才如云的长安城找个朋友是一件再简单不过的事情。但白居易在长安待了七年，方才知道“定交难”。好在终于找到了一个元稹这样志同道合的朋友，这实在是一件不容易的事情。至此，将二人交往的不易交代得非常清楚。而诗句里的一个“唯”字，贴切地将元白的关系拉到了亲密无间、无人可比的地步。

那么为什么长安那么多人里找不到其他的同道中人呢？元稹跟那些人不一

样的地方又在哪里？“之子异于是，久要誓不谖。无波古井水，有节秋竹竿。”偌大的长安城里，白居易看到身边的同僚都是为了利益而相互倾轧。通过与其他人物的种种对比，发现元稹的可贵之处在于他的真诚与刚直。元稹不像那些两面三刀的人，也不会今日同利则为友，明日害利则为仇。他有着像“古井水”和“秋竹竿”一样的品质：淡泊宁静、与世无争如无波之井水；气节如竹之刚直清高。这一切对于秉性相投的白居易来说，元稹值得去接近、去信赖。

实际上元稹和白居易在唐宪宗元和元年（806）自动罢职，在长安华阴观闭门读书，揣摩研究当代时事，对政治、经济、军事、文化等重大问题发表了自己的见解，共同制成《策林》七十五门。同年四月他们再次同登金榜，元稹授职左拾遗，白居易授盩厔县尉。元白结成朋友三年，此时元白二人称得上“一为同心友，三及芳岁阑”。

“花下鞍马游，雪中杯酒欢。衡门相逢迎，不具带与冠。春风日高睡，秋月夜深看。”作者进一步展示二人不拘小节、赤诚以待的日常交往经历。虽然这六句通俗易懂，但“花下”“雪中”“秋月”意境深邃，给读者展示了一幕清晰生动、画面感极强的形象：元白二人相见从来不拘泥于繁文缛节的约束，一起骑马赏花、雪中饮酒、秋月夜读。

最后四句则是诗人描绘自己与元稹友情的总结之笔，也是精彩之处，阐述元白为什么能产生如此深厚的友谊：“不为同登科，不为同署官。所合在方寸，心源无异端。”白居易认为他和元稹的深厚友情不是因为两人同登金榜，也不是他们两人在同一个官署担任校书郎的官职。他认为，他们的友情是因为两人志同道合，因为他们不仅有着相同的政治理想，而且文学主张也相同，就连诗歌风格也相近。这应该是诗人引以为豪的地方，也是他一生最珍贵、最看重的地方。这点从他给元稹写的众多的诗文里可以得到佐证。

整首诗中心突出，结构严谨，所以能给读者留下深刻的印象。

晚　秋　夜

碧空溶溶月华静①，月里愁人吊孤影②。
花开残菊傍疏篱③，叶下衰桐落寒井。
塞鸿飞急觉秋尽④，邻鸡鸣迟知夜永。
凝情不语空所思，风吹白露衣裳冷。

注　释

① 月华：月光，月色。
② 月里：月下，月光下。愁人：忧愁的人，作者自指。
③ 傍：靠近。篱：篱笆。
④ 塞：边塞。

叶下衰桐落寒井

题 解

本诗大约作于唐宪宗元和元年（806）。这是一首月下怀人的诗作，更是情景交融的佳作。在一个晚秋的夜晚，诗人在明亮的月光下独自徘徊，忧愁难眠，思念着一个人。月下的画面感人动人，诗人的情感强烈而真挚。至于这个人是谁，无从考据。

赏 析

“碧空溶溶月华静，月里愁人吊孤影。”月光如水，四周静寂无声，在这月光里诗人独自徘徊，忧愁难眠。诗人一开始便把读者带入一个深邃宁静的氛围中：在碧空中，一轮明月高高挂着，在皎洁的月光照耀下，一切都显得那么的静谧安详。但是，在如此美妙的夜晚，诗人却孤单一人看着月光下自己的影子。因为有了“月华静”“吊孤影”两个场景，诗人那种孤单寂寞的心境便立体了起来。

“花开残菊傍疏篱，叶下衰桐落寒井。”残菊花开，依傍着稀疏的篱笆；衰老的梧桐叶子纷纷落下，掉进了寒井。这两句写出了晚秋的夜景：原本可以独傲霜雪、不畏严寒的菊花，此时却已经变成一幅残菊花开的景象，配上那稀疏的篱笆，颇有一副衰败冷清的样子。那梧桐也因为气温骤变的缘故，纷纷掉落了叶子。“花开”与“叶下”相对，“残菊”与“衰桐”相对，“傍疏篱”与“落寒井”相对，三组意象展现了一个凄冷忧愁的环境氛围。这两句虽然是写景，却蕴含着“愁”的情绪，与上文“月里愁人吊孤影”相呼应。

“塞鸿飞急觉秋尽，邻鸡鸣迟知夜永。”塞外的鸿雁为了躲避寒冷，急速地向南飞去，这让人觉得晚秋已经快要结束了。邻居家的鸡鸣叫时间推迟了，这让人知道夜晚开始变长。“塞鸿飞急”“邻鸡鸣迟”形象贴切地展现了晚秋夜的寒冷。

“凝情不语空所思，风吹白露衣裳冷。”默默无语、情意专注地想念着一个人，一直到秋风吹起、霜露降临，才察觉到寒冷。“凝情”与第二句的“愁人”遥相呼应。一个“凝情不语”便告知我们，诗人一切的忧愁孤单都是因为在思念一个人。至于这个人是谁，他并没有告诉。但一个“空”字表明，这种相思是不会有结果的。

清代诗评家叶燮在《原诗》中评论说：“白俚俗处而雅亦在其中。”这首诗语言通俗，读来却韵味深长，颇有意境，堪称雅俗共赏的杰作。

悲 哉 行

悲哉为儒者①，力学不知疲②。
读书眼欲暗，秉笔手生胝③。
十上方一第④，成名常苦迟。
纵有宦达者，两鬓已成丝。
可怜少壮日，适在穷贱时。
丈夫老且病，焉用富贵为⑤。
沉沉朱门宅⑥，中有乳臭儿⑦。
状貌如妇人，光明膏粱肌⑧。
手不把书卷，身不擐戎衣⑨。
二十袭封爵⑩，门承勋戚资⑪。
春来日日出，服御何轻肥⑫。
朝从博徒饮⑬，暮有倡楼期⑭。
平封还酒债⑮，堆金选蛾眉⑯。
声色狗马外，其余一无知。
山苗与涧松⑰，地势随高卑。
古来无奈何，非君独伤悲。

注　释

① 儒者：信奉儒家学说的人，这里指处于社会下层的读书人。

② 力学：尽力学习。

③ 秉笔：执笔。胝(zhī)：手足所生茧称胼(pián)胝。《墨子·备梯》："禽滑厘子事子墨子，三年，手足胼胝，面目黧黑。"

④ 十上：赴考十次。第：中第，考中。

⑤ 为：句尾语气词，表示反问。

⑥ 朱门：富贵之家以朱漆门。张华《轻薄篇》："甲第面长街，朱门赫嵯峨。"

⑦ 乳臭儿：年幼无知的小子。

⑧ 膏粱：膏为肥肉，粱为白米。这里形容朱门内富贵子弟肌肉丰腴、皮肤白净。

⑨ 擐（huàn）：穿。《左传·成公十三年》："文公躬擐甲胄，跋履山川。"

⑩ 封爵：唐制，封爵为九等：王、郡王（嗣王）、国公、郡公、县公、县侯、县伯、县子、县男。

⑪ 勋戚：勋贵戚族。齐武帝萧赜《赠萧景先诏》："绸缪少长，义兼勋戚。"

⑫ 轻肥：轻裘肥马。《论语·雍也》："乘肥马，衣轻裘。"

⑬ 博徒：赌徒。

⑭ 倡楼：同"娼楼"。期：约，约会。

⑮ 平封：卖掉家产。

⑯ 蛾眉：女子细长而弯曲的眉毛，此处代指美女。

⑰ 出自西晋诗人左思《咏史》："郁郁涧底松，离离山上苗。以彼径寸茎，荫此百尺条。世胄蹑高位，英俊沉下僚。地势使之然，由来非一朝。""涧底松"比喻出身寒微的士人，"山上苗"比喻世家大族子弟。

题 解

悲哉行，属于古乐府杂曲歌辞。此诗作于唐宪宗元和年间（806—820）。诗中描述了寒素之士参加科举、求进仕途的艰辛，谴责了社会的不公。作者在《与元九书》中曾讲述自己如何投身科举之路："十五六始知有进士，苦节读书。二十已来，昼课赋，夜课书，间又课诗，不遑寝息矣。以至于口舌成疮，手肘成胝，既壮而肤革不丰盈，未老而齿发早衰白，瞥瞥然如飞蝇垂珠在眸子中也动以万数。盖以苦学为文所致，又自悲矣。"诗中的描写便饱含了作者自己亲身经历的辛酸。

赏 析

这首诗表达了对世族特权制度的强烈不满。魏晋南北朝时期盛行门阀制度，形成了"上品无寒门，下品无士族"的特殊现象，到了唐代这一现象一定程度上还存在。诗人在唐德宗贞元十六年（800）进士及第，对考取功名的艰难程度有着充分的认识和体会。

这首诗可以分为三层。前十二句为第一层，主要讲述下层知识分子考取功名的不易；中间十六句为第二层，描写世族制度下那些子弟的丑恶嘴脸；最后四句为第三层，是诗人对不公平制度发出的无奈感慨。

"悲哉为儒者，力学不知疲。读书眼欲暗，秉笔手生胝。十上方一第，成名常苦迟。"那些社会下层的读书人真的很可怜，辛辛苦苦读书不知道疲倦。常常是读书读到眼睛昏花，写字写到手上生了茧子。赶考十次才考取一次功名，能够取得功名通常又得很长时间。"纵有宦达者，两鬓已成丝。可怜少壮日，适在穷贱时。丈夫老且病，焉用富贵为。"纵使考中了功名，往往两鬓都已斑白。可怜这些读书人少壮之时都在为功名奋斗，等到年老生病才考中，又能享受到什么富贵呢。这一层主要叙述底层知识分子考取功名的不易。

接着作者笔锋一转，开始批判与底层知识分子相对应的世族之后："沉沉朱门宅，中有乳臭儿。状貌如妇人，光明膏粱肌。手不把书卷，身不擐戎衣。二十袭封爵，门承勋戚资。"在朱红色大门里，有那些年幼无知的小子。相貌跟妇人一般，白白胖胖的。手从来不拿书卷，身上从来不穿军服。二十岁的时候子孙继承前辈的爵位，继承了前人的资产。这些人仗着良好的家庭背景，不仅“手不把书卷”，而且“身不擐戎衣”。“戎衣”指军服。也就说，这些世家子弟不用刻苦读书，不用服兵役就能获得爵位走上仕途。如此的不劳而获现象，诗人自然很反感，用了一个蔑称“乳臭儿”来否定他们。

作者紧接着又描写了这些“乳臭儿”的不良行为：“春来日日出，服御何轻肥。朝从博徒饮，暮有倡楼期。平封还酒债，堆金选蛾眉。声色狗马外，其余一无知。”你看看这些“乳臭儿”都在干什么：春天的时候天天出去，穿着高档的衣服，骑着俊美的马匹，白天招呼赌徒狂饮，晚上又到娼楼幽会。卖掉了家产去还酒债，花了大把的银子去选美女。一天过着声色犬马的日子，其他的什么都不知道。上层子弟过着糜烂奢靡、放荡淫乱的生活，而这一切都是因为这世袭的勋爵制度。与底层的读书人相比，正可谓天上地下。

诗人将矛头直接对准世袭制度，发出了最后的感慨：“山苗与涧松，地势随高卑。古来无奈何，非君独伤悲。”上层子弟与底层考取功名者，随着地位的不同而卑贱自显。这是长久以来就存在的让人无奈的现象，不只是你一个人所伤悲的。“山苗”比喻上层子弟，“涧松”则为贫寒读书人。“山苗”能盖过“涧松”，只是因为它生存的环境的原因。

这首诗比喻巧妙，对比强烈，具有较强的批判意识。

观 刈 麦

田家少闲月[①]，五月人倍忙。
夜来南风起，小麦覆陇黄[②]。
妇姑荷箪食[③]，童稚携壶浆。
相随饷田去[④]，丁壮在南冈。
足蒸暑土气，背灼炎天光。
力尽不知热，但惜夏日长。
复有贫妇人[⑤]，抱子在其旁。
右手秉遗穗[⑥]，左臂悬敝筐[⑦]。
听其相顾言，闻者为悲伤。
家田输税尽[⑧]，拾此充饥肠。
今我何功德？曾不事农桑[⑨]；
吏禄三百石[⑩]，岁晏有余粮[⑪]。
念此私自愧，尽日不能忘！

注 释

① 闲月：农闲的日子。

② 覆陇：覆盖田埂。

③《后汉书·五行志》：桓帝之初，天下童谣曰："小麦青青大麦枯，谁当获者妇与姑。"妇：儿媳妇。姑：婆母。荷：扛在肩上。箪(dān)食：用竹器盛的饭食。《孟子·梁惠王下》："箪食壶浆，以迎王师。"

④ 饷田：送饭到田地里。

⑤ 复：又。

⑥ 秉：拿着，捡起。

⑦ 敝：破旧。

⑧ 输税：纳税。

⑨ 曾（zēng）不事农桑：连农活都不干。

⑩ 三百石：《汉书·百官公卿表》："县……皆有丞、尉，秩四百石至二百石，是为长吏。"居易时为县尉，所以其俸禄相当于三百石。

⑪ 岁晏：年底。

题　解

刈（yì）麦，割麦子的意思。此诗作于唐宪宗元和二年（807），白居易当时任盩厔（今陕西周至）县尉。该诗主要写割麦子的场景、劳动人民的疾苦以及内心的感受，作者浓墨描绘了农民夏收的忙碌与劳苦，以及国家重税给农民的生活带来的灾难。该诗是白居易早期著名的诗作之一。

赏　析

白居易是一个叙事的高手，往往通过不同场景的镜头组合与转化，就能清晰地勾绘出鲜活的画面。

诗一开篇就交代了行文背景："田家少闲月，五月人倍忙。夜来南风起，小麦覆陇黄。"五月是麦收的季节，是农忙的时刻，一场南风吹来，小麦在地里便黄灿灿的一片，于是农民忙碌的身影就晃动在田间。这是一个夏收场景总的交代，极富画面感。接下来的八句镜头推开，展示了一幅辛勤劳作的画卷——收麦图。

"妇姑荷箪食，童稚携壶浆。相随饷田去，丁壮在南冈。足蒸暑土气，背灼炎天光。力尽不知热，但惜夏日长。"农村所有的人口都调动了，媳妇和婆婆扛着盛着饭食的竹器、小孩拿着水壶走在乡间的小路上，他们是去给地里干活的男人们送吃送喝。而男人们在干什么？原来他们正冒着酷暑，争分夺秒地在抢收。即便脚下的泥土已经被晒到烫脚，背上被太阳火辣辣地烤晒，累到筋疲力尽还不知道炎热，就是为了珍惜夏天的昼长而赶紧去收割麦子。

这幅生动的劳作图里蕴含着作者对劳动人民劳苦的深深怜悯与同情。

如若这八句构成的收麦图是近景，那么接下来作者则用八句构成了一个触目惊心的特写镜头——贫穷的拾麦者。

"复有贫妇人，抱子在其旁。右手秉遗穗，左臂悬敝筐。听其相顾言，闻者为悲伤。家田输税尽，拾此充饥肠。"忙碌的收麦图里突然出现了一个不和谐的音符，一个贫穷的妇女，怀里抱着孩子，左手提着破破烂烂的筐子，右手去拣拾遗漏在地上的麦穗。那么为什么她们要去拾麦穗？因为家里的田地已然抵了重税，没了粮食和食物，只能拾些麦穗来填饱肚子。

如果收麦图表现的是苦，那么拾麦图无疑是在表现悲。收麦虽然辛苦，调动了所有的家人甚至是小孩，但毕竟还有粮食可供糊口；而这些可怜的拾麦客——贫穷的妇女和儿童，连吃饭都成了问题。究其原因，全是因为国家赋税过重。

因为看到了这两幕场景，作者在思考的同时用最后六句对自己进行了反省。而且这种反省的真诚与深刻，是普通的士大夫之流很难具有的。“今我何功德？曾不事农桑；吏禄三百石，岁晏有余粮。念此私自愧，尽日不能忘！”到这里，白居易有一股内疚之情，他内疚自己不干农活，却安享着三百石的俸禄，年底也不用担心粮食不够。这在作者看来，非常惭愧。而在读者看来，这种惭愧显得真诚而不矫情，因为白居易能够冒着酷暑到田间了解民间疾苦，而这样的官吏真的很少见。

该诗真实生动地描绘了劳动人民的疾苦，更难能可贵地降低身份进行自我反思，这些正是白居易超越其他士大夫诗作的地方。

京兆府新栽莲

污沟贮浊水，水上叶田田①。
我来一长叹，知是东溪莲②。
下有青污泥，馨香无复全。
上有红尘扑，颜色不得鲜。
物性犹如此，人事亦宜然。
托根非其所，不如遭弃捐③！
昔在溪中日，花叶媚清涟；
今年不得地，憔悴府门前！

注　释

① 田田：莲叶多而密的样子。汉乐府《江南》云："江南可采莲，莲叶何田田。"
② 东溪：泛指明净的溪水。
③ 弃捐：抛弃。

题　解

作者自注："时为盩厔县尉，趋府作。"县尉的角色或者拜迎长官，或者鞭挞黎庶，对于白居易来说，这是一种痛苦的职务。诗人以莲花自拟，通过写浊水中的莲花丧失馨香和艳丽颜色，表达对现状的不满，也说明环境对人和物的影响。

赏　析

诗人在赴京兆府办事的路上，看到了浊水中莲花的景象，于是有了下面一系列的描写和感想。

"污沟贮浊水，水上叶田田。"污浊的沟渠里贮满了肮脏的浊水，水面上却荷叶茂盛。诗人先写大致的印象，一池的污水里生长着莲花，说明莲花生长的环境之恶劣。

"我来一长叹，知是东溪莲。"我来这里看到便发出一声长叹，知道这水里的莲花原本该是生长在清水里的。看一眼荷花的样子，便知道它们本不该生长在这肮脏的环境里，因为它们只是适合在清水里生长。

那么这些莲花到底有着什么样的惨状？"下有青污泥，馨香无复全。上有红尘扑，颜色不得鲜。"下面污泥发出的臭味，把莲花散发出的馨香遮盖得一点不剩。莲花上因为沾有尘土，颜色也变得不是那么艳丽。因为污水的原因，原本美丽的荷花不仅丧失了馨香，也没了原来美丽的样子。

"物性犹如此，人事亦宜然。"事物的性子尚且如此，人间的事情又何尝不是这样。这两句开始，诗人从莲花转折到了自己，莲花没有遇见好的环境，诗人何尝又不是这样？

"托根非其所，不如遭弃捐！"与其把根子扎在错误的地方，不如直接被抛弃来得爽快。至此，诗人对自己现状的厌倦与不满达到了顶点。

"昔在溪中日，花叶媚清涟；今年不得地，憔悴府门前！"想起往常在清水之中的莲花花叶飘香，在波光粼粼中煞是好看。如今在不合适的地方生长，在府门前只能是一副憔悴的样子。诗人用莲花在溪中的美好时光表达自己对过去生活的缅怀。

诗人借物抒情，把官场比作一个污水坑，把自己比作莲花，表明了自己不愿意同流合污的意愿。

赠　内

生为同室亲，死为同穴尘[①]。
他人尚相勉，而况我与君？
黔娄固穷士[②]，妻贤忘其贫。
冀缺一农夫[③]，妻敬俨如宾。
陶潜不营生，翟氏自爨薪[④]。
梁鸿不肯仕[⑤]，孟光甘布裙。
君虽不读书，此事耳亦闻。
至此千载后，传是何如人？
人生未死间，不能忘其身。
所须者衣食，不过饱与温。
蔬食足充饥，何必膏粱珍[⑥]？
缯絮足御寒[⑦]，何必锦绣文？
君家有贻训[⑧]，清白遗子孙。
我亦贞苦士，与君新结婚。
庶保贫与素[⑨]，偕老同欣欣[⑩]。

注 释

① 同穴：指夫妻之义。

② 黔娄：春秋时齐国贤者，终身贫穷。

③ 冀缺：春秋时晋国人。

④ 翟氏：陶渊明妻子。爨（cuàn）薪：烧火做饭，泛指做家务。

⑤ 梁鸿：东汉末年人，隐居不仕。

⑥ 膏粱：肥肉与大米，代指富贵生活。

⑦ 缯（zēng）：粗糙的绸子。絮：粗棉。

⑧ 贻训：遗训。

⑨ 庶：希望，但愿。

⑩ 偕老：白头到老。欣欣：心情舒畅的样子。

题 解

旧时士大夫称呼妻子为内子，赠内即赠妻。唐宪宗元和三年（808）白居易娶了好友杨虞卿的堂妹杨氏为妻，本诗就是赠送给新婚妻子杨氏的作品。该诗用议论的笔调表达了作者的婚恋观和人生观，并对新婚妻子杨氏委婉地提出了要求：安贫乐道，相敬如宾。诗中也表现了白居易对妻子的一种尊重和体贴，我们可以把这首诗看作是白居易的婚姻宣言。

赏 析

白居易是尊重妇女的。他能够认识到妇女在社会上和家庭里的屈辱地位，对遭歧视、受蹂躏的妇女深怀同情，对男女不平等有着强烈的不满。他在许多诗作里均表达了他的这种态度，尤其在《太行路》里他对妇女的同情达到了极致："人生莫作妇人身，百年苦乐由他人。"正是因为他有这种男女平等的观念，才有了对妻子的尊重、体贴、挚爱，也让后人看到了他的这些诚恳诗句。

"生为同室亲，死为同穴尘。"作者开篇直抒胸臆，表达愿意与妻子相濡以沫、相守一生的婚恋态度。这种态度严肃认真、真实动情，感动着杨氏，感染着读者。

接下来作者用四位贤者及其妻子的事例说明什么样的夫妻才算楷模。黔娄不追求名利，妻子也不贪图物质；冀缺由贵族变成农民，妻子一样尊重体贴；陶渊明弃官归隐，妻子翟氏照样操持家务；梁鸿不肯当官，妻子也没嫌弃家贫。诗人用浅显直白的语言交代了四对夫妇的纯朴爱情，提倡相敬如宾、安贫乐道的精神。

"君虽不读书，此事耳亦闻。至此千载后，传是何如人？"作者一个设问，既是在问杨氏，也是在问自己。白居易在表达自己对妻子的真诚爱情态度的同时，实质上也是在给妻子灌输自己对待今后生活的理念——安贫乐道。

白居易一直奉行"穷则独善其身，达则兼济天下"的儒家信条，他是一个安于清贫并且希望保持清白的人。在新婚初期，白居易利用这个机会委婉地教导妻子与自己保持一致的态度。"人生未死间，不能忘其身。"人活在世上，不能形同行尸走肉，要做一个“独善其身”的人。这是白居易对爱妻的要求，也是对后人的谆谆教导。

接下来三句，作者进一步论述安贫乐道的观点：在人生的道路上，简单地追求温饱两个字。有蔬菜饭食就可以，不必追求什么美味佳肴；粗麻布衣暖和就行，无须追求绫罗绸缎。白居易这种安贫乐道和对待物质的态度至今仍然具有现实意义，值得我们去学习。

之后作者又用杨氏的家祖事例进一步阐述，希望和妻子一道同甘共苦。据说杨氏的家祖是后汉太守杨震。杨震奉公守法，清正廉洁，他的子孙都是吃菜粥，徒步走路。有人劝杨震给子孙置办田产，杨震拒绝说，子孙清清白白是一件再好不过的事情。

“庶保贫与素，偕老同欣欣。”无论今后贫穷还是富有，愿与你白头到老。多么真挚的情感誓言！

李都尉古剑

古剑寒黯黯①，铸来几千秋。
白光纳日月②，紫气排斗牛③。
有客借一观，爱之不敢求。
湛然玉匣中④，秋水澄不流。
至宝有本性，精刚无与俦⑤；
可使寸寸折，不能绕指柔⑥。
愿快直士心，将断佞臣头⑦；
不愿报小怨，夜半刺私仇。
劝君慎所用，无作神兵羞⑧。

注　释

① 黯黯：指剑光阴森逼人。
② 纳：纳入，收引。
③ 排：向上冲开。斗牛：斗宿星、牛宿星。这里指宝剑的灵气直奔云霄。
④ 湛然：水清澈的样子。
⑤ 俦（chóu）：并列。
⑥ 绕指柔：宝剑乃百炼成钢，刚者是不可化为柔软的。
⑦ 佞臣：奸臣。
⑧ 神兵：神圣的兵器，指宝剑。羞：玷污。

题　解

这首诗大约作于唐宪宗元和三年（808）左右，白居易时年三十七岁，初任左拾遗（谏官），充翰林学士。他认为谏官必须刚正不阿，以此自律，即使在皇上面前也是直言极谏，绝无谄媚之态。白居易的这种直言曾令唐宪宗感到不快，宪宗向李绛抱怨："白居易小子，是朕拔擢致名位，而无礼于朕，朕实难奈。"李绛认为这是白居易的一片忠心，而劝谏宪宗广开言路。《李都尉古剑》正是在这种背景下写出的。李都尉指汉代李陵，因武帝时官拜骑都尉，所以六朝及唐人往往称其为李都尉。这里用来说明古剑的来历不凡。

赏　析

这是一首托物言志的诗。作者借歌咏古剑，表达了自己刚正不阿、不畏强权的信念。

本诗可以分为三层。前八句为第一层，主要描绘宝剑与众不同的外形。中间四句为第二层，主要写宝剑的卓越品质。最后六句为第三层，写宝剑的用途。

"古剑寒黯黯，铸来几千秋。白光纳日月，紫气排斗牛。"这古剑寒气逼人，说起来已经有上千年的历史。宝剑吸纳日月之光，发出的紫气直冲云霄。这四句极尽刻画古剑的超脱不凡。"有客借一观，爱之不敢求。湛然玉匣中，秋水澄不流。"有客人听说后跑来想看一看，非常喜欢却不敢奢求得到。东汉袁康《越绝书》："太阿剑，视之如秋水。"用秋水形容剑光，由来已久。诗作继描绘古剑"寒黯黯"，可以"纳日月""排斗牛"之后，又以"湛然秋水"形容，更进一步表现古剑的威光四射，非同一般。因此客人有观之者，即使很喜欢它，也不得不自叹是凡夫俗子，不敢奢望得到它。

"至宝有本性，精刚无与俦；可使寸寸折，不能绕指柔。"这宝剑不仅外形不俗，而且品质无与伦比，它的纯度与硬度不是一般刀剑所能比拟的。宝剑乃百炼成钢，所斩之物可寸寸折断，但是宝剑是刚强之性，不能使它变成软弱。"可使寸寸折，不能绕指柔。"看似是在表现宝剑的品质，实际上表达作者刚正不阿、不畏强权的做官信条。

那么如此出众的宝剑，应该完成它什么样的使命呢？“愿快直士心，将断佞臣头；不愿报小怨，夜半刺私仇。劝君慎所用，无作神兵羞。”它愿意充当杀伐谄佞的先锋，为国为民除掉奸邪。至于区区个人恩怨就不是宝剑所乐于效命的了，它不屑于做那些需要半夜行动、见不得人的丑事。这样锋利的兵器，应该使用在最恰当的地方，不能玷辱了宝剑的品质。这一层通过宝剑的秉性表达了作者深刻的政治思想以及远大的政治抱负。

这首诗论剑，古剑实际上是一种自喻，也是一种自勉。诗人通过表现古剑超凡脱俗的外形以及无与伦比的品质，借以塑造一个刚正不阿、以国家大局为重、不计个人恩怨的重臣和谏官的形象。诗人身为左拾遗，其实也表明他自己作为谏官要刚正不阿、不畏强权的态度。但诗的主旨并没有明白直接地说出来，而是紧紧扣住宝剑的特征来表现，全诗没有一句话不是围绕着这把古剑写的，每一句都从不同的角度去刻画。诗人将咏剑与赞人，自然融合为一。

清潘德舆曾在《养一斋诗话》里高度评价这首诗：“综而观之，节甚峻，识甚远，信有道者之言。诗可以兴，此类是也。”

初授拾遗

奉诏登左掖[1]，束带参朝议[2]。
何言初命卑[3]，且脱风尘吏[4]。
杜甫陈子昂[5]，才名括天地。
当时非不遇，尚无过斯位[6]。
况予蹇薄者[7]，宠至不自意[8]。
惊近白日光[9]，惭非青云器[10]。
天子方从谏，朝廷无忌讳。
岂不思匪躬[11]？适遇时无事。
受命已旬月[12]，饱食随班次[13]。
谏纸忽盈箱[14]，对之终自愧。

注　释

① 左掖：又称左省，唐代指门下省。白居易任左拾遗，属门下省。

② 束带：指穿着朝服。《论语·公冶长》："赤也，束带立于朝，可使与宾客言也。"

③ 初命：初次任命的官员。

④ 风尘吏：指任县尉，奔走风尘。

⑤ 杜甫、陈子昂：二人皆官至拾遗，故下云"尚无过斯位"。

⑥ 斯位：指拾遗一职。

⑦ 蹇（jiǎn）薄：才能低下，时运不佳。

⑧ 不自意：自己本来不敢有这样的想法。

⑨ 白日光：比喻皇帝。

⑩ 青云器：指志趣高远者或堪任贵显职位者，古代用"致身青云"来称作大官。

⑪ 匪躬：不能因为个人的利害而不尽忠于君王。《易经·蹇卦》："王臣蹇蹇，匪躬之故。"

⑫ 受命：接受任命。

⑬ 班次：朝廷官员按品秩排列的位次。

⑭ 谏纸：书写谏章的纸张。

题　解

唐宪宗元和三年（808）五月，白居易初授拾遗，满怀激情地写下了这首诗。唐代拾遗，掌管供奉和讽谏事宜，可参加朝廷的议论，也可以单独上奏皇帝。在这首诗里诗人既流露了被赏识的感激之情，又展现了自己对拾遗官职的看法。作为一个诗人，他用比较感性的诗句陈述了自己任拾遗之后的心理。

赏　析

这首诗主要描绘了诗人初任左拾遗的一些心情和想法。

“奉诏登左掖，束带参朝议。何言初命卑，且脱风尘吏。”我接受朝廷的任命担任左拾遗一职，穿着朝服参加朝廷的会议。不必说初次任命职位低微，起码摆脱了当县尉的辛苦。诗人对被任命为左拾遗还是比较高兴的，在这之前他只是一个辛苦的盩厔县尉。左拾遗的官职可以在朝中议事，可以看见皇帝，这在封建时代来说，对于读书人是个莫大的荣耀。

“杜甫陈子昂，才名括天地。当时非不遇，尚无过斯位。”杜甫和陈子昂这样的人，才能名满天下。他们当时也不是没有遇到明君，但也都仅仅是做到左拾遗的职位。诗人用杜甫、陈子昂这样的人才作对比，更能体现左拾遗一职带给诗人的成就感。

“况予蹇薄者，宠至不自意。惊近白日光，惭非青云器。”我这样才能低下者，竟然得到了皇帝的恩宠。惊喜的是能接触到皇帝，但却惭愧自己不是栋梁之才。这四句诗人自谦，点明被皇帝恩宠后的喜悦心情。

“天子方从谏，朝廷无忌讳。岂不思匪躬？适遇时无事。”当今天子从谏如流，大臣们在朝廷上畅所欲言没有任何顾忌。我也想为皇帝尽忠，可是这么长时间却没有发现可以谏议的问题。对于这种知遇之恩，诗人感激皇帝，并且愿意为他尽忠，于是诗人美化唐宪宗从谏如流。实际上在这之后白居易频繁上书言事，写了大量的反应社会现实的诗歌，希望以此补察时政，他甚至敢于当面指出皇帝的错误。

“受命已旬月，饱食随班次。谏纸忽盈箱，对之终自愧。”接受任命已经有一个月了，每天只是吃饱了跟着上朝。突然发现谏议已经写满了一箱，看到这些我就感到惭愧。“谏纸忽盈箱”看似与上文的“适遇时无事”相矛盾，但应该是诗人已经观察到了许多的社会问题，但苦于没有合适的机会谏议出来。

这首诗语言直白，情感质朴。作为一个同情百姓疾苦，敢于揭露朝廷和官吏问题的封建士大夫，白居易此时只是等待合适的机会去爆发。不久以后的《新乐府》五十首和《秦中吟》十首便是诗人在左拾遗任上的强力之作。

江　楼　月

嘉陵江曲曲江池①，明月虽同人别离。
一宵光景潜相忆，两地阴晴远不知。
谁料江边怀我夜，正当池畔望君时。
今朝共语方同悔，不解多情先寄诗②。

注　释

① 曲江：在长安东南，为长安游乐胜地。
② 不解：没有想到。

题　解

这是《酬和元九东川路诗十二首》里的第五首，是白居易给元稹的赠答诗。唐宪宗元和四年（809）春，元稹以监察御史使东川离开京都，离别正在京任翰林的挚友白居易。他独自在嘉陵江岸驿楼中，作七律《江楼月》寄白居易，表达深切的思念之情。诗云："嘉陵江岸驿楼中，江在楼前月在空。月色满床兼满地，江声如鼓复如风。诚知远近皆三五，但恐阴晴有异同。万一帝乡还洁白，几人潜傍杏园东。"后来白居易回应而作，在题下注云："十二篇皆因新境追忆旧事，不能一一曲叙，但随而和之，惟予与元知之耳。"

赏　析

诗人一开始就写分离后的思念。"嘉陵江曲曲江池"，元、白二人，元稹在嘉陵江，而白居易在曲江，虽然都在同一轮明月的照耀下，但是两人却没有在一起。"明月虽同人别离"表达一种遗憾的情绪，昔日的好友不能一起赏月游玩，睹月忆人，这是多么无奈又伤感的一件事情。

"一宵光景潜相忆，两地阴晴远不知。"一晚上的时间都在深深地回忆，不知道嘉陵江和曲江两地的天气是否一样，如果不一样，怕是连月亮都不能一同看到。用"一宵"的时间去"相忆"，证明时间之长，整整一个晚上没有休息；一个"潜"字则表明回忆的状态，表示作者陷入了深思。那么是什么让作者陷入了深思？"两地阴晴远不知"。原来刚才还在感慨同在一轮明月下却不能相聚，但到了这里作者开始担心，如若两地阴晴不一，那么元、白同在月下的这一假设都不能成立了。

"谁料江边怀我夜，正当池畔望君时。"不知道元稹当时站在嘉陵江旁怀念"我"，其实那时候"我"也站在曲江湖畔回忆元稹。这两句可以说是思念的表露，一个"谁料"带有懊悔、自责的意思。那么到底懊悔什么呢？最后两句表明了懊悔的内容。

"今朝共语方同悔，不解多情先寄诗。"原来懊悔的是没有早寄诗句，"方"同上句的"谁料"一样，都有表示后悔的含义。"共语""同悔"则表明彼此都看重相互的情谊，双方的思念一样深。

一般的诗句都是借景抒情，通过景物的变幻最终展现作者所要表达的情感。但是本诗通篇都在抒情，而在抒情的过程中将写景也融了进去。读罢诗句，读者脑海里不由得浮现一幅画面：两位诗人分别在两地的江边作诗，在同一轮明月下赏景、忆人。

同李十一醉忆元九

花时同醉破春愁①，
醉折花枝作酒筹②。
忽忆故人天际去③，
计程今日到梁州④。

注　释

① 破：解除。
② 酒筹：饮酒行令的用具。
③ 天际：肉眼能看到的天地交接的地方。
④ 梁州：今陕西汉中一带。

花时同醉破春愁

题　解

李十一为李建，陇西人，白居易的朋友。元九，即元稹。这首诗写于唐宪宗元和四年（809），这年春天元稹奉命出使东川。一天白居易与李建、白行简（文学家，白居易弟弟）同游长安曲江慈恩寺，并设宴于花下，白居易在席间写下了这首怀念元稹的诗。

赏　析

“花时同醉破春愁，醉折花枝作酒筹。”春游慈恩寺，与友人把酒言欢，折取花枝行酒令。这本是一件非常开心的事情，但是却出现了“春愁”。在如此优美舒畅的环境氛围下，诗人愁什么呢？

从元白二人的深厚友情看，元白二人经常去城南游玩，这次和李建、白行简一同到慈恩寺，故地重游，不免回忆起往事，勾起了与元稹同游的记忆。用“春愁”来概括这种心情，又用“醉”来解除这种不愉悦的心情，这种欢乐时的惆怅与孤寂，表现元白二人的友情之深厚。实际这些情绪也是在给下句的思念做铺垫。

“忽忆故人天际去，计程今日到梁州。”忽然想起来元稹已经走了，计算行程今天应该到了梁州。“忽忆”强调突然，既让诗境开阔，也承接了上句的“破春愁”。“天际”则说明朋友已经远远地离去，更能表现诗人的孤独与寂寞。“计程”是一个细节展现，什么样的人才会彼此关心对方的行程呢？只有最亲近的人才会如此。一个“计程”再次强调了元白友谊的深厚。

这首诗浅显易懂，但却饱含真诚，白居易以他的真情打动了无数的读者。

根据唐代孟棨在《本事诗》记载，白居易写这首诗的时候元稹正在梁州，而且也写了一首相对应的《梁州梦》：“梦君同绕曲江头，也向慈恩院院游。亭吏呼人排去马，忽惊身在古梁州。”因为有着如此的默契，白居易诗中写的真事竟与元稹的梦境两相吻合。也因为如此，孟棨在《本事诗》中赞叹元白友谊为“千里神交”。

望　驿　台

靖安宅里当窗柳，
望驿台前扑地花[1]。
两处春光同日尽，
居人思客客思家[2]。

注　释

① 望驿台：今四川广元。
② 居人：在家的人，这里指元稹的妻子。客：指元稹。

题　解

这是白居易应和元稹的一首诗。唐宪宗元和四年（809）三月，元稹以监察御史身份出使东川按狱，在出行的路途之间写下《使东川》绝句一组。其中一首为《望驿台》，是元稹思念妻子韦丛而作：“可怜三月三旬足，怅望江边望驿台。料得孟光今日语，不曾春尽不归来！”之后，正在长安任左拾遗和翰林学士的白居易写了总题为《酬和元九东川路诗十二首》的和诗，并题词说：“十二篇皆因新境追忆旧事，不能一一曲叙，但随而和之，惟予与元知之耳。”这首是其中的第十一首，原诗题下注：“三月三十日。”

赏　析

既然是回应元稹思念妻子的一首诗，那么诗文内容自然也是围绕着“思念”来展开的。

“靖安宅里当窗柳”，首句写的是元稹的妻子韦丛在家等待着元稹。“当窗柳”即为韦丛。古人常用柳枝来表示思念，由此我们可以想象出这样一幅画面：韦丛不管是在屋里还是屋外，都守候着窗前的柳树向远处望去，期盼着元稹能够回家。

“望驿台前扑地花”，这句自然是在写元稹。元稹一个人在驿站，看到满地的鲜花，想起了跟鲜花一样美丽的妻子，思念之情油然而生。

“两处春光同日尽”，两地的春天一同消失，但两人却不能相聚。这句表达元稹与妻子分隔两地的一种遗憾。“春光”不仅仅指春天，也指代两人相聚的美好愿望，但现在这些意愿却消失了。一个“尽”字，形象地表现人在天涯的伤感情绪。

最后一句“居人思客客思家”，则表现二人的思念之情。家里的韦丛思念在外任职的元稹，元稹同样思念着家里的妻子。

全诗围绕着思念来写，第一、二句虽无“思”字，却用形象生动的“当窗柳”和“扑地花”来表现相思之情；第三句则进一步升华思念之情，“同日尽”让这种思念之情带上了伤感的氛围；最后一句则点明主旨，前面的铺叙在此爆发。

寄唐生

贾谊哭时事[①]，阮籍哭路歧[②]。
唐生今亦哭，异代同其悲。
唐生者何人？五十寒且饥。
不悲口无食，不悲身无衣；
所悲忠与义，悲甚则哭之。
太尉击贼日[③]，尚书叱盗时[④]。
大夫死凶寇[⑤]，谏议谪蛮夷[⑥]。
每见如此事，声发涕辄随。
往往闻其风，俗士犹或非。
怜君头半白，其志竟不衰。
我亦君之徒，郁郁何所为[⑦]？
不能发声哭，转作乐府诗。
篇篇无空文，句句必尽规[⑧]。
功高虞人箴[⑨]，痛甚骚人辞[⑩]。
非求宫律高[⑪]，不务文字奇；
惟歌生民病[⑫]，愿得天子知。
未得天子知，甘受时人嗤[⑬]。
药良气味苦，琴澹音声稀[⑭]。
不惧权豪怒，亦任亲朋讥。
人竟无奈何，呼作狂男儿。
每逢群动息，或遇云雾披[⑮]；

但自高声歌，庶几天听卑⑯。
歌哭虽异名，所感则同归。
寄君三十章⑰，与君为哭词。

注 释

① 贾谊：西汉初期杰出的政治家、文学家。因为上疏言政事，得到汉文帝赏识。后为大臣所忌，出为长沙王太傅。三十二岁去世。哭时事：贾谊《陈政事疏》："臣窃唯时势可为痛哭者一，可为流涕者二，可为长太息者六。"

② 阮籍：字嗣宗，"竹林七贤"之一。哭路歧：阮籍因不满司马氏的黑暗统治，常常借酒浇愁，或独自驾车出游，每当行至无路可走之时，便恸哭而返。

③ 太尉：指段秀实。《旧唐书·段秀实传》记载朱泚谋反叛唐自立，段秀实以笏击打朱泚，并唾面大骂，遂遇害。德宗后下诏赠太尉。

④ 尚书：指颜真卿。《旧唐书·颜真卿传》记载，南平郡王李希烈起兵反唐，颜真卿面对李希烈的种种威吓诱逼不为所动，坚决不附从，不久被缢死。

⑤ 大夫：指陆长源。《旧唐书·陆长源传》记载陆长源被不守规定的兵士杀而食之。

⑥ 谏议：指阳城。德宗时官谏议大夫，因为与奸臣裴延龄等对立而被贬。

⑦ 郁郁：忧愁的样子。

⑧ 必尽规：竭力谏诤。

⑨ 虞人箴：《左传·襄公四年》记载魏绛向晋侯进言："昔周辛甲之为大史也，命百官官箴王阙，于虞人之箴曰：'茫茫禹迹，画为九州，经启九道。民有寝庙，兽有茂草。各有攸处，德用不扰。在帝夷羿，冒于原兽。忘其国恤，而思其麀牡。武不可重，用不恢于夏家。兽臣司原，敢告仆夫。'虞箴如是，可不惩乎？"其时晋侯好田猎，故魏绛引虞人之箴以谏之。

⑩ 骚人辞：指《离骚》等《楚辞》作品。

⑪ 宫律：指音阶乐律，又指齐梁以来的诗歌声律。

⑫ 生民：民众，老百姓。

⑬ 嗤：讥笑。

⑭ 瑟澹：指古琴音节曲调比较简单。

⑮ 云雾：此处比喻奸臣。

⑯ 庶几：表示愿望的词。天听卑：君主能下听位卑者之言。

⑰ 三十章：指白居易的部分讽喻诗。

题 解

唐宪宗元和五年（810），白居易改官京兆户曹参军，次年母亲陈氏卒于长安，白居易丁忧退居下邽。此诗当作于长安时。唐生即唐衢，河南荥阳人。善为歌诗，意多感发，是白居易《新乐府》诗的最早知音者之一。唐衢是一位正直的志士，他与白居易有着共同的思想基础。此诗托寄唐生，抒写悲愤，阐述了白居易创作《新乐府》的本旨，是关于《新乐府》的创作动机、基本倾向和艺术特色的重要诗论。

赏 析

这首诗可以分为三层。前二十句为第一层，主要勾画了唐衢的人物形象及特点，给读者展示了一个忠直正义之士。中间十二句为第二层，主要为诗人自述其创作《新乐府》的思想动机、基本倾向和艺术特色。最后十六句为第三层，表示自己长歌当哭，引唐生为知己。

“贾谊哭时事，阮籍哭路歧。唐生今亦哭，异代同其悲。”贾谊为社会危机而恸哭，阮籍为司马氏的黑暗统治而痛哭。他们都身怀绝技而生不逢时，是无法施展自己抱负的悲剧人物。而唐生也哭泣，“异代同其悲”虽然所处时代不同，但哭泣的性质相同。这就留了个悬念，唐生为什么和他们一样呢？

接下来作者揭开了谜底。“唐生者何人？五十寒且饥。不悲口无食，不悲身无衣；所悲忠与义，悲甚则哭之。”唐生是谁？唐衢 50 岁了仍饥寒交迫，但是他不是哭没吃没穿，而是为朝廷里的忠与义感到难过，一想到悲伤处便哭了出来。至此，我们才明白唐生是一个为饥寒所迫但又极关心国计民生，心怀忠义的正直之士。

“太尉击贼日，尚书叱盗时。大夫死凶寇，谏议谪蛮夷。每见如此事，声发涕辄随。”诗人列举了唐生在知道段秀实、颜真卿、陆长源、阳城等仁人志士惨遭不幸时痛哭流涕的行为，可见唐生悲痛之深，对忠义之士尊崇至极。

“往往闻其风，俗士犹或非。怜君头半白，其志竟不衰。”那些不明白唐生忠义的凡夫俗子往往还批评他，可怜他头发都已半白，但是唐生的志向却没有衰减。这四句愈将一个关心国事、疾恶如仇的忠义之士形象极其丰满地印在读者脑中。

接下来便是作者阐述其创作理念的部分。

“我亦君之徒，郁郁何所为？不能发声哭，转作乐府诗。篇篇无空文，句句必尽规。功高虞人箴，痛甚骚人辞。非求宫律高，不务文字奇；惟歌生民病，愿得天子知。”我也是忠义之士，但是我不能哭泣，所以创作乐府诗来表达忠义。白居易《新乐府》理论的一个重要内容在于，诗歌必须如实地针砭时弊，为人民的疾苦而呼吁，以达到讽喻的目的。所以诗中说“惟歌生民病，愿得天子知”。所谓“篇篇无空文，句句必尽规”“非求宫律高，不务文字奇”就是要求乐府诗的语言质朴无华，直截了当，不追求音节的新奇和辞藻的华丽，达到通俗化、平易化。只有这样，才能“补察时政”“泄导人情”，从而达到“救济人病，裨补时阙”(《与元九书》)，改善人民生活，改良朝廷政治的目的。

“未得天子知，甘受时人嗤。药良气味苦，瑟澹音声稀。不惧权豪怒，亦任亲朋讥。人竟无奈何，呼作狂男儿。每逢群动息，或遇云雾披；但自高声歌，庶几天听卑。歌哭虽异名，所感则同归。寄君三十章，与君为哭词。”创作《新乐府》不被皇帝知道理解，理所当然受到世人的嗤笑。良药苦口，知音难觅。不畏惧权贵们被揭露后的愤怒，也任凭亲朋好友的讥笑，最后竟被他们称作狂妄的男子。看到奸臣当道，诗人只是盼着有朝一日天子能够听到他的呼声，改革弊政，造福百姓。

上阳白发人

愍怨旷也。

上阳人，红颜暗老白发新。
绿衣监使守宫门①，一闭上阳多少春。
玄宗末岁初选入，入时十六今六十。
同时采择百余人②，零落年深残此身。
忆昔吞悲别亲族，扶入车中不教哭③；
皆云入内便承恩，脸似芙蓉胸似玉。
未容君王得见面，已被杨妃遥侧目。
妒令潜配上阳宫，一生遂向空房宿。
秋夜长，夜长无寐天不明；
耿耿残灯背壁影，萧萧暗雨打窗声④。
春日迟，日迟独坐天难暮；
宫莺百啭愁厌闻，梁燕双栖老休妒。
莺归燕去长悄然⑤，春往秋来不记年。
唯向深宫望明月，东西四五百回圆。
今日宫中年最老，大家遥赐尚书号⑥。
小头鞋履窄衣裳，青黛点眉眉细长；
外人不见见应笑，天宝末年时世妆⑦。
上阳人，苦最多：

少亦苦，老亦苦，少苦老苦两如何？
君不见昔时吕向《美人赋》[8]；
又不见今日上阳白发歌！

注　释

① 绿衣监使：内侍省的宫教、监作等官员，负责监视宫女。
② 采择：指选择婚姻对象。
③ 不教：不让。
④ 萧萧：雨声。
⑤ 悄然：黯然神伤。
⑥ 大家：宫中对皇帝的称呼。
⑦ 时世妆：流行时妆。
⑧ 吕向《美人赋》：作者自注为："天宝末，有密采艳色者，当时号花鸟使，吕向献《美人赋》以讽之。"

题　解

这首诗是《新乐府》五十首的第七首。这首诗以上阳宫人传说为基础，描写了女主人公一生独守空房的悲惨生活，揭露批判了封建后妃制度的邪恶之处。唐宪宗元和四年（809）三月，白居易在上呈皇帝的奏状《请拣放后宫内人》中指出："宫内人教，积久渐多。伏虑驱使之余，其数尤广。上则虚给衣食，有供亿靡费之烦；下则离隔亲族，有幽闭怨旷之苦。事宜省费，物贵徇情。"《上阳白发人》即是于启奏之外为同一目的而写的作品。

赏　析

上阳，指当时东都洛阳的皇帝行宫上阳宫。作者并没有罗列后宫人的种种遭遇，而是由一个老宫女的一生去写，形象而又概括地解释了后宫佳丽的悲惨命运。

"上阳人，红颜暗老白发新。绿衣监使守宫门，一闭上阳多少春。玄宗末岁初选入，入时十六今六十。同时采择百余人，零落年深残此身。"上阳宫女青春红颜离去，白发却一天天增多。绿衣监把守着宫门，宫女进去就是很多年。进去的时候还是妙龄女子，如今却已经成了白发老人。一同进去的上百人，如今只有她一个。

"忆昔吞悲别亲族，扶入车中不教哭；皆云入内便承恩，脸似芙蓉胸似玉。未容君王得见面，已被杨妃遥侧目。妒令潜配上阳宫，一生遂向空房宿。"这八句以宫女的回忆去写与亲人离别时的悲恸情景，以及入宫后的遭遇。尽管和家人告别时很伤心难过，但却不允许她哭泣。都说她长得美貌身材又好，一定会被皇帝宠信。结果进宫还未来得及见皇帝，已被杨贵妃发现，嫉妒地将她打入冷宫。

接下来写宫女被幽禁的生活。"秋夜长，夜长无寐天不明；耿耿残灯背壁影，萧萧暗雨打窗声。"独守着空房，漫长的秋夜不能入眠，她盼着天亮，天依然黑暗，于是在残灯、壁影、萧萧雨声的陪伴中度过了秋夜。"春日迟，日迟独坐天难暮；宫莺百啭愁厌闻，梁燕双栖老休妒。"春天里日子比较长，独自地坐着又很盼望天黑，觉得白天很漫长；宫中的黄莺叫得非常好听，但因为心情烦闷“愁厌闻”；一天天地等待，一天天地失望，于是看到燕子筑巢双双飞舞，已经不嫉妒了。

接下来写上阳宫女在宫中的时间之长。“莺归燕去长悄然，春往秋来不记年。唯向深宫望明月，东西四五百回圆。”春来秋往已经不记得到底待了多少年，只是记得，看到月亮从东边升起，又从西边落下，大概已经有四五百回。

老宫女落寂悲惨地度过了一生，这一生中有着太多的不眠之夜和内心煎熬。

在一番淋漓尽致的苦闷宣泄后，宫女以轻松的口吻对自己进行了调侃：“今日宫中年最老，大家遥赐尚书号。小头鞋履窄衣裳，青黛点眉眉细长；外人不见见应笑，天宝末年时世妆。”如今已经成了宫中最老的宫女，皇帝给赐了个“尚书”的名号。穿着小头鞋、窄衣裳，眉毛画得修长，外人见了一定会嘲笑，因为这身装扮是唐玄宗时期流行的，落后了半个世纪，她成了老古董。一辈子的幽禁换了个“尚书”的虚名，宫女有着说不出的伤痛。

“上阳人，苦最多：少亦苦，老亦苦，少苦老苦两如何？君不见昔时吕向《美人赋》；又不见今日上阳白发歌！”上阳宫女的苦最多，年轻的时候苦，年老了也苦，年轻的苦和年老的苦到底怎么样，已经不用细说了。当年吕向的《美人赋》讽谏选宫女，今天的上阳白发歌也是出于此种目的。

这首诗通俗易懂，生动形象。作者通过生动的环境描写、心理描写以及细节描写塑造人物，将叙述、描写、议论、抒情融为一体，深刻地揭示了封建社会的黑暗。

新丰折臂翁

戒边功也。

新丰老翁八十八，头鬓眉须皆似雪；
玄孙扶向店前行①，左臂凭肩右臂折②。
问翁折臂来几年，兼问致折何因缘③。
翁云贯属新丰县④，生逢圣代无征战；
惯听梨园歌管声⑤，不识旗枪与弓箭。
无何天宝大征兵⑥，户有三丁点一丁。
点得驱将何处去？五月万里云南行。
闻道云南有泸水⑦，椒花落时瘴烟起⑧；
大军徒涉水如汤⑨，未过十人二三死。
村南村北哭声哀，儿别爷娘夫别妻。
皆云前后征蛮者，千万人行无一回。
是时翁年二十四，兵部牒中有名字⑩。
夜深不敢使人知，偷将大石锤折臂。
张弓簸旗俱不堪⑪，从兹始免征云南。
骨碎筋伤非不苦，且图拣退归乡土⑫。
此臂折来六十年，一肢虽废一身全。
至今风雨阴寒夜，直到天明痛不眠。
痛不眠，终不悔，且喜老身今独在。

不然当时泸水头，身死魂飞骨不收。
应作云南望乡鬼，万人冢上哭呦呦[13]。
老人言，君听取。君不闻：
开元宰相宋开府[14]，不赏边功防黩武[15]。
又不闻天宝宰相杨国忠[16]，欲求恩幸立边功[17]。
边功未立生人怨，请问新丰折臂翁。

注 释

① 玄孙：孙子的孙子。

② 凭肩：扶在别人肩上。

③ 因缘：原因。

④ 贯：籍贯，乡贯。

⑤ 梨园：唐玄宗时宫廷教练歌舞的地方，后亦泛指演唱之所。

⑥ 无何：不久。据《旧唐书·杨国忠传》《南蛮传》等记载：天宝中，南诏王阁罗凤袭位，云南太守张虔陀多所求丐，阁罗凤不应，虔陀数诟辱之，阴表其罪，罗凤于是发兵反。玄宗欲讨之，杨国忠荐阆州人鲜于仲通为益州长史，令率精兵八万讨南诏，与罗凤战于泸南，全军覆没。国忠掩其败状，仍叙其战功。天宝十载（751），国忠权知蜀郡都督府长史，知节度事，使司马李宓率师七万再讨南诏。宓渡泸水，为南诏所诱，至和城，不战而败，李宓死于阵。国忠又隐其败，以捷书上闻。自仲通、李宓再举讨南诏之军，其征发皆中国利兵，瘴疫之所伤，馈饷之所乏，物故者十八九。凡举二十万众，弃之死地。

⑦ 泸水：即金沙江，当时人言，泸水有瘴气，三月、四月经之必死，五月以后，行者得无害。

⑧ 椒花：云南产椒。瘴烟：南方湿热，古人称为瘴，以为能致疟疾等疫病。

⑨ 徒涉：徒步涉水。汤：烫人的水。

⑩ 兵部牒（dié）：向兵部申报的文书。

⑪ 簸旗：摇旗。

⑫ 拣退：拣选剔除不合格者。

⑬ 呦呦：哭声。这里指鬼哭声。

⑭ 宋开府：宋璟。玄宗开元十七年（729）拜尚书右丞相，文散阶至开府仪同三司。

⑮ 黩武：滥用武力。

⑯ 杨国忠：杨贵妃的堂兄，天宝年间任宰相。

⑰ 恩幸：皇帝的宠信。

题　解

这首诗是《新乐府》五十首之一。唐玄宗天宝九载（750），因云南太守张虔陀侮辱南诏王阁罗凤，于是双方开始交战。朝廷先后两次征战南诏，但均告失败。这两次用兵让唐王朝死伤二十余万士兵，国力大伤。之后安禄山乘机起兵，发动叛乱。自此，一度繁荣富强的唐帝国逐步走向衰亡。诗人有感于此，借一老翁自述锤断右臂逃离死亡的不幸经历，对当年的战争进行了反省。

赏　析

很多朝代都有好大喜功、穷兵黩武的统治者，而战争的发动往往给百姓带来巨大的灾难。

诗人以描绘一个折臂老翁开场："新丰老翁八十八，头鬓眉须皆似雪；玄孙扶向店前行，左臂凭肩右臂折。问翁折臂来几年，兼问致折何因缘。"有一个八十八岁高龄的新丰老翁，头发、眉毛、胡须都白得像雪。他的玄孙扶着他行走，左臂搭在玄孙肩上，右臂是断的。我问老翁胳膊断了多少年，顺便问问是什么原因断的。

接下来，新丰老翁向诗人讲述了一段凄惨的故事。

"翁云贯属新丰县，生逢圣代无征战；惯听梨园歌管声，不识旗枪与弓箭。无何天宝大征兵，户有三丁点一丁。点得驱将何处去？五月万里云南行。"老翁说他籍贯新丰县，原本生在圣明的朝代，在社会安定、经济繁荣的开元时期度过了美好的少年年代。他听惯了歌舞弦乐，根本不了解刀枪弓箭。但是天宝年间大征兵，每户三个男人里要出一个男丁。抓的男丁要派往哪里呢？派往万里之遥的云南。

"闻道云南有泸水，椒花落时瘴烟起；大军徒涉水如汤，未过十人二三死。村南村北哭声哀，儿别爷娘夫别妻。皆云前后征蛮者，千万人行无一回。是时翁年二十四，兵部牒中有名字。夜深不敢使人知，偷将大石锤折臂。张弓簸旗俱不堪，从兹始免征云南。"听说云南金沙江一带，椒花落地的时候满地的毒气。大军要徒步渡过热如沸水的大河，还没有完全通过，十个人里已经死了两三个。

走的时候村子里哭声一片，做儿子的告别爹娘，做丈夫的告别妻儿。都说奔赴了云南战场，却没有见一个人活着回来。那年他二十四岁，赫然看见他的名字就在征兵名册上。挑了个夜深人静的时候，偷偷用大石锤砸断了右臂，没敢让他人知道。胳膊断了拉不了弓，摇不了旗，这才免去了征兵去云南。

"骨碎筋伤非不苦，且图拣退归乡土。此臂折来六十年，一肢虽废一身全。至今风雨阴寒夜，直到天明痛不眠。痛不眠，终不悔，且喜老身今独在。不然当时泸水头，身死魂飞骨不收。应作云南望乡鬼，万人冢上哭呦呦。"伤筋断骨成为残废是痛苦的，但就是为了能退回家去。这只胳膊断了六十年，好在身体还齐全。唯一的痛苦就是遇到阴雨、寒冷天气断臂就疼，疼得整晚睡不着觉。疼归疼，但也不后悔，高兴的是如今他还活着。要不然当年去了云南，死在战场连尸骨都找不见。如果真去了，只不过成为云南万人冢上的一个望乡鬼，哭哭啼啼地朝向家乡。

那么到底是谁造成了无数家庭妻离子散的悲剧？是谁驱使那些男丁到遥远的云南卖命而死无葬身之地？又是谁逼迫了新丰人的自断其臂？

最后一段鲜明地表明了自己的观点："老人言，君听取。君不闻：开元宰相宋开府，不赏边功防黩武。又不闻天宝宰相杨国忠，欲求恩幸立边功。边功未立生人怨，请问新丰折臂翁。"作为一个老人，来说说这些原因：开元时期的宰相宋璟为了避免战争频发，对于杀敌有功的将军都没有论功行赏；而杨国忠却为了个人邀功而发动战争，等不到建立战功，人民就会怨恨四起，若是不信，就请问问新丰的折臂老人吧。杨国忠这样的奸臣为达到个人邀功的卑劣目的，视百姓性命为儿戏，肆意寻衅发动战争，给国家和民众造成了深重的灾难，诗人反对这样的不义战争。

这首诗通俗易懂，细节刻画入微。对于战争与和平的反思，既有纪实的作用，也有一定的现实意义。《唐宋诗醇》评价这首诗："大意亦本之杜甫《兵车》、前后《出塞》等篇，借老翁口中说出，便不伤于直遂，促促刺刺，如闻其声，而穷兵黩武之祸不待言矣。末又以宋璟、杨国忠比勘，开元、天宝治乱之机，具分于此。前事不忘，后事之师也。可谓'诗史'。"

太行路

借夫妇以讽君臣之不终也。

太行之路能摧车，若比人心是坦途。
巫峡之水能覆舟[①]，若比人心是安流。
人心好恶苦不常，好生毛羽恶生疮[②]。
与君结发未五载，岂期牛女为参商[③]。
古称色衰相弃背[④]，当时美人犹怨悔。
何况如今鸾镜中[⑤]，妾颜未改君心改。
为君熏衣裳，君闻兰麝不馨香[⑥]。
为君盛容饰，君看金翠无颜色。
行路难，难重陈。
人生莫作妇人身，百年苦乐由他人。
行路难，难于山，险于水。
不独人间夫与妻，近代君臣亦如此。
君不见：左纳言[⑦]，右内史[⑧]；
朝承恩，暮赐死？
行路难，不在水，不在山；
只在人情反覆间！

注　释

① 巫峡：长江三峡之一，以水流湍急难以行舟著称。

② 好生毛羽：张衡《西京赋》："所好生毛羽，所恶成创痏。"形容主观好恶不定。

③ 牛女：牛郎、织女。参（shēn）商：两星名，参宿、商宿，一在西，一在东，互不相见。

④ 色衰：《史记·吕不韦列传》："吾闻之，以色事人者，色衰而爱弛。"

⑤ 鸾镜：镜子的别称。古有孤鸾映镜睹形而悲鸣之传说，故于镜背雕饰以鸾鸟图案。

⑥ 兰麝（shè）：兰与麝香，均为香料。

⑦ 左纳言：即侍中，门下省长官。隋及唐初名纳言，武则天时改东台左相，又改纳言，玄宗时又改左相。

⑧ 右内史：即中书令，中书省长官。隋名内书令，唐初名内史令，武则天时改西台右相，玄宗时改右相。

题 解

这首诗是《新乐府》五十首之一。太行山的道路以难行著称，所以常常用来比喻世路难行。这首诗以夫妇关系比喻君臣关系，感慨君主心意难测、“伴君如伴虎”，表现了唐代政局的险恶和专制统治的弊端。诗的前半部分同样是社会写实，描写妇女色衰被弃，与《妇人苦》等诗篇所表现的主题相似。

赏 析

“太行之路能摧车，若比人心是坦途。巫峡之水能覆舟，若比人心是安流。”都说太行山的道路艰险难行，行走的车子经常被弄坏。但是跟人心相比起来，太行山的道路算是平坦的了。都说巫峡水流湍急无法行舟，但是跟人心相比，巫峡的水反倒平缓得多。题目是《太行路》，诗人一开始便点题，直接写太行山道路的艰险。但是，跟人心相比，不仅太行路显得平坦，连巫峡的水也显得平缓。诗人摆出了一个观点：人心难测。为什么会有这样的观点呢？“人心好恶苦不常，好生毛羽恶生疮。”因为人的爱好与厌恶常常很难把握，喜好一个人的时候，这个人便是完美的天使；而厌恶一个人时，这个人便长满了恶疮。

接下来诗人以一个妇人的口气对观点进行佐证：“与君结发未五载，岂期牛女为参商。古称色衰相弃背，当时美人犹怨悔。何况如今鸾镜中，妾颜未改君心改。为君熏衣裳，君闻兰麝不馨香。为君盛容饰，君看金翠无颜色。”和丈夫结婚还不到五年，原本恩爱的牛郎织女却像参、商两个星辰不能相见。古人常说，色衰会被抛弃，那些美女们便抱怨和后悔。如今镜中的我容貌并没有改变，但是丈夫已经变了心。为了丈夫，我给衣服上熏满了香料，丈夫闻到了却说不馨香；为了丈夫，我极力地梳洗打扮，丈夫看了后还是觉得不好看。

妇人极尽讨好丈夫，却换不回来丈夫的回心转意，于是诗人以妇人的口吻发出了感叹：“行路难，难重陈。人生莫作妇人身，百年苦乐由他人。”人生的路啊，确实很难走，也很难陈述。活在人世，最好不要化作女儿身，因为女人一生的苦乐都是由他人来定的。“人生莫作妇人身，百年苦乐由他人”是对男尊女卑社会的抗议。

紧接着诗人由夫妇关系转到君臣关系上："行路难，难于山，险于水。不独人间夫与妻，近代君臣亦如此。君不见：左纳言，右内史；朝承恩，暮赐死？行路难，不在水，不在山；只在人情反覆间！"人生的路啊，实在难走，比登山难，比入水难，不止夫妻的关系这样反复，近代君臣的关系也是如此。你没看到吗？侍中和中书令早上才承受皇帝恩典，晚上便被赐死了。人生的道路之所以难走，不在于水有多深、山有多高，而是因为人心难测，反复不定。

在封建社会，"君为臣纲，夫为妻纲"，夫妻关系与君臣之间有一定的相通之处。在封建专制制度下，大臣们"朝承恩，暮赐死"的例子比比皆是，白居易对"伴君如伴虎"有着深刻的体会。虽然这首诗语言质朴直白，但全诗说理清晰明了。《唐诗快》评价这首诗浅显却又高度总结人生："此等诗可谓极显浅矣。然一字一句，何非名理？即不作诗观，亦可作格言观。"

道 州 民

美臣遇明主也。

道州民，多侏儒，长者不过三尺余。
市作矮奴年进送，号为道州任土贡①。
任土贡，宁若斯?
不闻使人生别离，老翁哭孙母哭儿。
一自阳城来守郡②，不进矮奴频诏问。
城云臣按六典书③，任土贡有不贡无。
道州水土所生者，只有矮民无矮奴。
吾君感悟玺书下④，岁贡矮奴宜悉罢⑤。
道州民，老者幼者何欣欣!
父兄子弟始相保，从此得作良人身⑥。
道州民，民到于今受其赐，欲说使君先下泪⑦。
仍恐儿孙忘使君，生男多以阳为字⑧。

注 释

① 任土贡：地方向朝廷贡奉土产。

② 一自：自从。阳城：字亢宗，北平（今河北顺平县）人。守郡：担任太守。

③ 六典：即《唐六典》，唐朝典章制度的汇总，玄宗时李林甫等人编纂。《唐六典》载有诸州土贡种类数额。

④ 玺书：皇帝的诏书。

⑤ 悉罢：全部停止。

⑥ 良人：良民，平民。区别于奴婢或有人身依附关系的蕃户、杂户身份。

⑦ 使君：对太守的尊称。

⑧ 以阳为字：用阳作为名字。据《新唐书·阳城传》记载，由于阳城为民请命，取消侏儒进贡，获得百姓拥戴，为表达感激之情，百姓便将“阳”字用于孩子的名字。

题　解

这首诗是《新乐府》五十首之一。道州，今湖南道县。《旧唐书·阳城传》："道州土地产民多矮，每年常配乡户供其男，号为'矮奴'。城不平其以良为贱，又悯其编甿岁有离异之苦，乃抗疏论而免之，自是乃停其贡，民皆赖之，无不泣荷。"此篇写道州罢贡矮民之事，"美"阳城之贤和德宗之明，但其实从反面揭露了专制贡奉制度的荒谬不仁。

赏　析

这是一首歌颂官员政绩的诗，全诗可以分为三层。

第一层讲述侏儒的悲惨命运："道州民，多侏儒，长者不过三尺余。市作矮奴年进送，号为道州任土贡。任土贡，宁若斯？不闻使人生别离，老翁哭孙母哭儿。"道州的民众里有很多是身材矮小的侏儒，最高的也不超过一米。道州地方官把这些侏儒买来当作贡品送给朝廷，还说这是土地的贡奉。土地的贡奉怎么会是侏儒呢？他们没看到这种进贡让侏儒与父母、家人生生别离，那些哭泣的或是老头哭孙儿，或是母亲哭儿子。其实从汉代开始，侏儒就成了宫廷玩弄的对象，但是到了唐代更是变本加厉，道州竟然把侏儒当贡品年年进送。统治者只是考虑个人的享乐，根本没有考虑到侏儒也是人，他们也有情感和尊严。

第二层主要写道州太守阳城的事迹："一自阳城来守郡，不进矮奴频诏问。城云臣按六典书，任土贡有不贡无。道州水土所生者，只有矮民无矮奴。吾君感悟玺书下，岁贡矮奴宜悉罢。"自从阳城来到道州当太守，不再进贡侏儒，这引得皇帝频频下诏质问。阳城据理力争称，按照唐朝典章制度，只进贡地方特产。道州水土养育的只有身材矮小的百姓，没有身材矮小的贡品。皇帝被打动了，下诏停止了进贡侏儒。太守阳城为民请愿，敢于冒着生命危险义正词严地对抗诏问，确实是一位体恤民情的正直官员。《唐宋诗醇》评价这段说："诏书何可违者，正言之不可，逊辞以谢之，而民被其泽矣。"可见阳城此举的勇敢与机智。"只有矮民无矮奴"一句则充分体现了对生命个体的尊重，这在封建士大夫阶层实在难能可贵。

最后一层是道州民众对阳城的感激之情："道州民，老者幼者何欣欣！父兄子弟始相保，从此得作良人身。道州民，民到于今受其赐，欲说使君先下泪。仍恐儿孙忘使君，生男多以阳为字。"听到取消侏儒进贡后，道州老幼百姓都很欢欣鼓舞。父兄子弟才相聚在一起，从此可以做个普通的平民了。道州百姓因为受到阳城的帮助，提到太守阳城就激动地掉眼泪。他们为了记住阳城的恩情，生下的男孩取名里面都有一个"阳"字。由此我们可以看出道州百姓对正直官吏的爱戴与拥护。

这首诗歌颂了刺史阳城为民请命的精神，从中我们既能看到诗人对道州百姓的同情，也能看到诗人对阳城一般清廉爱民官吏的高度肯定与褒扬。

缚 戎 人

达穷民之情也。

缚戎人①，缚戎人，耳穿面破驱入秦。
天子矜怜不忍杀②，诏徙东南吴与越。
黄衣小使录姓名③，领出长安乘递行④。
身被金疮面多瘠⑤，扶病徒行日一驿⑥；
朝餐饥渴费杯盘⑦，夜卧腥臊污床席。
忽逢江水忆交河⑧，垂手齐声呜咽歌。
其中一虏语诸虏，尔苦非多我苦多。
同伴行人因借问，欲说喉中气愤愤。
自云乡管本凉原⑨，大历年中没落蕃⑩。
一落蕃中四十载，遣著皮裘系毛带。
唯许正朝服汉仪⑪，敛衣整巾潜泪垂；
誓心密定归乡计，不使蕃中妻子知。
暗思幸有残筋力，更恐年衰归不得。
蕃候严兵鸟不飞⑫，脱身冒死奔逃归。
昼伏宵行经大漠，云阴月黑风沙恶；
惊藏青冢寒草疏⑬，偷渡黄河夜冰薄。
忽闻汉军鼙鼓声⑭，路傍走出再拜迎；
游骑不听能汉语，将军遂缚作蕃生⑮。

配向江南卑湿地[16]，定无存恤空防备[17]。
念此吞声仰诉天，若为辛苦度残年[18]！
凉原乡井不得见，胡地妻儿虚弃捐[19]！
没蕃被囚思汉土，归汉被劫为蕃虏。
早知如此悔归来，两地宁如一处苦[20]？
缚戎人，戎人之中我苦辛。
自古此冤应未有，汉心汉语吐蕃身！

注　释

① 戎：古代对西部游牧民族的称呼。当时将蕃囚配流南方是通常的做法。

② 矜怜：怜悯。

③ 黄衣小使：唐代流外官、胥吏通服黄。

④ 乘递：即乘驿，由驿站给车马以行。

⑤ 金疮：刀枪伤。

⑥ 驿：驿站。两驿之间的路程为一驿。

⑦ 费：通“弗”，没有。

⑧ 交河：在今新疆吐鲁番。其地于贞元年间陷吐蕃。据元稹诗，主人公之父曾为安西北庭都护府边军，故白诗连言及交河。

⑨ 乡管：乡贯，籍贯。凉原：凉州、原州，治所在今甘肃、宁夏一带。

⑩ 大历：代宗年号（766—779）。蕃：吐蕃，古代西部少数民族之一。

⑪ 正朝：一年之始为正，正朝即正月一日。

⑫ 蕃候：蕃境候骑，巡逻骑兵。

⑬ 青冢：汉王昭君墓，在今内蒙古自治区呼和浩特南。诗意乃泛引。

⑭ 鼙（pí）鼓：骑兵用的小鼓。

⑮ 蕃生：活捉的吐蕃俘虏。

⑯ 卑湿地：低洼潮湿的地方。

⑰ 存恤：慰问，照料。

⑱ 若为：如何。

⑲ 胡地：吐蕃之地。弃捐：抛弃。

⑳ 宁如：还不如。

题 解

这首诗是《新乐府》五十首之一。此诗为李绅、元稹《新题乐府》原题。诗中主人公陷蕃为囚、逃归被掳的悲惨经历，反映了中唐时期民族冲突加剧情况下边地人民的特殊遭遇。元、白二人虽选择同一题材和故事，但元诗更为强调“思汉”主题，而白居易的这首诗则突出主人公“汉心汉语吐蕃身”的悲剧命运，写得更为动人。

赏 析

这首诗描写了一个被吐蕃俘虏的汉人逃回后却被当作吐蕃人俘虏的离奇遭遇。

“缚戎人，缚戎人，耳穿面破驱入秦。天子矜怜不忍杀，诏徙东南吴与越。”那些被俘虏的游牧民族，耳穿面破地被带进了中原。皇帝怜悯不杀他们，下诏流放到吴越之地。诗人一开篇先交代事件发生的背景：国家流放抓到的俘虏。

诗人接着写流放过程：“黄衣小使录姓名，领出长安乘递行。身被金疮面多瘠，扶病徒行日一驿；朝餐饥渴费杯盘，夜卧腥臊污床席。”流放官抄录姓名后，就把这些俘虏领出了长安城，让他们经驿站出发。俘虏们身上都有被兵器划烂的伤口，他们个个面黄肌瘦，相互搀扶着行走，每天才能走一驿的路程。早上的饮食从来不用碗筷杯盘，晚上睡在肮脏腥臊的床铺上。这六句写出了流放之苦，以及俘虏们的悲惨遭遇。

“忽逢江水忆交河，垂手齐声呜咽歌。其中一虏语诸虏，尔苦非多我苦多。同伴行人因借问，欲说喉中气愤愤。”走到有江水的地方，一些俘虏想起了家乡，对着江水伸手一起哭泣了起来。其中一个俘虏对其他人说，你们遭受的苦没我的苦难多。俘虏们便都问他，他还没开始说已经气愤得不行。接下来诗人以一个俘虏回忆身世为视角展开诗文。

“自云乡管本凉原，大历年中没落蕃。一落蕃中四十载，遣著皮裘系毛带。唯许正朝服汉仪，敛衣整巾潜泪垂；誓心密定归乡计，不使蕃中妻子知。暗思幸有残筋力，更恐年衰归不得。蕃候严兵鸟不飞，脱身冒死奔逃归。昼伏宵行经大漠，云阴月黑风沙恶；惊藏青冢寒草疏，偷渡黄河夜冰薄。”他说自己原本是凉原人士，大历年间被吐蕃俘虏。在吐蕃生活了四十年，一直被要求穿皮毛衣物。只有正月初一的时候才允许着汉服，每到这个时候便暗自垂泪，思念家乡。他发誓要回到家乡，没有让吐蕃妻子知道这个念头。想着自己年老后就没法逃离了，趁着年轻赶紧回来。一路上吐蕃的骑兵巡查严密，他只能冒死奔跑。白天休息晚上跑，越过了大漠，经历了狂风暴雨。在王昭君的坟墓边躲避过，夜晚渡黄河的时候又遭遇了薄冰。至此，原本以为到了自己的国家，可以见到自己的亲人，但是情况又发生了变化。

“忽闻汉军鼙鼓声，路傍走出再拜迎；游骑不听能汉语，将军遂缚作蕃生。配向江南卑湿地，定无存恤空防备。念此吞声仰诉天，若为辛苦度残年！”忽然听得汉军骑兵的皮鼓声响起，他从路旁走出来拜迎，以为遇见了自己人。不想骑兵根本不顾他说的是汉语，就把他当作吐蕃人俘虏了，将他发配到江南潮湿之地，没有任何的慰问照料。想到这里不禁仰天长哭，不知道如何才能度过这剩下的一生。

“凉原乡井不得见，胡地妻儿虚弃捐！没蕃被囚思汉土，归汉被劫为蕃虏。早知如此悔归来，两地宁如一处苦？缚戎人，戎人之中我苦辛。自古此冤应未有，汉心汉语吐蕃身！”凉原的亲人朋友不能相见，在吐蕃的妻儿也算是白白舍弃了。被吐蕃俘虏的时候思念汉土，不想逃回来却被当作吐蕃俘虏对待。早知道如此真不该回来，不如待在吐蕃仅仅忍受思念的痛苦。被抓的俘虏里面，他是最凄惨。这真是自古没有过的冤屈，汉心汉语竟然被当作吐蕃人。以“自古此冤应未有，汉心汉语吐蕃身”作结语，将边疆守将的昏庸无能刻画得淋漓尽致。

对于边塞以及战争的描写，历来是众多诗人的主要话题。但是白居易并没有直接去描写边境将士，而是另辟蹊径，通过一个汉人的离奇遭遇去描写，可谓新颖独特。《唐宋诗醇》评价这首诗：“边将冒功之状，无辜被俘之情，曲曲传出。”

红 线 毯

忧蚕桑之费也。

红线毯，择茧缫丝清水煮①，拣丝练线红蓝染②。
染为红线红于蓝③，织作披香殿上毯④。
披香殿广十丈馀，红线织成可殿铺⑤。
彩丝茸茸香拂拂，线软花虚不胜物⑥。
美人踏上歌舞来，罗袜绣鞋随步没。
太原毯涩毳缕硬⑦，蜀都褥薄锦花冷⑧；
不如此毯温且柔，年年十月来宣州⑨。
宣州太守加样织⑩，自谓为臣能竭力。
百夫同担进宫中，线厚丝多卷不得。
宣州太守知不知？一丈毯，千两丝！
地不知寒人要暖，少夺人衣作地衣⑪。

注　释

① 缫丝：将蚕茧抽为丝缕。
② 拣：挑选。练线：水煮丝线，使之变白变软。红蓝：即红蓝花，可以制胭脂和红色颜料。
③ 红于蓝：染成的丝线，比红蓝花还红。
④ 披香殿：汉代宫殿名。这里泛指宫廷里的歌舞之地。
⑤ 可：满，全部。
⑥ 不胜物：无法承受物体的重量，形容地毯非常柔软。
⑦ 太原：今山西太原。毳（cuì）：鸟兽身上的细毛。此处指代羊毛织出的地毯。
⑧ 蜀都褥：指成都出产的锦缎地毯。
⑨ 宣州：今安徽宣城。
⑩ 加样织：不断变换花样和图案加工织造。
⑪ 地衣：即地毯。

题 解

这是《新乐府》的第二十九首。红线毯，是一种丝织地毯，工艺复杂，织毯以茧丝为原料。红线毯为当时地毯中的精品，主要用于铺宫殿。诗下另有小序 :“贞元中，宣州进开样加丝毯。”表明此诗题旨是为忧虑蚕桑耗费之巨而作。在这首诗里，白居易不仅批判了不顾百姓死活而逢迎讨好皇帝的宣州太守，也将矛头大胆地指向了生活奢靡的当朝皇帝。既体现了诗人关爱百姓，也表现了诗人过人的勇气和胆略。

赏 析

这首诗可以分为四层。

前五句为第一层，诗人一开始就交代红线毯的工艺之复杂 :“红线毯，择茧缫丝清水煮，拣丝练线红蓝染。染为红线红于蓝，织作披香殿上毯。”红线毯的制作需要择茧、缫丝后用清水煮，然后要拣丝练线染上红颜色。染出来的颜色比红蓝花还要鲜艳，之后便织成毯子铺到了宫殿里。诗人连用一系列动词，表现红地毯织就的艰辛与不易。

接下来十句指出了红线毯品质的卓越 :“披香殿广十丈馀，红线织成可殿铺。彩丝茸茸香拂拂，线软花虚不胜物。美人踏上歌舞来，罗袜绣鞋随步没。太原毯涩毳缕硬，蜀都褥薄锦花冷 ; 不如此毯温且柔，年年十月来宣州。”披香殿宽十余丈，都用红线毯铺满。地毯上的彩丝毛茸茸的样子，香风扑面，地毯松软得无法承受物体的重量。美人们踏着地毯歌舞，鞋袜都隐没在地毯里。太原的羊毛毯太硬，成都的锦缎地毯又不保暖。尽管太原和成都的地毯较为有名，但比起红线毯还差很多。这些红线毯都是每年十月送进宫的。“可”字极为形象，红线毯能铺满宫殿，体现了宣州太守逢迎之用心。“丝茸茸”“线软花虚”“随步没”表现红线毯的柔软，“香拂拂”以及与太原、成都地毯的对比，体现了红线毯的精美绝伦。

紧接着为第三层，描绘了红线毯进贡的情景 :“宣州太守加样织，自谓为臣能竭力。百夫同担进宫中，线厚丝多卷不得。”宣州太守不停地变着花样和图案织造红线毯，自称作为臣子要全力满足皇宫的需要。上百人抬着红线毯进宫，因为红线毯线厚丝多不能让它们弯曲。“百夫同担”说明运送之复杂，由宣州至京城路途遥远，还要保证“卷不得”，可见一路要经受的艰辛。而这一切的辛苦都是因为宣州太守为了讨好皇帝，自称要竭力去进贡红线毯。

于是，诗人在最后对宣州太守发出了诘问：“宣州太守知不知？一丈毯，千两丝！地不知寒人要暖，少夺人衣作地衣。”宣州的太守啊，你知不知道，一丈的红线毯需要用上千两的蚕丝。那宫殿的土地不知道寒冷，但是人知道，你就别掠夺人身上的衣服去做地毯了。“一丈毯，千两丝”，如此耗费物力人力，仅仅为了满足皇帝的享乐需要，而地方官吏也不体恤百姓，一味地讨好皇帝。看到进贡红线毯给百姓造成的沉重负担，诗人不由得愤怒了，于是大声地斥责宣州太守。此时诗人同情百姓、不畏强权批评官场丑恶的形象立马浮现在读者眼前。

这首诗可以说是对统治阶层的告诫书。全诗通俗易懂，语言质朴，结构上迂回曲折，结尾义正词严，情感强烈。《唐宋诗醇》评价说：“通首直叙到底，出以径遂，所谓长于激也。”一个封建士大夫能够对下层民众有发自内心的同情和关爱，是非常难得的。

杜陵叟

伤农夫之困也。

杜陵叟，杜陵居，岁种薄田一顷余①。
三月无雨旱风起，麦苗不秀多黄死②。
九月降霜秋早寒，禾穗未熟皆青干。
长吏明知不申破③，急敛暴征求考课④。
典桑卖地纳官租⑤，明年衣食将何如？
剥我身上帛，夺我口中粟：
虐人害物即豺狼，何必钩爪锯牙食人肉⑥！
不知何人奏皇帝，帝心恻隐知人弊⑦；
白麻纸上书德音⑧，京畿尽放今年税⑨。
昨日里胥方到门⑩，手持尺牒榜乡村⑪。
十家租税九家毕，虚受吾君蠲免恩⑫。

注　释

① 一顷：一百亩。

② 秀：农作物抽穗开花。

③ 长吏：地方官员。申破：呈报。

④ 考课：官员的考核政绩。

⑤ 典：抵押。

⑥ 钩爪锯牙：指野兽。

⑦ 恻隐：怜悯。人弊：即民弊，唐代避太宗李世民讳，常用“人”代“民”。

⑧ 白麻纸：唐代凡是国家大事都用白麻纸书写诏诰。

⑨ 京畿（jī）：京城附近地区。

⑩ 里胥：唐代百户为里，设里正一人。此处指公差。

⑪ 尺牒：公文，皇帝下的命令。榜：张贴。

⑫ 蠲（juān）免：免除。

题 解

唐宪宗元和四年（809）春天，长安附近大旱。白居易时任左拾遗，他上书力陈旱情严重以及民生疾苦，请求朝廷能够及时减免租税，以“实惠及人”，解救民众于水深火热之中。宪宗皇帝不但批准了白居易的奏请，还下了一道“罪己诏”。但是当皇帝的旨意真正到达百姓的时候，老百姓已经缴纳了当年的租税。看到这样的场景，诗人写下了这首诗讥讽皇帝和地方官员。

赏 析

这首诗可以分两层，前十五句主要写以杜陵叟为代表的农民的悲惨遭遇，后八句则揭露造成这一切后果的原因。

“杜陵叟，杜陵居，岁种薄田一顷余。”杜陵，秦时为杜县，后汉宣帝葬于此处，改为杜陵，在今西安东南。这句主要交代了诗的人物及背景，一个杜陵老农每年都辛勤耕耘着一顷多的贫瘠土地，靠天吃饭，生活困苦。杜陵叟代表了最广大的农民群众，这句也为下文的悲惨遭遇做铺垫。

“三月无雨旱风起，麦苗不秀多黄死。九月降霜秋早寒，禾穗未熟皆青干。”杜陵老农辛辛苦苦地种下冬小麦，不料来年自打三月份开始就没有下一滴雨，持续的干旱让麦苗还没有长到抽穗便枯黄。既然夏粮没了，只能依靠秋粮。但是九月又遭遇了降温霜寒，庄稼还没成熟便被冻死干枯了。两季粮食颗粒无收，农民遭受了巨大的损失。

“长吏明知不申破，急敛暴征求考课。典桑卖地纳官租，明年衣食将何如？”地方长官明明知道天灾严重，却依然是横征暴敛，只为完成政绩。抵押了桑树，卖了田地才凑齐了赋税，明年农民的穿衣吃饭又怎么应付呢？刚刚遭受天灾的农民又要遭受人祸的危害。

“剥我身上帛，夺我口中粟：虐人害物即豺狼，何必钩爪锯牙食人肉！”抵押了桑树让农民没有可以穿的衣服，卖掉了田地让农民没有可以吃的东西。这些害人的豺狼野兽真是害苦了百姓！白居易以老农的身份发出愤怒的喊声，控诉了贪官污吏搜刮民脂民膏的所作所为。

作者一方面描绘了天灾，一方面又写出了贪官污吏产生的人祸，在同情农民的同时对“豺狼们”进行了批判。按理说诗到此处就可以结束了，但作者继续深入，矛头直指最高统治者。

“不知何人奏皇帝，帝心恻隐知人弊；白麻纸上书德音，京畿尽放今年税。昨日里胥方到门，手持尺牒榜乡村。十家租税九家毕，虚受吾君蠲免恩。”因为白居易上奏朝廷减免赋税，皇帝了解了百姓疾苦，动了恻隐之心，颁下了诏书，京城附近的赋税今年全予免除。但是一直到了农民典桑卖地交完赋税之后，那些地方官员才慢腾腾地拿着皇帝的免税诏书到百姓中去宣传皇恩浩荡。这时候的免税诏书又有什么用呢？

其实那些地方官员原本是没有那么大的胆量，敢于欺上瞒下到了这样的地步，根源在于朝廷上下沆瀣一气、狼狈为奸。白居易对此当然心知肚明，他心疼那些无依无靠的贫苦百姓，于是对封建社会的黑暗统治进行了揭露和批判。

白居易不愧为伟大的现实主义诗人，这首诗大胆地揭露了封建王朝对百姓的愚弄，诗文形象而写实。《唐宋诗醇》点评这首诗：“从古及今，善政之不能及民者多矣。一结慨然而思，可为太息。”

缭　绫

念女工之劳也。

缭绫缭绫何所似①？不似罗绡与纨绮②；
应似天台山上明月前③，四十五尺瀑布泉。
中有文章又奇绝，地铺白烟花簇雪。
织者何人衣者谁？越溪寒女汉宫姬。
去年中使宣口敕④，天上取样人间织。
织为云外秋雁行，染作江南春水色。
广裁衫袖长制裙，金斗熨波刀剪纹⑤。
异彩奇文相隐映⑥，转侧看花花不定⑦。
昭阳舞人恩正深⑧，春衣一对直千金⑨；
汗沾粉污不再着，曳土踏泥无惜心。
缭绫织成费功绩，莫比寻常缯与帛⑩。
丝细缫多女手疼⑪，扎扎千声不盈尺⑫。
昭阳殿里歌舞人，若见织时应也惜！

注　释

① 缭绫：绫为高级丝织品，缭绫则采用一种特殊的丝织方法。
② 罗、绡、纨、绮：均为丝织品。
③ 天台山：在今浙江天台，以瀑布出名。
④ 中使：由皇帝派往各地充任使命的宦官。口敕：口头旨意。
⑤ 金斗：铜质熨斗。
⑥ 隐映：映照、衬托。
⑦ 转侧：翻转方向。
⑧ 昭阳：昭阳殿，汉宫殿。
⑨ 一对：一套。
⑩ 缯（zēng）、帛：泛指一般丝织品。
⑪ 缲（sāo）：同“缫”（sāo），把蚕茧浸在滚水里抽丝。
⑫ 扎扎：同“札札”，机杼声。

题　解

这首诗，是白居易《新乐府》五十首中的第三十一首。主题为“念女工之劳也”。这首诗揭露了唐代贡奉制度的弊端，通过缭绫的生产过程描绘了织女辛苦的劳作，批判了宫中的奢侈生活。

赏　析

缭绫是一种高级的丝织品，作者一开始就用了六句来表现它的独到之处：“缭绫缭绫何所似？不似罗绡与纨绮；应似天台山上明月前，四十五尺瀑布泉。中有文章又奇绝，地铺白烟花簇雪。”

那么缭绫究竟有什么不一样的地方呢？原来它的精美是罗、绡、纨、绮这四种丝织品无法比拟的。那么什么才能跟缭绫相媲美呢？作者想到了一个事物——瀑布，而且是天台山出名的瀑布。瀑布在明月下飞流直下，闪现寒光，夺人眼球。但是两者相比，瀑布是没有花纹的，而缭绫上面织就了精美的图案，白色的底纹、雪白的花案。诗人用“白烟”“簇雪”两词，立马让缭绫上的这些图案具有了动感，并且鲜活地将缭绫轻柔的质感以及让人望而生寒的色调勾画出来。

“织者何人衣者谁？越溪寒女汉宫姬。去年中使宣口敕，天上取样人间织。织为云外秋雁行，染作江南春水色。广裁衫袖长制裙，金斗熨波刀剪纹。异彩奇文相隐映，转侧看花花不定。”那么这些精美的丝织品出自谁之手，又是谁穿呢？原来缭绫是由越溪贫寒的妇女们织就，供皇宫里的妃子们穿用。“中使宣口敕”说明织缭绫的命令不可违抗，“天上取样”则表明缭绫要求之高。“织为云外秋雁行”是在说图案的精美，“染作江南春水色”则表现染织过程的复杂。看来缭绫不仅织造复杂，连染色也是颇费心血。将缭绫裁剪为衣裙，精心熨烫修整，“异彩奇文相隐映，转侧看花花不定”，这简直成了一件美轮美奂的艺术品。

“昭阳舞人恩正深，春衣一对直千金；汗沾粉污不再着，曳土踏泥无惜心。”昭阳宫里拿缭绫做成的舞衣一点也不被珍惜，汗渍、粉渍甚至被脚踩踏着沾满泥土。

“缭绫织成费功绩，莫比寻常缯与帛。丝细缲多女手疼，扎扎千声不盈尺。昭阳殿里歌舞人，若见织时应也惜！”缭绫织成真是一件劳神费工的事情，它跟寻常的丝织品完全不一样。缫丝工艺复杂，细而繁多，织女们经常弄得手疼；并且缭绫织造缓慢，机杼声响一千声也织不够一尺。那些昭阳殿里的舞者，若是见到缭绫有这样的复杂工艺的话，她们应该不会如此不珍惜缭绫。

诗人以缭绫为题材，以讽刺的笔锋大胆直指封建王朝的最高统治者，表达了对织女的同情，批判了昭阳舞者，深刻地揭示了封建社会的剥削与压迫。值得注意的是，诗人对缭绫高超制作工艺的描写可谓翔实生动、淋漓尽致，值得后人称赞。

卖 炭 翁

苦宫市也。

卖炭翁，伐薪烧炭南山中①。
满面尘灰烟火色，两鬓苍苍十指黑。
卖炭得钱何所营？身上衣裳口中食。
可怜身上衣正单，心忧炭贱愿天寒。
夜来城外一尺雪，晓驾炭车辗冰辙。
牛困人饥日已高，市南门外泥中歇。
翩翩两骑来是谁？黄衣使者白衫儿②。
手把文书口称敕，回车叱牛牵向北③。
一车炭，千余斤，宫使驱将惜不得④。
半匹红纱一丈绫，系向牛头充炭直⑤。

注 释

① 南山：终南山，在长安南。
② 黄衣使者：指宦官。白衫儿：太监手下的爪牙。
③ 牵向北：长安皇宫在北边，故牵向北。
④ 宫使驱将：宦官驱赶。
⑤ 直：同“值”，价钱。

题　解

《卖炭翁》是白居易《新乐府》组诗中的第三十二首，白居易自注云："苦宫市也。""宫市"是指皇宫采购。中唐时期，宦官专权，横行无忌，常有数十百人分布在长安东西两市及热闹街坊，以低价强购货物，甚至不给分文，还勒索"进奉"的门户钱及脚价钱。名为"宫市"，实际是一种公开的掠夺，其受害者当然不止一个卖炭翁。诗人以点带面，通过卖炭翁的遭遇，深刻地揭露了"宫市"的本质，对统治者掠夺人民的丑行予以有力的鞭挞。

赏　析

作者开篇就塑造了一个艰辛的卖炭老农形象。

"卖炭翁，伐薪烧炭南山中。满面尘灰烟火色，两鬓苍苍十指黑。"这四句交代了卖炭翁烧炭的辛苦程度。老农在终南山砍柴烧炭，满脸的烟尘遮盖了本来的肤色，他头发已然花白，因为烧炭十指全是黑色的。

接下来这四句进一步交代老农的艰辛。"卖炭得钱何所营？身上衣裳口中食。"辛辛苦苦地卖炭，只是为了能够吃饱穿暖。由此可见，传统上依靠种地为生的老农已经失去了赖以生存的土地。那么老农的土地呢？不难想象，肯定是被重税抵去了。"可怜身上衣正单，心忧炭贱愿天寒。"虽然老农在这冬天里穿着单衣瑟瑟发抖，但他仍然担心天气不够冷，生怕烧的炭卖不上个好价钱。这句读来让人不免心酸，冻得发抖却希望天更冷些，老农的那种矛盾的心情让人不禁想象他的可怜与无助。不难想象，在那样的社会大环境里，肯定不止一个他这样的受苦受难者。

"夜来城外一尺雪，晓驾炭车辗冰辙。牛困人饥日已高，市南门外泥中歇。"为了能早早赶到市集，老农天没亮就出发，车轱辘在冰雪里前行，辗出了深深的痕迹，到达城外的时候地面已经有了一尺深的雪。等到天亮，雪融化了些，老农在泥泞中歇息，人饿了，拉车的牛也饿了。

老农期盼着炭能卖个好价钱，以便解决温饱问题，但是接下来这个愿望便被无情地敲碎。"翩翩两骑来是谁？黄衣使者白衫儿。手把文书口称敕，回车叱牛牵向北。”有两个扬扬得意的骑马者过来，原来是太监和他的爪牙。手里拿着文书说皇帝有旨，将装满木炭的牛车向北面的皇城赶去。这些土匪强盗，让辛苦劳作的老农如何是好?

“一车炭，千余斤，宫使驱将惜不得。半匹红纱一丈绫，系向牛头充炭直。”一车炭千斤重，但太监和爪牙硬要赶走牛车，老农舍不得也没办法。这俩宫里来的采购将半匹红纱和一丈绫系在牛头上充当炭钱，打发了老农。但是，系在牛头上的这点东西远远少于木炭的真正价格！老农的一切希望都成了泡影。

这首诗描写卖炭翁艰难烧炭、辛苦送炭，再到无奈被抢炭，表现了劳动人民的艰辛和痛苦，通过老农和太监及其爪牙的对比，揭露了中唐“宫市”掠夺人民、祸害百姓的恶劣行径，具有很强的批判意识。

这首诗不仅有外貌描写，更有心理描摹。诗人只是去记叙，虽没有一句评论，但用意却非常明显。尤其一句“心忧炭贱愿天寒”更是极尽刻画，读来让人心酸。《唐宋诗醇》评价全诗：“直书其事，而意义自见，更不用著一断语。”

母　别　子

刺新间旧也。

母别子，子别母，白日无光哭声苦。
关西骠骑大将军①，去年破虏新策勋②；
敕赐金钱二百万，洛阳迎得如花人③。
新人迎来旧人弃，掌上莲花眼中刺。
迎新弃旧未足悲，悲在君家留两儿。
一始扶行一初坐，坐啼行哭牵人衣。
以汝夫妇新燕婉④，使我母子生别离。
不如林中乌与鹊，母不失雏雄伴雌；
应似园中桃李树，花落随风子在枝。
新人新人听我语，洛阳无限红楼女。
但愿将军重立功，更有新人胜于汝。

注　释

① 关西：函谷关以西。《后汉书·虞诩传》："谚曰：关西出将，关东出相。"故后人称"将"常泛言"关西"。骠骑大将军：唐代武散官中最高一级，此处亦是泛指。
② 策勋：把功勋记录在册。
③ 洛阳：唐代东京，在今河南。
④ 燕婉：形容新婚夫妻缠绵恩爱。

题 解

《母别子》是《新乐府》五十首中的一首。此诗揭露抨击了贵族男子喜新厌旧的恶劣行径，表达了作者对妇女命运的同情。诗的小序为“刺新间旧也”，根据《左传·隐公三年》：“且夫贱妨贵，少陵长，远间亲，新间旧，小加大，淫破义，所谓六逆也。”所以这里所谓“新间旧”，也是指基本的社会伦理秩序，不仅仅指一般的喜新厌旧。

赏 析

这首诗以一个被抛弃的妇女的口吻来叙述的。

“母别子，子别母，白日无光哭声苦。”母别子啊，子别母，那离别的痛苦让白天都暗淡了光芒，那哭声凄苦得让人不忍听见。诗人一开始便营造离别的痛苦氛围。究竟是什么原因导致了如此惨景呢？

诗人紧接着便交代了原因：“关西骠骑大将军，去年破虏新策勋；敕赐金钱二百万，洛阳迎得如花人。新人迎来旧人弃，掌上莲花眼中刺。”一家人住在关西，丈夫本是骠骑大将军，去年打了胜仗又加封了爵位。皇上下旨赏了两百万金钱，丈夫便在洛阳迎娶了漂亮的女人。新人一来旧人就遭到了抛弃，丈夫视新人为掌上莲花，而旧人则成了眼中刺、肉中钉。到这里，丈夫变心至抛弃妻子的原因和过程清楚地展现出来。

接下来诗句回到了母别子的主题上：“迎新弃旧未足悲，悲在君家留两儿。一始扶行一初坐，坐啼行哭牵人衣。以汝夫妇新燕婉，使我母子生别离。”被喜新厌旧的丈夫抛弃本是一件悲伤的事情，但更悲的是夫家还留下了两个亲生骨肉。一个才能扶着墙走路，另一个才刚刚会坐，我走的时候坐的孩子在啼哭，会走的也拉着我的衣服哭。你们现在新婚缠绵恩爱，却让我们母子生离死别。这六句将母子离别的痛楚用细节的方式表现出来，“坐啼行哭牵人衣”，两个孩子撕心裂肺呼唤妈妈的画面立马活现在读者脑海。

于是这位主人公不由得发出了感慨：“不如林中乌与鹊，母不失雏雄伴雌；应似园中桃李树，花落随风子在枝。”我的遭遇还不如林中的鸟雀，雌鸟不会离开孩子，雄鸟也一直陪伴在雌鸟身边。这种情景就像那院中的桃李树，花朵凋零随风而去，但却留下了瘦小的果实在枝头生长。如此悲伤之日，主人公不免感慨，林中之鸟都能雌雄相伴终身，而人却喜新厌旧，有始无终。无疑主人公是悲痛的，而且这种悲痛里蕴含着无尽的愤怒。

于是这种愤怒爆发出来，变成了对新人的诅咒："新人新人听我语，洛阳无限红楼女。但愿将军重立功，更有新人胜于汝。"新人啊新人，你听我说，洛阳有无数的红楼美女。但愿骠骑大将军再立新功，这样就会有更漂亮的新人取代你。按理说抛弃她的是骠骑大将军，主人公应该谴责丈夫的喜新厌旧，新人也只是一个被玩弄者，但是在这里她却将无限的愤怒单单发泄在新人身上。这看似荒谬，却也是符合封建时代男尊女卑、既嫁从夫的特征。

这首诗巧用比喻，读来凄婉哀怨、情感强烈，将封建社会女性的悲剧刻画得淋漓尽致。

陵园妾

怜幽闭也。

陵园妾[1]，颜色如花命如叶。
命如叶薄将奈何？一奉寝宫年月多[2]。
年月多，春愁秋思知何限？
青丝发落丛鬓疏[3]，红玉肤销系裙慢。
忆昔宫中被妒猜，因谗得罪配陵来；
老母啼呼趁车别[4]，中官监送锁门回[5]。
山宫一闭无开日，未死此身不令出。
松门到晓月徘徊[6]，柏城尽日风萧瑟[7]。
松门柏城幽闭深，闻蝉听燕感光阴。
眼看菊蕊重阳泪[8]，手把梨花寒食心[9]。
把花掩泪无人见，绿芜墙绕青苔院。
四季徒支妆粉钱，三朝不识君王面[10]！
遥想六宫奉至尊，宣徽雪夜浴堂春[11]。
雨露之恩不及者[12]，犹闻不啻三千人[13]。
三千人，我尔君恩何厚薄？
愿令轮转直陵园[14]，三岁一来均苦乐。

颜色如花命如叶

注 释

① 陵园妾：帝王去世后守陵的宫女，唐代盛行。《资治通鉴》唐文宗大中十二年二月胡三省注引宋白说："凡诸帝升遐，宫人无子者悉遣诣山陵供奉朝夕，具盥栉，治衾枕，事死如事生。"杜甫《桥陵诗》："宫女晚知曙，祠官朝见星。空梁簇画戟，阴井敲铜瓶。"韩愈《丰陵行》："设官置卫锁嫔妓，供养朝夕象平居。"均记载了唐代帝王去世后以宫女守陵之事。

② 寝宫：指帝王陵寝。

③ 丛鬓：一种女子发式。

④ 趁：追赶。

⑤ 中官：宦官。

⑥ 松门：指墓地，植松为门。

⑦ 柏城：指皇帝陵寝，种柏环绕如城。

⑧ 重阳：农历九月九日重阳节。

⑨ 寒食：古代节令之一，在冬至后一百另五日，俗禁举火。

⑩ 三朝：正月一日，为一年岁、月、日之始。

⑪ 宣徽、浴堂：宫殿名，均在长安大明宫。

⑫ 雨露之恩：皇帝的恩泽。

⑬ 不啻（chì）：不止。

⑭ 直：值守。

题 解

这首诗是《新乐府》五十首之一。诗前小序为“怜幽闭也”，幽闭即指后宫女子被囚禁守陵。守陵作为制度始于西汉。封建王朝皇帝死后，未生育过的宫女都会被遣往先皇陵墓守陵，此生不得再出陵半步，这些守陵的宫女被世人称之为陵园妾。此诗描写了陵园妾的悲惨生活，对皇权专制下极不人道的配陵制度予以揭露抨击。

赏 析

这首诗可以分为四层。

第一层总写守陵宫女的苦难：“陵园妾，颜色如花命如叶。命如叶薄将奈何？一奉寝宫年月多。年月多，春愁秋思知何限？青丝发落丛鬓疏，红玉肤销系裙慢。”这些守陵的宫女，貌美如花但命薄如叶。命途多舛也没有办法，一旦过来守陵便要很久。年复一年地守候，冬去春来，只能在无尽的愁思中慢慢变老。满头的黑发掉落，发髻都变得疏散，青春容颜逝去，行动变得迟缓。

第二层叙写宫女守陵的原因以及在守陵过程中所遭受的痛苦：“忆昔宫中被妒猜，因谗得罪配陵来；老母啼呼趁车别，中官监送锁门回。山宫一闭无开日，未死此身不令出。松门到晓月徘徊，柏城尽日风萧瑟。松门柏城幽闭深，闻蝉听燕感光阴。眼看菊蕊重阳泪，手把梨花寒食心。把花掩泪无人见，绿芜墙绕青苔院。”回忆往昔，这些宫女被派来守陵就是因为在宫中被猜忌、被迫害，成为了宫中争宠的牺牲品。和母亲家人哭着告别，宦官押送守陵的宫女进了山宫便锁门离开。山宫的门这一锁便再也没有开的日子，只要还活着是不允许出去的。陵墓里种植着松柏，四周环境清冷寂寥，甚至阴森恐怖。在这幽闭的空间里，只能听着蝉声和燕子的啼鸣感叹光阴。看着重阳节里的菊花流泪，捧起寒食节的梨花暗自伤神。拿着花朵流泪没有人看见，四周只有绿芜绕在青苔的院子里。

第三层回忆当年宫中的情形：“四季徒支妆粉钱，三朝不识君王面！遥想六宫奉至尊，宣徽雪夜浴堂春。雨露之恩不及者，犹闻不啻三千人。”遥想当年，一年四季把钱都花在脂粉化妆上，但是在宫中三年没见过皇帝的面。长安大明宫的宣徽殿、浴堂殿曾经有君王欢聚的情景，但是从来就没得到过君王眷顾的宫人远远不止三千人。

最后以宫女的口吻发出了慨叹：“三千人，我尔君恩何厚薄？愿令轮转直陵园，三岁一来均苦乐。”这些没有被宠信的三千多人呀，为什么只是我来守陵你们却不来。不妨咱们轮流来这里守陵，三年一轮回共同分担这份凄苦与无助。守陵的宫女对迫害她的皇帝怨而不怒，却幻想能够和其他宫女共同分担痛苦，这让我们更为她感到悲哀。其实她的这一想法也与当时制度不符，因为守陵的嫔妾是已经侍奉前朝的宫人，在皇帝死后来守陵，不存在轮转的可能。

比起上阳人来说，陵园妾的遭遇更为悲惨，而诗中对于陵园景物的描写更加衬托了陵园妾的悲伤。实际上写这首诗时永贞革新失败，刘禹锡、柳宗元等改革派遭到贬谪外放，而陵园妾的命运同那些正直遭受流放的改革派相似，都是权力斗争的牺牲品。诗人借描写陵园妾表达了对改革派的同情。

这首诗语言通俗，平易近人。诗人运用了比兴的手法，用人事比喻人事，用命运悲惨的陵园妾来隐喻遭受贬谪的改革派，批评政局的黑暗，具有双重讽刺的意味。

盐　商　妇

恶幸人也。

盐商妇，多金帛，不事田农与蚕绩①；
南北东西不失家，风水为乡船作宅②。
本是扬州小家女③，嫁得西江大商客④。
绿鬟富去金钗多⑤，皓腕肥来银钏窄⑥。
前呼苍头后叱婢⑦，问尔因何得如此？
婿作盐商十五年，不属州县属天子⑧。
每年盐利入官时，少入官家多入私。
官家利薄私家厚，盐铁尚书远不知⑨。
何况江头鱼米贱，红脍黄橙香稻饭⑩。
饱食浓妆倚柁楼⑪，两朵红腮花欲绽。
盐商妇，有幸嫁盐商。
终朝美饭食，终岁好衣裳。
好衣美食有来处，亦须惭愧桑弘羊⑫！
桑弘羊，死已久，不独汉时今亦有！

注　释

① 蚕绩：养蚕纺织。

② 船作宅：把船当作房宅。唐代盐商活跃，他们为求利益，常年行走水上，以船为家。

③ 扬州：今属江苏。唐代为经济繁荣之都会，商贾云集。唐设盐铁转运使于此，掌管东南盐利。

④ 西江：长江下游以西，今江西北部、安徽南部一带。

⑤ 绿鬟：墨绿色的环形发髻。

⑥ 皓腕：洁白的手腕。多用于女子。银钏：银手镯。窄：小。

⑦ 苍头：苍头奴。《汉书·鲍宣传》颜师古注："汉名奴为苍头，非纯黑（指裹头颜色），以别于良人也。"

⑧ 属天子：盐商不以土地为生，户籍不属州县，属中央盐铁机关。

⑨ 盐铁尚书：指盐铁使。唐肃宗以后设置，属尚书省，通常以六部尚书或侍郎担任，有时也由宰相兼任，掌管盐铁转运、税收。

⑩ 红脍（kuài）：切细的鱼肉。

⑪ 柁楼：即船楼。

⑫ 桑弘羊：汉武帝时任治粟都尉，领大农，实行平准之法，由大农在各郡国设丞，控制全国物价，贵则卖之，贱则买之，使私商无所获利。

题 解

这首诗是《新乐府》五十首之一。诗前小序为“恶幸人也”，幸人即侥幸之人，指以不正当手段获取利益的盐商等。唐自安史之乱后实行榷盐，官府以榷价粜盐与商人，商人加价粜与百姓。白居易在《策林》二十三《议盐法之弊·论盐商之幸》中指出：“自关以东，上农大贾，易其资产，入为盐商。率皆多藏私财，别营稗贩，少出官利，唯求隶名。居无征徭，行无榷税。身则庇于盐籍，利尽入于私室。”此诗描写盐商的富奢生活，诗人站在儒家重农的立场上，对这种现象提出批评。

赏 析

这首诗批判了当时的盐政制度，但诗人巧妙地从盐商妻子的角度开始写起。“盐商妇，多金帛，不事田农与蚕绩；南北东西不失家，风水为乡船作宅。本是扬州小家女，嫁得西江大商客。绿鬟富去金钗多，皓腕肥来银钏窄。前呼苍头后叱婢，问尔因何得如此？”盐商的妻子不耕种土地，不养蚕纺织，却有很多的金银财帛。走南闯北四处为家，把船楼当作自己的宅子。她原本是扬州小户人家的姑娘，有幸嫁给了西江的大商客。她的发髻上多是金钗，肥胖的手腕让银镯子显得小了很多。刚刚喊叫家奴，马上又在叱责婢女。我不禁要问，她如何这么的狂妄与跋扈？

接下来诗人就道出了个中缘由：“婿作盐商十五年，不属州县属天子。每年盐利入官时，少入官家多入私。官家利薄私家厚，盐铁尚书远不知。”因为她的丈夫已经做了十五年的盐商，盐商的户籍不归地方管，而属于中央盐铁机关管辖。每年给国家上缴利润的时候，只给国家一点点，大部分的利润都进了自己的腰包。国家拿的少，个人拿的多，盐铁官吏却不知情。诗人由批判盐商的暴利，开始转向批判当时的盐铁制度。

“何况江头鱼米贱，红脍黄橙香稻饭。饱食浓妆倚柁楼，两朵红腮花欲绽。盐商妇，有幸嫁盐商。终朝美饭食，终岁好衣裳。”因为鱼米价格便宜，盐商妻子生活极尽奢侈。吃饱喝足后便浓妆艳抹地倚靠船楼，一副扬扬得意的样子。

盐商的妻子，嫁给盐商真的很幸运。整天都是好吃好喝，整年都有漂亮的衣物。诗人将视线又转回盐商妇身上，使用了“红脸”“黄橙”“浓妆”“红腮”一些富有色彩的词语，让读者刺目的同时，感受盐商们的奢侈生活。

“好衣美食有来处，亦须惭愧桑弘羊！桑弘羊，死已久，不独汉时今亦有！”这些好衣和美食都是从老百姓那里压榨来的，应该感到惭愧。虽然汉代桑弘羊死去很久，但如今我们也有这样的人。诗人主张改革盐法，他愤慨盐商与盐官的勾结，给国家带来损失，让百姓更加贫困。因此在结尾他摆出观点：唐代也有像桑弘羊一样让奸商无法获利的臣子，只是统治者不加重用。

这首诗色彩鲜亮，巧妙切题。诗人通过刻画盐商妇的奢靡生活，表达了对不劳而获的“幸人”的厌恶之情，以及对底层百姓的同情与悲悯。

井底引银瓶

止淫奔也。

井底引银瓶[①]，银瓶欲上丝绳绝。
石上磨玉簪，玉簪欲成中央折。
瓶沉簪折知奈何，似妾今朝与君别。
忆昔在家为女时，人言举动有殊姿[②]。
婵娟两鬓秋蝉翼，宛转双蛾远山色[③]。
笑随戏伴后园中，此时与君未相识。
妾弄青梅凭短墙，君骑白马傍垂柳[④]。
墙头马上遥相顾，一见知君即断肠。
知君断肠共君语，君指南山松柏树[⑤]。
感君松柏化为心，暗合双鬟逐君去[⑥]。
到君家舍五六年，君家大人频有言。
聘则为妻奔是妾[⑦]，不堪主祀奉蘋蘩[⑧]。
终知君家不可住，其奈出门无去处。
岂无父母在高堂[⑨]，亦有亲情满故乡[⑩]。
潜来更不通消息[⑪]，今日悲羞归不得。
为君一日恩，误妾百年身。
寄言痴小人家女[⑫]，慎勿将身轻许人！

注 释

① 引：拉起，提起。银瓶：珍贵器具。这里指美好的少女。

② 殊：美好。

③ 双蛾：指女子的双眉。《西京杂记》卷二："文君姣好，眉色望如远山。"

④ 这两句化用李白《长干行》："妾发初覆额，折花门前剧。郎骑竹马来，绕床弄青梅。"描写青年男女相恋。

⑤ 此句谓指松柏为誓。《吴声歌曲·子夜歌·冬歌》："我心如松柏，君情复何似。"

⑥ 暗合双鬟：女子未出嫁时梳双鬟，结婚时合双鬟为一。刘孝威《和定襄侯初笄诗》："合鬟仍昔发，略鬓即前丝。从今一梳罢，无复更萦时。"张籍《邻妇哭征夫》："双鬟初合便分离，万里征夫不得随。"

⑦ 《礼记·内则》："聘则为妻，奔则为妾，不必有罪。"

⑧ 不谌主祀：不能作为主祭人。蘋蘩：两种水草，由夫人采之以供祭祀。

⑨ 高堂：父母所居。

⑩ 亲情：亲戚。

⑪ 潜来：偷偷来，私奔。

⑫ 痴小：指痴情而年少的少女。

题 解

这首诗列《新乐府》五十首的第四十首。诗前小序说："止淫奔也。"意思是对当时的男女偷情私恋提出告诫。但此诗的内容与作者《长相思》等作品所写的自己早年的恋爱经历实际相关，只不过作者从道德立场对此进行反省和劝诫，同时对女方的不幸也表示了深切的同情。元代白朴曾据此故事创作了杂剧《墙头马上》。

赏 析

"井底引银瓶，银瓶欲上丝绳绝。石上磨玉簪，玉簪欲成中央折。瓶沉簪折知奈何，似妾今朝与君别。"从井底提起银瓶，银瓶向上来丝绳却断了。在石头上磨玉簪，玉簪会从中间折断。眼睁睁地看着银瓶、玉簪损坏是一件无可奈何的事情，就像今天你将我抛弃一般。"银瓶""玉簪"象征着自由的爱情，美好而又易碎。"井底引银瓶""石上磨玉簪"则表明自由爱情在所处的时代是一种危险的行为，"丝绳绝""中央折"则表示美好爱情的失败。

接着诗人以女子的口吻对少女时代的生活进行回忆："忆昔在家为女时，人言举动有殊姿。婵娟两鬓秋蝉翼，宛转双蛾远山色。笑随戏伴后园中，此时与君未相识。"想起少女时代在家里，常常被人称赞美丽。鬓发像蝉的双翼一样轻盈，眉毛如远山含黛般美丽。没认识你之前一直和女伴在后花园里玩乐。这六句为下文做了伏笔，愈是如此美丽的女子，其遭遇的不幸愈是让人同情，也更能体现封建礼教的危害。

接下来便是二人结合的回忆："妾弄青梅凭短墙，君骑白马傍垂柳。墙头马上遥相顾，一见知君即断肠。知君断肠共君语，君指南山松柏树。感君松柏化为心，暗合双鬟逐君去。"我那时站在矮墙上摘青梅，你却骑着白马停在垂柳旁边。我远远地看你朝我张望，就知道我们已经互相倾慕。我们互诉衷肠，你说对我的感情就像那松柏般坚定。我被你的言语打动，随你而去。这八句展现了两个年轻人一见钟情，不顾封建礼教的约束而走到了一起。"妾弄青梅凭短墙，君骑白马傍垂柳"两句后来被元代剧作家白朴压缩为戏曲名《墙头马上》。

"到君家舍五六年，君家大人频有言。聘则为妻奔是妾，不堪主祀奉蘋蘩。终知君家不可住，其奈出门无去处。"到你们家五六年了，你父母长辈一直是闲言碎语。明媒正娶的是妻子，跟你私奔而来的我只能是小妾，家里祭祀的时候都不能当主祭人。我知道在你家终归是待不下去的，但是离开却已经没了去处。因为他们的自由结合没有遵循封建礼教，所以主人公遭受到了种种言语和行为的攻击与歧视。既然这个家不能待了，索性不如离开。

但是现在离开却没有去处了："岂无父母在高堂，亦有亲情满故乡。潜来更不通消息，今日悲羞归不得。"父母在家，家乡都是亲戚朋友。跟你私奔的时候没有通消息，如今这个样子更没办法回去。在婆家遭受种种的歧视，回到娘家也会被自己的父母弟妹所鄙弃，会给家人亲友带去耻辱，现在她真的无处可去了。

被封建礼教摧残的女子不得已在最后发出了劝诫："寄言痴小人家女，慎勿将身轻许人！"那些痴情的少女们啊，千万不要轻易地未经礼数就以身许人。这看似是在劝诫后人，实际上也是在感慨主人公的悲惨命运。

这首诗角度独特，比喻新颖。以一女子之口讲述自身遭遇，表达了封建礼教的毒害，颇为发人深省。

天　可　度

恶诈人也。

天可度，地可量；唯有人心不可防。
但见丹诚赤如血①，谁知伪言巧似簧②。
劝君掩鼻君莫掩③，使君夫妇为参商④。
劝君掇蜂君莫掇⑤，使君父子成豺狼。
海底鱼兮天上鸟，高可射兮深可钓；
唯有人心相对时，咫尺之间不能料。
君不见：李义府之辈笑欣欣⑥，
笑中有刀潜杀人？
阴阳神变皆可测⑦，不测人间笑是瞋⑧。

注　释

① 丹诚：丹心，忠贞之心。

② 巧似簧：《诗经·小雅·巧言》："巧言如簧，颜之厚矣。"

③ 掩鼻：掩盖鼻子。《战国策·楚策四》载：楚怀王夫人郑袖为挑拨怀王与魏美人的关系，告诉魏美人见怀王时掩住鼻子，而又告诉怀王魏美人因嫌其身臭而掩鼻，造成误解，致使楚怀王杀掉魏美人。

④ 参商：二星名，一东一西，不能相见。

⑤ 掇（duō）蜂：拿蜜蜂。《琴操·履霜操》载：尹吉甫后妻为挑拨吉甫与其长子伯奇的关系，放置蜜蜂在自己衣领上，伯奇仁孝帮她捉走蜜蜂，而后妻却诬陷伯奇非礼她，尹吉甫知道真相后，杀死后妻。

⑥ 李义府：唐高宗时官至宰相。《旧唐书·李义府传》："义府貌状温恭，与人语必嬉怡微笑，而褊忌阴贼。既处权要，欲人附己，微忤意者，辄加倾陷。故时人言义府笑中有刀。"

⑦ 阴阳神变：《周易·系辞上》："通变之谓事，阴阳不测之谓神。"

⑧ 瞋（chēn）：同"嗔"，发怒。

题 解

这首诗是《新乐府》五十首之一。诗人在官场摸爬滚打已经有了很深的体会，感受到了官场的险恶。诗前小序为“恶诈人也”，所谓“诈人”，是指官僚阶层中的阴险奸诈之辈。这首诗从一个侧面揭露了专制政体下政治运作的黑暗和人性的恶劣。

赏 析

“天可度，地可量；唯有人心不可防。”天可以度量，地可以衡量，唯独只有人心不能不防。天地本来不能被度量，为什么诗人言之凿凿地说可以衡量？原来是因为人心的关系。由此可见，揣摩人心的难度高于度量天地。当然这里的“人心”不是指所有的人，而是指序里的“诈人”，也就是那些阴险狡诈之辈。

“但见丹诚赤如血，谁知伪言巧似簧。劝君掩鼻君莫掩，使君夫妇为参商。劝君掇蜂君莫掇，使君父子成豺狼。”表面上一副忠肝义胆的样子，谁知道却是谎言假话。让你掩鼻子你不要遮掩，因为有可能让你们夫妻分离不能相见。让你捉蜜蜂你也不要去追，这会让你们父子反目。诗人用两个典故说明，即便是最亲近的人也会因为“诈人”的挑拨而反目。

“海底鱼兮天上鸟，高可射兮深可钓；唯有人心相对时，咫尺之间不能料。”海底的鱼不管多深都能钓起来，天上的鸟不管飞多高都能射下来。但是人心相对时，哪怕近在咫尺也不能知道他在想什么。诗人进一步强调了人心难料。

“君不见：李义府之辈笑欣欣，笑中有刀潜杀人？阴阳神变皆可测，不测人间笑是瞋。”你没看见，官场上像李义府这样口蜜腹剑的人太多了，他们往往是笑里藏刀，背后陷害。天地万物都可以预测，但是人间笑容背后的狡诈又有谁能预测呢？诗人再用李义府的典故，说明不管在官场还是生活中，阴险狡诈、笑里藏刀的人是很难提防的。

这首诗巧用典故，写出了诗人在生活、官场中的重要感受，批评了言行不一的狡诈小人，具有较强的现实主义意义。

秦 吉 了

哀冤民也。

秦吉了①，出南中，彩毛青黑花颈红；
耳聪心慧舌端巧，鸟语人言无不通。
昨日长爪鸢②，今朝大嘴乌③；
鸢捎乳燕一窠覆④，乌啄母鸡双眼枯。
鸡号堕地燕惊去，然后拾卵攫其雏⑤。
岂无雕与鹗⑥？嗉中肉饱不肯搏⑦。
亦有鸾鹤群，闲立高飏如不闻⑧。
秦吉了，人云尔是能言鸟，岂不见鸡燕之冤苦？
吾闻凤凰百鸟主⑨，
尔竟不为凤凰之前致一言，安用噪噪闲言语⑩！

注　释

① 秦吉了：又称吉了、八哥，善效人言。

② 鸢（yuān）：老鹰。

③ 大嘴乌：乌鸦的一种。

④ 捎：扑打。

⑤ 攫（jué）：抓取。

⑥ 雕：大型猛禽。鹗（è）：俗称鱼鹰。

⑦ 嗉（sù）：嗉囊，俗称嗉子，鸟的消化器官。

⑧ 高飏（yáng）：高飞。

⑨ 百鸟主：百鸟之王。《大戴礼记·易本命》："有羽之虫三百六十，而凤皇为之长。"

⑩ 噪噪：形容声音杂乱。

题 解

这首诗为《新乐府》五十首中的第四十八首，是一首寓言诗。陈寅恪先生在《元白诗笺证稿》中说："诗中之雕鹗，乃指宪台搏击肃理之官，鸾鹤乃指省阁翰苑清要禁近之臣，秦吉了即指谓大小谏官。是此篇所讥刺者至广，而乐天尤愤慨于冤民之无告，言官之不言也。"这首诗采用寓言形式，以凤凰喻君主，以鸢、乌喻朝中邪恶势力，以鸡、燕喻冤民，以秦吉了喻谏官，要求谏官尽到言事之责，言民之冤苦，救政之弊端。

赏 析

"秦吉了，出南中，彩毛青黑花颈红；耳聪心慧舌端巧，鸟语人言无不通。"秦吉了，产自岭南，有着漂亮的外貌，聪慧异常，鸟语、人言都擅长。诗人用"秦吉了"指代朝廷中那些御史、拾遗等谏官们，他们正是如此衣冠楚楚，能言善辩。

"昨日长爪鸢，今朝大嘴乌；鸢捎乳燕一窠覆，乌啄母鸡双眼枯。鸡号堕地燕惊去，然后拾卵攫其雏。"老鹰拍打着燕子的巢穴，大嘴乌鸦啄瞎母鸡的眼睛。等到母鸡哀叫着离开，燕子惊恐地飞去，老鹰、乌鸦就夺走了它们的孩子。"长爪鸢""大嘴乌"象征着贪官污吏，而燕子和鸡则是最普通的平民百姓，他们遭受着贪官污吏的盘剥，苦不堪言。

"岂无雕与鹗？嗉中肉饱不肯搏。亦有鸾鹤群，闲立高飏如不闻。"那些雕和鹗，因为嗉子中还有肉便不肯搏击长爪鸢和大嘴乌，而那些鹤类，更是自恃清高，不闻不问燕子和鸡的苦难。雕和鹗在这里指可以监督惩治贪官污吏的上层官员，而鸾鹤则象征着那些地位较高、位居清流的官员。他们对于底层百姓苦难的漠视，实在让人生气。

于是诗人发出了最后的感慨："秦吉了，人云尔是能言鸟，岂不见鸡燕之冤苦？吾闻凤凰百鸟主，尔竟不为凤凰之前致一言，安用噪噪闲言语！"秦吉了啊，都说你能言善辩，你怎么看不见鸡燕的冤苦？我听说凤凰是百鸟之王，你应该给凤凰汇报鸡燕的苦难，而不是背后唧唧咕咕地制造噪音。凤凰是百鸟之王，在这里指代皇帝。诗人只能无奈地将矛头对准那些谏官，批判他们的失职。

这首诗以动物界描写人类世界，通过描写燕子与鸡的不幸遭遇，反映了下层民众饱受欺凌，有冤无处诉、有苦无处告的现状，将皇帝在内的各个统治阶层不顾百姓死活的形象刻画得淋漓尽致，在嬉笑怒骂中对他们进行了批判。

鉴采诗官

鉴前王乱亡之由也。

采诗官[1]，采诗听歌导人言[2]。
言者无罪闻者诫[3]，下流上通上下泰。
周灭秦兴至隋氏，十代采诗官不置[4]。
郊庙登歌赞君美[5]，乐府艳词悦君意[6]。
若求兴谕规刺言[7]，万句千章无一字。
不是章句无规刺，渐及朝廷绝讽议。
诤臣杜口为冗员[8]，谏鼓高悬作虚器[9]。
一人负扆常端默[10]，百辟入门两自媚[11]。
夕郎所贺皆德音[12]，春官每奏唯祥瑞[13]。
君之堂兮千里远，君之门兮九重闭[14]。
君耳唯闻堂上言，君眼不见门前事。
贪吏害民无所忌，奸臣蔽君无所畏。
君不见：厉王胡亥之末年[15]，
群臣有利君无利？
君兮君兮愿听此：欲开壅蔽达人情[16]，
先向歌诗求讽刺。

注　释

① 采诗官：传说周代实行采诗制度，用以观风俗，察得失。

② 导：引导。

③ 言者无罪：进谏的人不会因所言而获罪。《毛诗序》："故诗有六义焉：一曰风，二曰赋，三曰比，四曰兴，五曰雅，六曰颂。上以风化下，下以风刺上，主文而谲谏，言之者无罪，闻之者足以戒，故曰风。"

④ 十代：指秦、汉、魏、晋、宋、齐、梁、陈、隋、唐十代。

⑤ 郊庙：郊指祭天，庙指祖庙，为祭祖之处。登歌：祭祀时演唱的歌曲。

⑥ 乐府：汉代设立的音乐机构，所采集的乐曲歌词也称为乐府。汉以后历代采集的乐府歌词，有不少内容涉及艳情。

⑦ 兴谕：比兴托谕。

⑧ 诤臣：谏官，包括谏议大夫、左右拾遗、左右补阙等。

⑨ 谏鼓：设于朝廷供进谏者敲击以闻的鼓，后代朝廷也设登闻鼓，鸣冤者可击此鼓。

⑩ 负扆（yǐ）：指宰臣。扆为户牖之间。端默：缄默。

⑪ 百辟：百官。《诗经·大雅·假乐》："百辟卿士，媚于天子。"

⑫ 夕郎：唐称给事中为夕郎，属门下省，掌称扬德泽，褒美功荣。

⑬ 春官：礼部尚书，武则天时曾改称春官尚书。礼部掌礼仪祭享贡举，也负责报告祥瑞。

⑭ 九重：意谓门多庭院深。《楚辞・九辩》："岂不郁陶而思君兮，君之门以九重。"

⑮ 厉王：周厉王，古代有名的暴君。胡亥：秦二世。即位后为赵高所蒙蔽，深居宫中，不与群臣见面，后为赵高所杀。

⑯ 壅蔽：蒙蔽，隔绝。人情：民情。

题 解

这首诗是《新乐府》五十首的最后一首。从诗序看，本诗意为此“鉴前王乱亡之由也”。也就是说，诗人认为政治的兴亡与采诗相关。诗人将传说中的采诗制度作为理想，慨叹于十代以来的采诗制废，总结了《新乐府》创作的宗旨，表达了以歌诗为讽刺的坚定理想和热情。

赏 析

白居易重视诗歌的功能，这首诗也主要在阐述这个理念。

“采诗官，采诗听歌导人言。言者无罪闻者诫，下流上通上下泰。”采诗官，就应该采集歌谣传达百姓的声音。传达言论的人不被定罪，听到的人也能从中得到警示。只有这样，民意能够上达，政府与百姓沟通无碍，社会才能安定祥和。这也是诗人作此篇的主旨，他认为恢复采诗官制度非常重要，因为这有助于国家的繁荣昌盛。

“周灭秦兴至隋氏，十代采诗官不置。郊庙登歌赞君美，乐府艳词悦君意。若求兴谕规刺言，万句千章无一字。”从周朝灭亡算起至唐代，有十代王朝弃置了采诗官制度。这之后，祭天的时候只唱赞美君主的歌，乐府也只是弄些艳歌取悦君主。想要在这些歌谣里寻找到一些讽喻现实的字句，真是万句千章里找不到一个字。至此，诗人已经隐晦地说明，正是因为放弃了采诗官制度，才导致前朝国家的兴亡交替。

“不是章句无规刺，渐及朝廷绝讽议。诤臣杜口为冗员，谏鼓高悬作虚器。一人负扆常端默，百辟入门两自媚。夕郎所贺皆德音，春官每奏唯祥瑞。君之堂兮千里远，君之门兮九重闭。”诗歌不再讽喻现实，整个朝廷慢慢地也没有了批判与监督。谏议大夫们成了多余的人，谏鼓高悬也只是摆设。宰相沉默不语，百官各自献媚。夕郎只知道赞美君主，春官也只是奏报祥瑞。君主与下面的百姓距离遥远，民意不再上达。

“君耳唯闻堂上言，君眼不见门前事。贪吏害民无所忌，奸臣蔽君无所畏。君不见：厉王胡亥之末年，群臣有利君无利？君兮君兮愿听此：欲开壅蔽达人情，先向歌诗求讽刺。”皇帝听到的只是朝堂上的言论，却看不到底层百姓的生活。这样一来，贪官污吏戕害百姓无所顾虑，奸臣欺骗君主也没什么可害怕的。难道你们不记得，周厉王与胡亥的最后下场了吗？虽然群臣取悦了君主，但最终亡国了。皇帝啊，想要打破闭塞了解民情，就应该先搜集反映民间疾苦的歌谣。

诗人从正反两个方面劝谕统治者恢复采诗官制度。一开篇“下流上通上下泰”从正面说采诗的好处；以“贪吏害民无所忌，奸臣蔽君无所畏”从反面说放弃采诗的危害，这会导致国家的灭亡。

这首诗是《新乐府》最后一篇。陈寅恪在《元白诗笺证稿》高度肯定了这首诗在《新乐府》里的作用：“乐天《新乐府》五十篇，每篇皆以卒章显其志。此篇乃全部五十篇之殿，亦所以标明其作五十篇之旨趣理想也。自述其作乐府之本志，则曰‘惟歌生民病，愿得天子知’。此即其‘采诗’‘讽刺’之旨意也。新乐府以此篇为结后之作，正如常山之蛇尾，与首篇有互相救护之用。其组织严密，非后世模仿者，所能企及也。”

宿紫阁山北村

晨游紫阁峰，暮宿山下村。
村老见予喜，为予开一尊①。
举杯未及饮，暴卒来入门。
紫衣挟刀斧②，草草十余人③。
夺我席上酒，掣我盘中飧④。
主人退后立，敛手反如宾。
中庭有奇树，种来三十春。
主人惜不得，持斧断其根。
口称采造家⑤，身属神策军⑥。
主人慎勿语，中尉正承恩⑦。

注　释

① 尊：同“樽”，酒器。
② 紫衣：唐代低层官吏穿粗紫衣服，此处指代神策军士兵。
③ 草草：杂乱、喧闹。
④ 掣（chè）：抽去。飧（sūn）：晚饭，此处指饭菜。
⑤ 采造家：采伐树木为官府建造房屋的人。
⑥ 神策军：皇家禁卫军。
⑦ 中尉：神策军中尉，由宦官担任。

题　解

该诗作于唐宪宗元和四年（809），作者时任左拾遗、翰林学士。单看题目读者一定以为是游记，但实际上该诗主要揭露了由宦官掌管的神策军抢掠民间的罪恶。这首诗一经传诵，便引起了实权派的不满。在《与元九书》中作者曾说："闻《宿紫阁山北村》诗，则握军要者切齿。"白居易不畏强权，将中尉的丑恶行为进行揭露，这种精神实在难能可贵。

赏　析

本诗一开篇就在铺垫。作者当时在长安任左拾遗的职位，为什么要夜宿紫阁山北村呢？原来早晨游玩了终南山的紫阁峰，晚上只好借宿山下的村子。"村老见予喜，为予开一尊。"村民看见诗人就高兴地给端酒，证明诗人和村民平时相处得应该很不错，这本该是一个欢乐美好的场景。

但是，作者叙述至此笔锋一转，由高兴变愤怒。"举杯未及饮，暴卒来入门。紫衣挟刀斧，草草十余人。"举起酒杯还没喝上一口，"暴卒"就进门来了。他们携带着刀斧，闹哄哄的有十几个人。原本是友人相聚把酒言欢的时刻，此时被打断，真真扫兴。

那么这些士兵冲进来要干什么？接下了作者描写了两处抢劫的场面："夺我席上酒，掣我盘中飧。主人退后立，敛手反如宾。"这是第一处抢劫的场面。"夺""掣"两字形象地表明这些士兵竟然是在抢酒食。诗人身为左拾遗，大小也是个官，竟然被一群士兵抢了酒和饭菜。再看主人，退后敛手站着，一副规矩的样子。什么样的士兵敢抢官员的吃喝，又是什么样的士兵会让老百姓如此害怕？

"中庭有奇树，种来三十春。主人惜不得，持斧断其根。"这是第二处抢劫场面。士兵们吃饱喝足，要砍主人家的树。因为这棵树是主人亲手而栽，长了已经有三十年。酒菜可以抢，但这棵"奇树"对主人来说很重要。于是他不能不说话了，上前阻拦。但是，根本拦不住，树还是被士兵们砍掉了。

至此，由两处抢劫的画面，已经将"暴卒"的"暴"渲染到极致。

“口称采造家，身属神策军。”这些“暴卒”们终于说出了自己的身份，原来他们是给皇家采伐树木的禁卫军。

德宗时，开始设立左右神策军护军中尉，由宦官担任。他们以皇帝的家奴身份掌握禁卫军，势焰熏天，把持朝政，打击正直的官吏，纵容部下酷虐百姓，什么坏事都干。

元和初年，宪宗宠信宦官吐突承璀，让他做左神策军护军中尉；接着又派他兼任“诸军行营招讨处置使”（各路军统帅），白居易曾上书谏阻。元和时期，宪宗经常调用神策军修筑宫殿。吐突承璀又于元和四年（809）领功德使，修建安国寺，为宪宗树立功德碑。因此，就出现了“身属神策军”而兼充“采造家”的“暴卒”。做一个以吐突承璀为头子的神策军人，已经目中无人；又兼充“采造家”，执行为皇帝修建宫殿和树立功德碑的任务，自然就更加为所欲为，不可一世。

现在我们就能明白，这些士兵为什么敢抢官员的酒饭，老百姓又是为什么如此害怕他们。

“主人慎勿语，中尉正承恩。”这句是作者对主人的劝告：你惹不起他们，这些“暴卒”的上司是宦官吐突承璀，而他又受到皇帝的宠信。作者看似是在劝慰主人，实际上是矛头直指中尉，而且变相地批判了宠信宦官的宪宗。

诗人用白描、反衬的手法将事件清晰地记录下来，写出了中尉及其手下对下层百姓的戕害，也表现了对宪宗用人不当的批判。

重　　赋

厚地植桑麻[①]，所要济生民[②]。
生民理布帛[③]，所求活一身。
身外充征赋，上以奉君亲[④]。
国家定两税[⑤]，本意在忧人。
厥初防其淫[⑥]，明敕内外臣：
税外加一物，皆以枉法论[⑦]。
奈何岁月久，贪吏得因循[⑧]。
浚我以求宠[⑨]，敛索无冬春[⑩]。
织绢未成匹，缫丝未盈斤[⑪]；
里胥迫我纳[⑫]，不许暂逡巡[⑬]。
岁暮天地闭[⑭]，阴风生破村。
夜深烟火尽，霰雪白纷纷[⑮]。
幼者形不蔽，老者体无温；
悲端与寒气[⑯]，并入鼻中辛。
昨日输残税[⑰]，因窥官库门：
缯帛如山积[⑱]，丝絮似云屯[⑲]。
号为羡馀物[⑳]，随月献至尊。
夺我身上暖，买尔眼前恩。
进入琼林库[㉑]，岁久化为尘！

注　释

① 厚地：大地。桑麻：此处概指五谷。
② 济：救助，养活。
③ 布帛：做衣服的纺织品。
④ 君亲：君父。
⑤ 两税：两税法，唐德宗建中元年（780）正式实行，由宰相杨炎制定，以取代唐初的租庸调法，命以钱纳税，分夏、秋两次征税，称为“两税法”。
⑥ 厥初：其初，开始。淫：过度。
⑦ 枉法：违法。
⑧ 因循：沿袭，即沿袭租庸调税法，额外加收实物。
⑨ 浚（jùn）：榨取。《左传·襄公二十四年》：“毋宁使人谓子子实生我，而谓子浚我以生乎？”杜预注：“浚，取也。言取我财以自生。”
⑩ 无冬春：无论冬春。两税本为夏、秋两季征收，现已无论冬春。
⑪ 缫（sāo）丝：“缫”同“缲”，绎茧为丝。
⑫ 里胥：里正之类乡官。《通典》卷三十三载：“大唐凡百户为一里，里置正一人。”
⑬ 逡（qūn）巡：迟疑拖延。
⑭ 天地闭：天地闭塞，指冬天到了。
⑮ 霰（xiàn）雪：小雪珠。
⑯ 悲端：为名词或形容词词尾，无实义。
⑰ 输：交纳。残税：尚未交纳的税。
⑱ 缯帛：泛指丝织品。
⑲ 丝絮：丝绵。
⑳ 羡馀：正税之外的进奉。
㉑ 琼林库：储藏贡品的仓库。琼林：汇集成林的珍宝。

题　解

《重赋》载于《全唐诗》卷四百二十五。这是白居易在“新乐府运动”中的五言古诗名作《秦中吟》的一首。《秦中吟》组诗共十首，是揭露弊政、反映长安社会生活的一组重要作品，编入讽喻诗。作者在《与元九书》中曾说：“闻《秦中吟》，则权豪贵近者相目而变色。”《重赋》使用“代言体”，以农民的口吻叙述社会的不公平，揭露了两税法实行中的弊端。

赏　析

唐代社会的弊政之一就是重税，本诗主要揭露了重税所造成的各种社会矛盾。

这首诗可以分为三层。“厚地植桑麻”至“皆以枉法论”为第一层，主要讲述两税法的进步；“奈何岁月久”至“并入鼻中辛”为第二层，描写重税给老百姓造成的灾难；第三层从“昨日输残税”至结尾，表达对官吏的不满。

“厚地植桑麻，所要济生民。生民理布帛，所求活一身。身外充征赋，上以奉君亲。”土地上种植五谷杂粮，首先要能养活老百姓。老百姓耕耘一生，所要求的不过是吃饱穿暖。满足自身消费外，多余的收入都充当了赋税，奉养君主和朝廷。封建社会以农为本,“所要济生民”体现一定的民本思想。“国家定两税，本意在忧人。厥初防其淫，明敕内外臣：税外加一物，皆以枉法论。”国家制定两税法，本意是仁民爱物，刚开始实施时怕税收过重，明确要求所有官员，在两税法之外加收任何一物都属于违法。可以说，两税法的初衷是好的，是出于减轻百姓负担的目的。但是遗憾的是“上有政策，下有对策”，地方官吏为了求得皇帝的宠信，不分春秋地加以敛索。

接下来诗人以一个农民的口吻展开叙述，描绘了重税下的悲惨遭遇：“奈何岁月久，贪吏得因循。浚我以求宠，敛索无冬春。织绢未成匹，缫丝未盈斤；里胥迫我纳，不许暂逡巡。岁暮天地闭，阴风生破村。夜深烟火尽，霰雪白纷纷。幼者形不蔽，老者体无温；悲端与寒气，并入鼻中辛。”但是时间一长，这些贪官污吏就跟以前一样了。他们榨取我们的收入以换取宠信，根本不分春夏秋冬的季节。常常是布还没织一匹，缫丝没凑够一斤，他们已经来催缴赋税，而且不允许延缓上缴。冬天的夜晚下着纷纷大雪，屋里却没有火炉可供取暖。布匹、缫丝都上缴了赋税，老百姓没有御寒的衣物，小孩子没有可穿的衣服，老人手脚冰冷。百姓们苟延残喘，寒气入侵，鼻子是酸的，心也跟着酸了。诗人描绘出了一幅寒冬贫民图，在大雪纷飞的夜晚，百姓缺少御寒衣物，连老人和孩子都处于饥寒交迫之中。如此惨景，让人心酸。

最后十句是农民纳税时看到的内容："昨日输残税，因窥官库门：缯帛如山积，丝絮似云屯。号为羡馀物，随月献至尊。夺我身上暖，买尔眼前恩。进入琼林库，岁久化为尘！"昨天去交纳尚未交清的赋税，不小心从门缝看到官库里的景象：绢丝堆积如山，像白云一样多。地方官打着百姓丰衣足食的旗号来换取升官发财，把我们的衣服都夺走以换取皇帝的宠信。但是进入皇宫后，根本用不完，长年累月都会腐烂风化掉。这十句与之前形成了鲜明的对比：一方面老百姓在寒冬没有御寒的衣物，冻得瑟瑟发抖；另一方面贪官污吏却打着丰衣足食的旗号邀宠，让丝帛和布匹堆在仓库腐烂。诗人以农民的口吻进行谴责，代表了广大百姓的声音，批评了朝政的弊端。

这首诗通过对比手法，反映了人民的疾苦，抨击了贪官污吏，并对赋税的黑暗进行揭露，具有很强的现实意义。《唐宋诗醇》评价这首诗："通达治体，故于时政源流利弊言之了然。其沉着处令读者酸鼻，杜甫《石壕吏》之嗣音也。"

伤　　宅

谁家起甲第①，朱门大道边：
丰屋中栉比②，高墙外回环；
累累六七堂③，栋宇相连延④。
一堂费百万，郁郁起青烟⑤。
洞房温且清⑥，寒暑不能干⑦。
高堂虚且迥⑧，坐卧见南山⑨。
绕廊紫藤架，夹砌红药栏⑩；
攀枝摘樱桃，带花移牡丹。
主人此中坐，十载为大官。
厨有臭败肉，库有贯朽钱⑪。
谁能将我语⑫，问尔骨肉间。
岂无穷贱者，忍不救饥寒？
如何奉一身，直欲保千年⑬？
不见马家宅⑭，今作奉诚园！

注 释

① 甲第：甲等宅第。古代帝王赐给臣子的住宅有甲乙等级之分，甲等是给封侯者住的。第：住宅。

② 丰屋：房屋高大。栉（zhì）比：如梳齿一般排列密集。栉：木梳。

③ 累累：连贯成珠的样子。

④ 栋宇：栋：房梁。宇：房檐。

⑤ 郁郁：烟云盛多的样子。青烟：青云。

⑥ 洞房：高大而深邃的房屋。

⑦ 干：干扰，影响。

⑧ 虚：宽阔。迥（jiǒng）：起。

⑨ 南山：终南山，在长安南。

⑩ 红药栏：芍药。

⑪ 贯：钱以绳相贯，每千钱为一贯。

⑫ 将：转告，传达。

⑬ 直欲：真欲，竟要。

⑭ 马家宅：马燧，德宗时以功封北平郡王。燧卒后，其子畅因惧祸将宅进献，改为奉诚园。

题 解

这首诗是《秦中吟》组诗十首里的重要作品之一。中唐时期，达官贵人们大兴土木，营造私宅。此诗揭露了长安达官贵族的豪奢生活。《旧唐书·马璘传》载："安史大乱后，法度隳弛，内臣戎帅，竞务奢豪。亭馆第舍，力穷乃止，时谓'木妖'。"这首诗就是针对这种社会现象而作的。

赏 析

"谁家起甲第，朱门大道边：丰屋中栉比，高墙外回环；累累六七堂，栋宇相连延。一堂费百万，郁郁起青烟。"不知道又是哪个达官贵人在修盖宅邸，紧挨着大道开着朱门。房屋高大又多，像梳齿一般紧紧地挨着，外边由高墙围着。六七个高大的房子连贯成珠，房梁、房檐也连在一起，绵延不绝。每一间房子都要耗费上百万的金钱，房子周围青云缭绕。这八句主要写富贵者豪宅的奢华外表，"一堂费百万"，单单一间房屋就有如此高的造价，如此大片连在一起的房子，不知道得耗费多少钱物。

这些豪宅不仅有着光鲜的外表，里边更是极尽奢侈："洞房温且清，寒暑不能干。高堂虚且迥，坐卧见南山。绕廊紫藤架，夹砌红药栏；攀枝摘樱桃，带花移牡丹。"高大而深邃的房屋里冬天温暖夏天清凉，酷暑寒冬也不能影响里面。房屋宽敞又挺拔，在房子里休息能看到终南山。走廊里有紫藤架，过道边种植着芍药。在这院里，可以爬到树上摘樱桃，也可以赏玩移植来的牡丹。至此，富贵者豪宅的奢侈情况由外及内地展现在我们的面前。

那么这些富贵者到底是谁？诗人紧接着便交代出了他们的状况："主人此中坐，十载为大官。厨有臭败肉，库有贯朽钱。"豪宅的主人住在这里，他是当了十年的大官。他的厨房里有着吃不完而腐臭的肉，仓库里存放的钱连穿钱的绳子都腐烂了。"厨有臭败肉"与杜甫的"朱门酒肉臭，路有冻死骨"有异曲同工之妙，表现富贵者的奢侈生活。"贯朽钱"，说明豪宅拥有者钱财众多，因为花不完而长久堆放，以至于穿钱的绳子都腐朽了。

一方面是富贵者的穷尽奢华，另一方面是穷苦百姓挨冻挨饿，于是诗人发出了愤怒的质疑："谁能将我语，问尔骨肉间。岂无穷贱者，忍不救饥寒？如何奉一身，直欲保千年？不见马家宅，今作奉诚园！"谁能把我的话传给这些豪宅主人，问问他们，有这么多的钱为什么不去救救那些吃不饱穿不暖的穷苦百姓？可笑你仅仅是一个人，却想要占有宅子上千年。没看到马燧的豪宅吗？他死后家人为了避祸交出了宅子，那豪宅成了唐德宗的奉诚园。诗人对这些为富不仁、不体恤百姓的官员表示了愤慨，他呵斥这些人，宅子固然奢华，但须臾之间便会换了主人。

这首诗语言通俗，主题深远，表达了诗人对为富不仁、不体恤底层百姓的高级官员的愤慨。叶燮《原诗》评价这首诗"言浅而深，意微而显"，颇为中肯。

伤　友

陋巷孤寒士[1]，出门苦恓恓[2]。
虽云志气在，岂免颜色低。
平生同门友，通籍在金闺[3]；
曩者胶漆契[4]，迩来云雨睽[5]。
正逢下朝归，轩骑五门西[6]。
是时天久阴，三日雨凄凄。
蹇驴避路立[7]，肥马当风嘶；
回头忘相识，占道上沙堤[8]。
昔年洛阳社[9]，贫贱相提携；
今日长安道，对面隔云泥[10]。
近日多如此，非君独惨凄。
死生不变者，唯闻任与黎[11]。

注　释

① 陋巷：《论语·雍也》："子曰：贤哉回也！一箪食，一瓢饮，在陋巷，人不堪其忧，回也不改其乐。贤哉回也！"孤寒：贫寒无援。《晋书·陶侃传》："臣少长孤寒，始愿有限。"

② 栖栖：忙碌不安。《论语·宪问》："丘何为是栖栖者与？"

③ 籍：为二尺竹牒，记年纪、名字、形貌。悬于宫门，检验之后才可出入。金闺：金马门，汉宫门。

④ 曩（nǎng）者：从前。胶漆契：友情如胶漆一样坚固。

⑤ 迩来：最近。暌（kuí）：乖离。云雨暌：云雨不相会。

⑥ 五门：长安大明宫南面五门。《唐六典》卷七记载大明宫情形："南面五门，正南曰丹凤门，东曰望仙门，次曰延政门；西曰建福门，次曰兴安门。"其中建福门为百官出入之门，故诗云"五门西"。

⑦ 蹇（jiǎn）驴：驽劣之驴。

⑧ 沙堤：拜相之后以沙铺路，便于行走。

⑨ 洛阳社：即白社，晋董京曾宿此。

⑩ 云泥：云在天，泥在地，喻相隔之远。

⑪ 任、黎：指任公叔和黎逢，均为唐代宗大历十二年（777）进士，二人友情深厚。见《登科记考》卷十一。

题 解

这首诗是《秦中吟》组诗十首里的重要作品之一。同门好友往日在一起学习，意气风发，壮志凌云，往往也许下了很多诺言。但是人生的道路有逆有顺，有人青云直上，有人蹉跎岁月，因为境地的差异，往日同学情谊或许变淡了。这首诗就是白居易在感慨世态炎凉，友情不能长久。

赏 析

“陋巷孤寒士，出门苦恓恓。虽云志气在，岂免颜色低。”住在破破烂烂房子里的贫寒读书人，出门便一副忙碌不安的样子。虽然说心高气傲颇有志向，但是此时不免神情不太自在。“苦恓恓”“颜色低”很好地刻画了贫寒读书人不得志的神态。那么是什么让这个贫寒的读书人如此难堪呢？

“平生同门友，通籍在金闺；曩者胶漆契，迩来云雨睽。正逢下朝归，轩骑五门西。”跟自己一起读过书的好友发迹了，做了朝中的官员。过去两人的关系是异常亲密，而现在则没了来往。正好碰见过去的好友下朝，与他的骑乘相遇在五门外。既是好友做官，本该是一件高兴的事情，但因为这个好友做了官后便与寒士不怎么交往，这便让寒士不自在了。对于一个胸有大志的贫寒读书人来说，这真是一件苦恼难堪的事情。

“是时天久阴，三日雨凄凄。蹇驴避路立，肥马当风嘶；回头忘相识，占道上沙堤。”正好之前天气一直阴云密布，此时下起了连绵的大雨。寒士不成器的驴子站在路中间，而他朋友俊美膘肥的马匹在风中嘶叫。朋友回头看了一眼寒士，装作不认识，继续走着回家的专用通道。诗人通过细节展现，当年的好友如今再次相聚，却成了“回头忘相识”，这对友情来说真是极大的讽刺。《唐诗别裁集》评价这六句“一经点染，便觉不堪”。可以说，这六句把世态炎凉刻画到了极致。

“昔年洛阳社，贫贱相提携；今日长安道，对面隔云泥。”过去一起读书的时候，虽然地位贫贱，但都说以后要相互提携。而今天在这长安道上，虽然碰在一起，却彼此已经遥远陌生到就像天上的云与地上的泥土一样。遥想当年的情谊，回看现在的情况，寒士不得不感慨情谊如云泥之隔。

“近日多如此，非君独惨凄。死生不变者，唯闻任与黎。”这种情况近来太多了，也并不是寒士一个人感到伤悲与无奈。友情死生不变的，大概只听到任公叔与黎逢二人了。这四句是诗人插入的议论，《唐宋诗醇》评价这四句“又拓开一层，寄慨益深”。

这首诗用了很多细节去表现主题，细节刻画堪称细腻动人。虽然说白居易感慨人心不古、世态炎凉，但是他本人对友情非常重视，他与元稹、刘禹锡的友情更是在文坛传为佳话。

轻　　肥

意气骄满路[①]，鞍马光照尘。
借问何为者？人称是内臣。
朱绂皆大夫[②]，紫绶或将军[③]。
夸赴军中宴，走马去如云。
樽罍溢九酝[④]，水陆罗八珍[⑤]。
果擘洞庭橘[⑥]，脍切天池鳞[⑦]。
食饱心自若[⑧]，酒酣气益振。
是岁江南旱，衢州人食人[⑨]！

注　释

① 意气：神态。
② 朱绂（fú）：指画有花纹的朱红色官服。绂：古代官员垂于膝前的大带。
③ 紫绶：绶为丝带，用来系印。
④ 樽、罍（léi）：均为古代盛酒的器具。九酝：一种名酒。
⑤ 八珍：各种美味佳肴。
⑥ 擘（bò）：剖，剥开。
⑦ 脍：细细的切肉。
⑧ 自若：自得，自在。
⑨ 衢（qú）州：今浙江衢州一带。

题　解

这首诗是《秦中吟》组诗十首里的重要作品之一。白居易熟悉民间的疾苦，为民请愿，写了大量的关心百姓的诗句，《轻肥》就是代表性之一。轻肥，轻裘肥马的意思，取自《论语 · 雍也》“乘肥马，衣轻裘”，指代奢侈豪华的生活。中唐以后，宦官把持朝政，他们穷奢极欲、生活糜烂，上扰乱朝纲，下祸害百姓，对社会和人民造成了极大的危害。在封建时代，有良知的儒家士人常常与社会的丑恶势力展开对决，而此诗就是白居易对宦官嚣张气焰揭露与打击的作品。

赏　析

开篇四句，先说后点，意蕴颇深。“意气骄满路，鞍马光照尘。借问何为者？人称是内臣。”你看，衣着光鲜，鞍马的光亮竟然照亮尘土，一路的狂妄与目中无人。究竟是什么人如此的不可一世？向人一打听，原来是内臣。内臣是谁，就是宦官。宦官不过是侍奉皇家的奴才，缘何这么的跋扈？短短几句，实质已经点出了宦官的丑恶面目，暗含了对宦官的抨击。

接着四句，继续渲染宦官的骄横及其原因。“朱绂皆大夫，紫绶或将军。夸赴军中宴，走马去如云。”你看看，身着朱红色官服的文官、拿着印的武官都被宦官操控，他们的霸道不仅表现在出行上，竟然连朝政、军政也控制了。他们频繁地到军中赴宴，马匹多得自是数不过来。其中“夸赴军中宴，走马去如云”又与前文“意气骄满路，鞍马光照尘”前后呼应。“满”“照”“皆”“如云”形象鲜活地表明他们不是一个或几个人，而是一群人，人数众多。读者到这就明白了，他们控制军政大权，人数又是如此之多，难怪他们如此的骄横。

接下来六句由揭露宦官的骄横转到批判他们的奢侈。“樽罍溢九酝，水陆罗八珍。果擘洞庭橘，脍切天池鳞。食饱心自若，酒酣气益振。”来看看这些宦官们都是怎么吃喝玩乐的：美酒溢出了杯盏，天上飞的、地上走的，只要是美味佳肴都搜集来；洞庭湖产的橘子剖开吃最好的部分，拿刀细细地品尝天池的水产。酒足饭饱之后更加优哉，骄奢之气愈重。读至此处，一个个肥头大耳、大腹便便又目中无人的奸佞宦官形象立马涌现在读者脑海。

前十四句虽然揭露了宦官的丑恶百态，但作者并没有针对这些现象进行议论，也没有单纯地就此停歇，而是笔锋一转去写旱灾，写灾民："是岁江南旱，衢州人食人！"就在这些"大夫""将军"和宦官们穷尽搜罗骄奢地吃喝游玩的时候，灾区却发生着人吃人的悲剧。这种极大的反差极具震撼效果，可谓与杜甫的名句"朱门酒肉臭，路有冻死骨"在表达效果上殊途同归。如此结尾便让思想有了升华。

本诗主要运用了对比的手法进行处理，作者把两种截然对立的社会阶层放在一起，虽然不发一字议论，却让读者得出了该有的结论。而且让读者推出结论，更有说服力。尤其末尾一句，节奏突转，堪称神来之笔。

歌　舞

秦中岁云暮①，大雪满皇州②。
雪中退朝者，朱紫尽公侯③。
贵有风云兴，富无饥寒忧。
所营唯第宅，所务在追游④。
朱轮车马客⑤，红烛歌舞楼。
欢酣促密坐⑥，醉暖脱重裘。
秋官为主人⑦，廷尉居上头⑧。
日中为一乐，夜半不能休。
岂知阌乡狱⑨，中有冻死囚！

注　释

① 岁云暮：岁末。云：语助词。
② 皇州：帝都，指长安。
③ 朱紫：唐制三品以上穿紫色官服，五品以上穿朱色官服。
④ 追游：追逐游乐。
⑤ 朱轮：贵族所乘车以朱漆轮。
⑥ 促密坐：男女杂坐密近。
⑦ 秋官：掌管刑狱的官员。
⑧ 廷尉：秦代官制，为九卿之一，掌管刑狱，相当于唐代的大理寺卿。
⑨ 阌（wén）乡：唐为虢州属县，在今河南灵宝市西。

题 解

该诗是《秦中吟》组诗十首里的重要作品之一。这首诗揭露长安达官贵族醉生梦死的奢靡生活，篇末以狱囚的悲惨生活做对比，抨击了官场的腐败。对于这样的事情，白居易不仅写诗，而且递上了《奏阌乡县禁囚状》揭露此事，体现了他忧国忧民的品格。

赏 析

这首诗可以分为三层。

第一层，“秦中岁云暮，大雪满皇州。雪中退朝者，朱紫尽公侯。”到了年底的时候，长安城里降下了一场大雪。走在雪中的是一群刚刚退朝的大臣们，个个都是身着紫衣的权贵公侯。诗人一开始便交代了时间、天气、地点、人物。

紧接着第二层诗人用了八句来描写这些权贵们的花天酒地：“贵有风云兴，富无饥寒忧。所营唯第宅，所务在追游。朱轮车马客，红烛歌舞楼。欢酣促密坐，醉暖脱重裘。”这些人看到风雪交加都很有兴致，因为他们家财万贯、衣食无忧。他们所经营的只有自家的府邸宅院，追求的仅仅是吃喝玩乐。一群客人乘坐着华丽的马车来做客，楼里红烛高烧，歌舞喧哗。他们欢天喜地，男女亲昵地坐在一起畅饮，直到喝得身体发热，他们便带着醉意脱掉了厚重的皮毛衣服。这八句将这些权贵们的骄奢淫逸描写得淋漓尽致。

第三层，“秋官为主人，廷尉居上头。日中为一乐，夜半不能休。岂知阌乡狱，中有冻死囚！”今天是刑部的官员做东，掌管刑狱的最高长官就坐在上席。这场酒宴从中午就开始，到了半夜还没有结束。他们哪里知道，在阌乡的监狱里，一些囚犯已经冻死了。白居易在《奏阌乡县禁囚状》中写道：“伏闻前件县狱中有囚数十人，并积年禁系，其妻儿皆乞于道路，以供狱粮。其中有身禁多年，妻已改嫁者；身死狱中，取其男收禁者。云是度支转运下，囚禁在县狱，欠负官物，无可填陪。一禁其身，虽死不放。……自古罪人，未闻此苦。行路见者，皆为痛伤。”这便是“岂知阌乡狱，中有冻死囚”发生的背景。

秋官和廷尉是主管法律和牢狱的官僚，他们原本该关注社会的稳定以及法律的实施，但是他们只是一味地吃喝玩乐，“冻死囚”根本不在他们的视野内，白居易不免愤怒。

这首诗以点带面，以阌乡一地展现全国的监狱之黑暗。诗文没有一句评论，但通过客观叙述官僚的奢靡及囚犯的苦难，在极大的反差中，批判官僚的腐败奢侈、目无法纪的主题便自然显现了。

买　　花

帝城春欲暮①，喧喧车马度。
共道牡丹时，相随买花去。
贵贱无常价②，酬值看花数③：
灼灼百朵红④，戋戋五束素⑤。
上张幄幕庇⑥，旁织笆篱护⑦。
水洒复泥封，移来色如故。
家家习为俗，人人迷不悟。
有一田舍翁，偶来买花处。
低头独长叹，此叹无人谕⑧。
一丛深色花，十户中人赋⑨！

注　释

① 帝城：帝都，长安。
② 无常价：没有固定的价格。
③ 酬值：按价付钱。
④ 灼灼：鲜艳的样子。
⑤ 戋（jiān）戋：众多的样子。
⑥ 幄幕：帐幕。
⑦ 笆篱：即篱笆。
⑧ 谕：知晓，明白。
⑨ 中人：中产之家。

题　解

这首诗是白居易有名的《秦中吟》十首之一，创作于唐宪宗元和年间。当时，白居易在长安任左拾遗、翰林学士。

该诗主要描写长安贵族喜尚牡丹的风俗，揭露社会贫富差距，具有较强的批判意识。与白居易同时代的李肇在《唐国史补》里说："京城贵游，尚牡丹三十余年矣。每春暮，车马若狂，以不耽玩为耻。执金吾铺官围外寺观，种以求利，一本有直数万者。"与该诗相互印证。

赏　析

该诗分为两层。开篇至"人人迷不悟"为第一层，主要写京城贵族对牡丹的痴迷与追捧。"帝城春欲暮，喧喧车马度。共道牡丹时，相随买花去。""帝城"交代地点，"春欲暮"交代时间，"喧喧"是听觉，"车马度"是视觉。作者用极具动感的词语给我们营造了这样一幅画面：京城的春天就快过去了，街上车马的声音喧闹不停。这些驱车赶马的贵族说到牡丹花开的时候了，便结伴都去买牡丹花。"贵贱无常价，酬值看花数：灼灼百朵红，戋戋五束素。"牡丹的花价是不固定的，讨价还价要看花朵的数量。"五束素"即为二十五匹帛，鲜艳的一百朵牡丹花价值二十五匹帛，可见牡丹的昂贵。这些买花的贵族可谓是挥金如土。"上张幄幕庇，旁织笆篱护。水洒复泥封，移来色如故。"这些牡丹买回去后上面用帷幕遮挡着，旁边用篱笆保护着。洒水封好泥，移植后的牡丹颜色还跟原来一样娇艳。如此地惊心照料，可见权贵们对牡丹喜爱至极。"家家习为俗，人人迷不悟。"这些狂热的买花者对于牡丹乐此不疲，把这样的行为当成了一种习俗，每个人都沉迷其间。前边都是客观描写，只有这句作者加入了主观评价——"迷不悟"。

这句之后便是第二层。

"有一田舍翁，偶来买花处。低头独长叹，此叹无人谕。一丛深色花，十户中人赋！"有一个老农偶然间来到了贵族们买花的地方，老农看到这些情景后低头独自长叹。老农的叹息犹如一个特写镜头，让人不免疑问，老农为什么要长叹呢？原来老农是因为牡丹的昂贵而叹息。“一丛深色花，十户中人赋。”一丛艳丽的牡丹花的价格，竟然抵得上十户中等人家缴纳的赋税。老农感叹牡丹的昂贵，实际也是感叹压在自身的沉重赋税却被这些京城贵族们轻易地挥霍。至此，通过对比形成强烈的反差，揭示了社会的本质。

这首诗具有平民视角。诗人一开始叙写权贵们争相购买牡丹花，将那种奢靡渲染到极致；紧接着以一个老农的视角发出感慨，揭示了社会贫富差距之悬殊。诗人的高明之处在于借老农之口进行总结，展现了社会矛盾，具有较强的现实意义。

村　　夜

霜草苍苍虫切切①，
村南村北行人绝。
独出前门望野田，
月明荞麦花如雪②。

注　释

① 苍苍：苍白色。切切：形容虫鸣叫。

② 荞麦：一年生草本植物，茎紫红色，叶子三角形，晚秋成熟，花白色或淡粉色。

题　解

唐宪宗元和六年（811），白居易母亲去世，白居易便回家守孝，住在今渭南下邽的金氏村。古时为遵守孝道，双亲去世后子女按礼须持丧三年，其间不得行婚嫁之事，不预吉庆之典，任官者并须离职，称“丁忧”。这首诗就创作于白居易为母丁忧的时期。乡村的夜晚寂静无声，诗人难以入眠，独自徜徉于原野，面对乡村秋夜的种种景色，写下了这首作品。

赏　析

慈母去世，又远离长安住在村子里，白居易的心情一定是孤寂的。

“霜草苍苍虫切切”，在一片被霜打过的灰白色的秋草地上，小虫子在鸣叫。“霜草苍苍”点出秋色的浓重，“虫切切”则表现夜晚的寂静。在如此凄清孤静的秋天夜晚，诗人的心情必然跟着整体的环境一般寂寥。

“村南村北行人绝”，山村的路上没有一个行人。这一句继续强调了农村夜晚的宁静，凸显了作者的寂寞感。前两句合起来则真实形象地表现出了农村夜晚的景色。

“独出前门望野田”，独自一人来到门口眺望原野。难以入眠又心情孤寂，诗人不免要排泄胸中的不快，于是出了门。这句充当了过渡的作用，诗人的视角便由村庄转向了田野。更重要的是视角变换下，作者的心情也由之前的落寂变为欣喜。

欣喜什么呢？“月明荞麦花如雪”。一大片的荞麦开花，在明亮月光的照耀下，那花像雪一样洁白。大自然的美景打动了诗人，让诗人不由得发出了赞叹，于是心情也不再那么的沉闷。

这首诗没有什么华丽的语言，只是通过白描的手法去勾画乡村的夜景。但诗人又巧妙利用景物的变化来表现情感的变化，读来韵味十足。《唐宋诗醇》称赞这首诗“一味真朴，不假妆点，自具苍老之致，七绝中之近古者”。这个评价还是比较中肯的。

秋游原上

七月行已半①，早凉天气清。
清晨起巾栉②，徐步出柴荆③。
露杖筇竹冷④，风襟越蕉轻⑤。
闲携弟侄辈，同上秋原行。
新枣未全赤，晚瓜有馀馨⑥。
依依田家叟⑦，设此相逢迎。
自我到此村，往来白发生；
村中相识久，老幼皆有情。
留连向暮归⑧，树树风蝉声。
是时新雨足，禾黍夹道青。
见此令人饱，何必待西成⑨？

注 释

① 行：将。
② 巾栉（zhì）：洗脸梳头。
③ 柴荆：柴门，简易的大门。
④ 筇（qióng）竹：竹名。此处指用一节筇竹作为手杖。
⑤ 越蕉：细葛布，由它做成的衣服较为轻便。
⑥ 馨：香气。
⑦ 依依：热情的样子。
⑧ 向暮：到了黄昏时分。
⑨ 西成：秋天庄稼收获。古人以西方代表秋季。

题　解

这首诗作于退居渭上时期。诗人主要写在秋天与叔侄辈一同在渭村原上游玩的经历与感受。诗中表现了农村人情纯朴、闲散自得的生活，表达了诗人对田园生活的留恋。

赏　析

这首诗描绘了诗人和家人在原上做客，其乐融融的景象。

“七月行已半，早凉天气清。”七月将要过去一半的日子，早晨的气温变得凉爽，天气也是万里无云。诗人一开始便交代出了季节以及天气，“七月”自然为农历七月。在如此凉爽的日子里，和家人秋游自然也变得非常美妙。

“清晨起巾栉，徐步出柴荆。露杖筇竹冷，风襟越蕉轻。闲携弟侄辈，同上秋原行。”早晨起来洗脸梳头，慢慢地走出柴门。筇竹手杖上还有露水，摸起来非常的凉快。轻便的衣物被风一吹，衣襟摆动。抽空和我的弟弟以及侄子们，一起去原上游玩。虽然退居渭上，但能够和家人一起生活，这大概也是诗人的幸福。

“新枣未全赤，晚瓜有馀馨。依依田家叟，设此相逢迎。”新枣还没有完全变红，晚熟的瓜果散发着香味。这些村里的百姓看到我们来了，都热情地拿出了新枣和晚瓜招待客人。新枣的颜色、晚瓜的香味，诗人在描写的时候充分调动了视觉和嗅觉，让人觉得活灵活现，脑海里立马浮现了画面。

“自我到此村，往来白发生；村中相识久，老幼皆有情。”自从我来到村子里，和村民们一直交往，现在连白头发都有了。因为跟他们相识的时间比较长，不管是老年人还是幼儿，都跟我有着很好的关系。白居易是一个爱民亲民的诗人，在退居渭上的时候，他与村中的老幼建立了深厚的情感，这在古代士大夫里较为少见。

“留连向暮归，树树风蝉声。是时新雨足，禾黍夹道青。见此令人饱，何必待西成？”一直到了黄昏的时候才依依不舍地告别村民，回去的路上处处能听到风吹叶动以及蝉鸣的声音。因为最近雨水充沛，道路两旁的庄稼都显得茂盛。

不必等到看见秋天丰收的景象，此时我已经觉得饱了。“树树风蝉声”“禾黍夹道青”两句将秋天的景色描绘得淋漓尽致，读来让人赏心悦目。

这首诗节奏舒缓，语言质朴。诗人是以一种平静的心态，通过平淡的语言，将平淡的环境及景色表现得别有特色。对此，《唐宋诗醇》也评价这首诗："朴实说去，一片真趣流行，非徒拟王（维）、储（光羲）田家诗也。"

重到渭上旧居

旧居清渭曲，开门当蔡渡①。
十年方一还，几欲迷归路。
追思昔日行，感伤故游处。
插柳作高林，种桃成老树。
因惊成人者，尽是旧童孺。
试问旧老人，半为绕村墓。
浮生同过客②，前后递来去。
白日如弄珠③，出没光不住。
人物日改变，举目悲所遇。
回念念我身，安得不衰暮？
朱颜销不歇，白发生无数；
唯有山门外，三峰色如故。

注 释

① 蔡渡：在渭河南岸，与紫兰村隔河相望。渡口以东汉孝子蔡顺得名。

② 浮生：指人生空虚不定。出自《庄子·刻意》："其生若浮，其死若休。"过客：过路的人，这里比喻人生短暂。

③ 弄珠：这里表示日行之速。

唯有山门外，三峰色如故

题　解

白居易故居在渭南下邽县紫兰村，属于渭水北岸。唐宪宗元和六年（811）白居易母亲归葬渭上，白居易与弟白行简率领家人扶柩回故里。之后便为母丁忧守孝，退居下邽。因为长时间没有回村感到变化很大，诗人追思往日，感伤故游，于是写了这首《重到渭上旧居》。

赏　析

“旧居清渭曲，开门当蔡渡。十年方一还，几欲迷归路。”我的家住在清清的渭河弯曲处，出门正对着蔡渡。出门在外十年才回来一趟，差点迷路找不到家的方向。白居易的老家在紫兰村，与“蔡渡”隔河相望。“十年”表示离家之久，因此才有了“迷归路”。这是伤感的出发点，作为一个游子都找不到回家的路了，怎么能不伤感。

“追思昔日行，感伤故游处。插柳作高林，种桃成老树。因惊成人者，尽是旧童孺。试问旧老人，半为绕村墓。”回想往日的出行，今天回到家乡很伤感。当初插的柳条已经变成了高大的树木，种下的桃苗也成了老树。见到的大人都是记忆中的小孩子。于是问记忆中的老人在哪里，原来都已经葬在了村外。这八句写出了今昔变化，通过景象的变化、人的变化，表达了诗人的伤感情绪，在迷路的基础上，伤感之情明显增强了一层。

于是诗人不由得发出了感慨：“浮生同过客，前后递来去。白日如弄珠，出没光不住。”人生啊，缥缈不定，却又像过客一样短暂。时光的飞逝，是任何人都无法阻挡的。“浮生”一词表达了诗人对人生短暂的喟叹与无奈。

最后则是伤感情绪的小高潮：“人物日改变，举目悲所遇。回念念我身，安得不衰暮？朱颜销不歇，白发生无数；唯有山门外，三峰色如故。”身边的人和物都发生了变化，望眼一看不由得感到悲伤。看着他们，想到我自己，难免也会衰老。一天天变得苍老，生出无数的白头发。只有山门外，那山峰的颜色一直没有变。人生如此虚无短暂，诗人睹物思人，不免想到自己有朝一日也会衰老、死去，最终埋进黄土。在这里，伤感达到了顶点。

慈乌夜啼

慈乌失其母①，哑哑吐哀音②。
昼夜不飞去，经年守故林③。
夜夜夜半啼，闻者为沾襟④。
声中如告诉，未尽反哺心⑤。
百鸟岂无母？尔独哀怨深。
应是母慈重，使尔悲不任⑥。
昔有吴起者⑦，母殁丧不临。
嗟哉斯徒辈，其心不如禽！
慈乌复慈乌，鸟中之曾参⑧。

注 释

① 慈乌：传说乌鸦反哺其母，为至孝之鸟，故称慈乌。
② 哑哑：形容乌鸦的叫声。
③ 经年：终年、整年。故林：指往日与母鸟所栖息的树林。
④ 沾襟：眼泪沾湿衣襟。
⑤ 反哺：慈乌初生的时候，母亲喂养它，等它长大了，便找食物来喂养母亲，这叫作反哺。引申为报答父母的恩情。
⑥ 悲不任：不能承受悲痛。不任：指不堪、不能承受。
⑦ 吴起：战国时期名将。他曾为了追求功名，母亲死了，却不回家料理丧事。他的老师曾申（曾参的儿子）知道这件事，就和他断绝来往。
⑧ 曾参：字子舆，春秋时鲁国人，孔子的学生，是当时有名的孝子。

题 解

这首诗是寓言体。唐宪宗元和六年（811），白居易母亲病逝，白居易为母丁忧退居下邽。这首诗便写于该年。白居易与母亲陈氏感情深厚，母亲去世让白居易悲痛万分。传说乌鸦会反哺母亲，所以被称为“慈鸟”。诗人借歌颂“慈乌夜啼”来表达对慈母深深的追思，并奉劝世人恪守孝道。

赏 析

诗人首先给我们描绘了一幅慈乌失母后的动人场景：“慈乌失其母，哑哑吐哀音。昼夜不飞去，经年守故林。夜夜夜半啼，闻者为沾襟。声中如告诉，未尽反哺心。”一只乌鸦因为母亲的死去而悲哀地嘶叫着。它昼夜都守在母亲生活过的林子里，不愿飞去。每当夜晚的时候就伤心地啼叫，听到的人无不落泪。那叫声仿佛要告诉人们，它是因为没有尽到反哺的义务而感到悲伤。乌鸦的这种行为让人感动，自古以来人们都认为乌鸦是一种会反哺的动物，人们也从它们的身上学习孝道。实际上诗人也是在做铺垫，动物都能如此孝敬长辈，那么作为人更应该如此了。

“百鸟岂无母？尔独哀怨深。应是母慈重，使尔悲不任。”所有的鸟类都有母亲，为什么只有乌鸦在母亲离去后这么悲痛？乌鸦母亲应该是位非常慈爱的母亲，它的离去是乌鸦不能承受的痛苦。其实诗人这里也是在说自己和母亲。白居易和母亲陈氏关系深厚，白居易自小由母亲带大，并由母亲教书识字，母亲一贯温良贤厚，白居易深爱自己的母亲。“使尔悲不任”既是说乌鸦，更是在说自己母亲离世后的那种悲痛。诗中用大量笔墨刻画慈乌“失其母，夜半啼”的情状，意在倾吐“母慈重”，联系上句的“未尽反哺心”可以看出，白居易也为自己未能更多地照料母亲而感到痛心。但是这一切已经晚了，心中除了哀痛，应当还有无尽的悔恨。

“昔有吴起者，母殁丧不临。嗟哉斯徒辈，其心不如禽！慈乌复慈乌，鸟中之曾参。”过去吴起为了追求功名，母亲死了，却不回家料理丧事。哀叹这样的人，他的心真是禽兽不如。慈乌啊慈乌，你真是鸟类里的孝子。

至此，作者在表露自己情感的同时，也在含蓄地劝诫世人：人应该恪守孝道，不能连只乌鸦都不如。

这首诗借物言志，诗人以“慈乌”自喻，又运用典故借吴起、曾参的故事，从反、正两个方面点明诗作的情感，寄托了“舐犊情难报，未尽反哺心”的无尽愧恨和哀伤。

纳　粟

有吏夜叩门，高声催纳粟。
家人不待晓，场上张灯烛①。
扬簸净如珠②，一车三十斛③。
犹忧纳不中④，鞭责及僮仆。
昔余谬从事⑤，内愧才不足。
连授四命官⑥，坐尸十年禄⑦。
常闻古人语，损益周必复⑧。
今日谅甘心⑨，还他太仓谷⑩。

注　释

① 张：点燃。
② 扬簸：筛选粮食的两种动作。扬：指扬场，用木锨将粮食扬起，让风吹去不饱满的粮食。簸：用簸箕颠簸，去除秕糠。
③ 斛（hú）：一斛为十斗。
④ 不中：不合要求。
⑤ 谬从事：错误地选择了做官。
⑥ 四命官：白居易贞元十九年授秘书省校书郎，元和元年授盩厔尉，元和三年除左拾遗充翰林学士，元和五年改京兆府户曹参军，一共四次授官，故称“四命官”。
⑦ 坐尸：占着位置不工作。
⑧ 损益：减少与增加。周必复：周而复始。
⑨ 谅：料想。
⑩ 太仓：储粮的大仓库，在长安。

题　解

纳粟，即用粮食来缴纳赋税。此诗作于元和年间，因为母亲去世，所以作者退于下邽为母丁忧。唐代规定官员可以免除赋税，但此时白居易已经解职，因此此时不能享受特权，即使守丧也得纳税完租。诗人以自己的所见所闻，描绘了地方小吏催缴赋税的情形，作者自责的同时表达了对普通百姓的同情。

赏　析

本诗可以分为两层。第一层为前八句，着重描绘纳粟的过程；后八句为第二层，主要为作者内心的展现。

“有吏夜叩门，高声催纳粟。”地方小吏夜晚进村，高声吆喝着叫门，说是催缴赋税的。“夜叩门”让人不禁浮想联翩，为什么这些小吏不白天催缴呢？是因为怕农户白天出门干活，还是怕他们白天出门躲避租税？亦或是催缴的数量太多，小吏一直从白天忙到了深夜？“高声”说明小吏底气很足，显得有些不可一世。

“家人不待晓，场上张灯烛。”虽然天还没亮，家人也不敢怠慢，赶紧点上蜡烛做准备。一个收税的地方小吏为何有如此大的能量，让人这么毕恭毕敬的？看来这些小吏得罪不起，不按时缴纳赋税后果会很严重。

“扬簸净如珠，一车三十斛。”粮食又进行了一遍处理，用木锨扬、簸箕抖，那些杂质和秕谷都已经去除，一粒粒粮食干净得像珍珠一样，一车装了三百斗。“净如珠”表现赋税要求之高，不能随随便便拿些粮食充当；“三十斛”说明赋税的量不少。

“犹忧纳不中，鞭责及僮仆。”将粮食收拾得干干净净，如此费心还是怕不符合赋税的标准，粮食不过关。一旦挑剔的收粮者否定了这些粮食，全家上下连书童、仆人也会受到鞭责。看来收税标准很苛刻，收粮者也很霸道，如此就不难理解为什么要把粮食收拾得像珍珠一样干净，也能理解作者家人前面的毕恭毕敬了。

这是第一层，诗人将亲身经历的缴税写得活灵活现，虽然没有一句批评收税者的话，但作者通过描写纳税者的辛酸，还是隐晦地表达了对收税者的批判，以及对赋税制度的不满。

由这种种的目睹，作者不免想到了自身，并进行了思考。

“昔余谬从事，内愧才不足。”以前选择做官可以说是个错误，我也常常愧疚我的才能不足。白居易是那种有远大抱负的人，这两句谦虚的说法实质上表明了他对自己的高要求。

“连授四命官，坐尸十年禄。”连续做了校书郎、盩厔尉、左拾遗、京兆户曹参军四个职位，占着位置不工作还拿了十年的俸禄。这两句也是诗人谦虚的说法，实际上他在这几次任上为民请愿，做了很多好事。

“常闻古人语，损益周必复。今日谅甘心，还他太仓谷。”常常听古人说，得与失一直是周而复始来回轮换。今天被征收赋税我也甘心，也算是把做官几年从太仓领到的粮食还回去。《唐六典》卷十九记载“凡京官之禄，发京仓以给”，所以说“还他太仓谷”。

白居易对自己要求很高，始终有“穷则独善其身，达则兼济天下”的理念：穷困潦倒时修身养性，做官则要为老百姓着想。所以在后八句作者一直是很谦虚地评价自己历任官职，尽管他为百姓做了不少好事。白居易身为一个官员，为母丁忧离职三年，仍然亲历了这般赋税之苦，由此可见，普通百姓遭遇的苦难会有多么严重。

这首诗以纪实的方式记录了小吏催缴赋税的场景，对人物的言行及心理刻画得细腻传神。难能可贵的是诗人以平民的视角进行自我反思，这在封建士大夫阶层并不常见。

采地黄者

麦死春不雨，禾损秋早霜。
岁晏无口食①，田中采地黄②。
采之将何用？持以易糇粮③。
凌晨荷插去，薄暮不盈筐④。
携来朱门家，卖与白面郎⑤。
与君啖肥马⑥，可使照地光⑦。
愿易马残粟⑧，救此苦饥肠！

注 释

① 岁晏：岁晚，年底。口食：粮食。
② 地黄：多年生草本植物，可入药，有补血强心的作用。
③ 糇(hóu)粮：干粮，泛指粮食。
④ 薄：迫，接近。盈：满。
⑤ 白面郎：富贵公子。
⑥ 啖（dàn）：喂养。
⑦ 照地光：光亮映照在地上。这里形容马的毛色发亮。
⑧ 马残粟：马吃剩下的粮食。

题 解

这首诗作于元和年间，此时诗人退居下邽。因为春天干旱、秋日早霜的原因，农民无法维生只得去田间采地黄。诗人以采地黄者的遭遇为题材，将贫苦农民的食不果腹与富贵人家的“白面郎”做了鲜明的对比，写出了这首反映贫民疾苦的诗。

赏 析

开篇六句，诗人介绍为什么会有采地黄这一行为。

“麦死春不雨，禾损秋早霜。岁晏无口食，田中采地黄。采之将何用？持以易糇粮。”辛苦劳作的农民遇到了灾害：冬小麦在春天里遭遇了大旱而枯死，秋天收获的庄稼又遭遇了提前来临的霜冻而损失掉。农民到了年底没有吃的粮食，只好去采一种叫地黄的药材。采到的地黄能干什么？可以换粮食。对于靠天吃饭的农民来说，遭遇自然灾害而导致“麦死”“禾损”是最悲惨的状况。于是只能去采地黄换粮食，以熬过没有粮食的困境。虽然这六句诗人是以一种平淡的口吻和语言叙述，却能够激起读者对贫苦农民不幸遭遇的同情。

但是，地黄也不是那么好采挖的：“凌晨荷插去，薄暮不盈筐。”天没亮就扛着挖掘工具出门，一直到了黄昏还采不满一筐。采地黄的艰辛，再次说明农民生活的不易。

“携来朱门家，卖与白面郎。与君啖肥马，可使照地光。”把采来的地黄送到富贵人家，卖给富贵公子。富贵公子买地黄干什么，是自己吃吗？不，这地黄是为了给马匹进补，那马匹的毛色发亮，亮光都能照在地上。原来农民辛辛苦苦采来的补血强心的地黄并不是给人用的，而是给富裕人家的马吃的。“肥马”“照地光”说明即便庄稼遭遇了灾害，但公子哥的马匹依然有粮食可吃，而且是膘肥体壮，毛色发亮。在这样的灾年里，农民都没吃的口粮，但是富人家的马却比农民吃得还好，不难想象这些富人又是怎样的一种奢靡生活！

诗人无奈地发出了最后的感叹：“愿易马残粟，救此苦饥肠！”愿意拿这些地黄换马吃剩下的粮食，以解决这挨饿的现状。这些穷苦的农民竟然连富人的一匹马都不如，因此只能无奈地拿着地黄换些马吃剩的粮食来糊口。而一匹膘肥体壮的马，能剩下什么粮食呢？肯定不是细粮，必然是粗粮里边又剔下来的。人不如马，诗人如何不感到愤怒。

这首诗只是客观地去叙述，全篇虽然无一句议论，但通过贫民与富贵人家对待食物不同态度的强烈对比，反映出了封建社会贫富差距之大。结尾一句“愿易马残粟，救此苦饥肠”，将批判豪门奢侈、同情贫民的基调自然而然地显现出来。

新制布裘

桂布白似雪①，吴绵软于云②。
布重绵且厚，为裘有余温。
朝拥坐至暮，夜覆眠达晨。
谁知严冬月，支体暖如春③。
中夕忽有念④，抚裘起逡巡⑤。
丈夫贵兼济，岂独善一身？
安得万里裘，盖裹周四垠⑥。
稳暖皆如我⑦，天下无寒人。

注 释

① 桂布：唐代桂管地区（今广西桂林一带）所产木棉织成的布，质地厚实柔软，比较珍贵。
② 吴绵：泛指淮南、江南地区所产丝绸。
③ 支体：即肢体。
④ 中夕：半夜。
⑤ 逡（qūn）巡：迟疑。
⑥ 周：全，遍。四垠：四边，指天下。
⑦ 稳：舒服、舒适。

题　解

此诗作于唐宪宗元和年间，应为白居易为母丁忧时期（元和六年至元和八年，即公元811—813年）创作。《新制布裘》就是新缝制了布袍子的意思。诗人生活在下邽渭村时因为已经离职，所以生活并不富裕，偶然间缝制了一件布裘，内心欣喜。但作者突然想到普通百姓的疾苦，旋即表达了自己的远大抱负。

赏　析

此诗可以分为三层。前四句为第一层，主要表现新制布裘的质量如何卓越；中间四句为第二层，主要表现诗人的欣喜状态，以及布裘对诗人的重要性；最后八句为第三层，通过思考表现作者的品德与远大抱负。

“桂布白似雪，吴绵软于云。布重绵且厚，为裘有余温。”桂布像雪一样白，吴绵比云彩还软。布匹既绵软又厚重，做成袍子还带有余温。“白似雪”“软于云”强调布裘的用料之讲究，“有余温”说明布裘保暖性好。

接下来的第二层交代新制棉衣的用途：“朝拥坐至暮，夜覆眠达晨。谁知严冬月，支体暖如春。”早晨起来拥坐着棉衣一直到天黑，而夜晚又盖着棉衣睡觉到天亮。在这样寒冷的冬天里，因为有棉衣，肢体才暖和得像春天一样。诗人面对一个新缝制的棉衣不仅欣喜若狂，还当作至宝一样恋恋不舍。你看看，“朝拥”“夜覆”，白天穿，夜晚还盖在身上。这不得不让人猜想诗人没有足够的木炭取暖，也没有充足的棉衣、棉被御寒。我们不禁要问，即便诗人当时离职回家守孝，之前也做官很长时间，为什么此时变得这么穷困潦倒？只怕全是因为诗人清廉耿直的原因。

最后八句便是作者的感慨：“中夕忽有念，抚裘起逡巡。丈夫贵兼济，岂独善一身？安得万里裘，盖裹周四垠。稳暖皆如我，天下无寒人。”半夜里一个念头在心中突然升起，抚摸着棉衣不免心生疑惑。作为一个男子汉应该去为天下苍生考虑，而不是仅仅提升自己的修为。怎样才能得到万里大的棉衣啊，从而遮盖住天地，让天下受寒挨冻的百姓都像我一样暖和舒服。在古代，有志向和抱负的官员都遵循孟子的“穷则独善其身，达则兼济天下”理念。白居易在此基础上提升：不能单纯地去修身，兼济天下才是大丈夫的行为。最后四句“安得万里裘，盖裹周四垠。稳暖皆如我，天下无寒人”，源于杜甫《茅屋为秋风所破歌》：“安得广厦千万间，大庇天下寒士俱欢颜，风雨不动安如山。”虽然这四句没有杜甫的诗句有名，但两位伟大诗人的博爱情怀都是一致的，心中忧虑的都是天下百姓，二者都是真正的仁者。

这首诗的高明之处在于，表面是在写棉袍的舒适暖和，实质上是在写仁政。全诗表达了诗人的远大政治抱负，以及忧国忧民的情感。

村居苦寒

八年十二月①，五日雪纷纷。
竹柏皆冻死②，况彼无衣民！
回观村闾间③，十室八九贫。
北风利如剑，布絮不蔽身。
唯烧蒿棘火④，愁坐夜待晨。
乃知大寒岁，农者尤苦辛。
顾我当此日，草堂深掩门。
褐裘覆絁被⑤，坐卧有余温。
幸免饥冻苦，又无垅亩勤⑥。
念彼深可愧，自问是何人！

注　释

① 八年十二月：即唐宪宗元和八年（813）十二月。
② 竹柏皆冻死：竹柏经冬不凋，能够冻死实属遭遇罕见寒冬。
③ 村闾：乡村，村巷。
④ 蒿棘：蒿草，荆棘。
⑤ 褐裘：布面裘皮外衣。絁（shī）：粗绸。
⑥ 垅亩勤：田间劳作的辛苦。

题　解

这首诗作于退居下邽时期。唐宪宗元和六年（811）至八年（813），白居易为母丁忧，退居于下邽渭村（今陕西渭南境）。元和八年（813）十二月天降大雪，寒冻天气让平民百姓痛苦不堪。白居易目睹了民众的艰辛，联想自己的处境感到愧疚与自责，于是写下了这首诗。

赏　析

本诗分为两节。开篇至“愁坐夜待晨”为第一节，叙述老百姓在寒冬下的困境。剩下十句为第二节，为作者对自己和民众进行的对比，表达自己的愧疚与思考。

作者一开始就交代了时间以及天气的恶劣，为下文做铺垫。“八年十二月，五日雪纷纷。竹柏皆冻死，况彼无衣民!”大雪纷纷扬扬，气温骤降，连最耐寒冬的竹柏都冻死了。作者不由得发出感叹，那些贫困穿不暖和的老百姓该如何是好!

“回观村闾间，十室八九贫。北风利如剑，布絮不蔽身。唯烧蒿棘火，愁坐夜待晨。”一眼望去，村庄的贫穷触目惊心。在这样寒冷的大雪天里，单薄破烂的衣物都不能遮住身体，只有靠烧些蒿草和荆棘取暖，愁苦地等待着天亮。对于民众来说，缺衣少被，夜不能眠，这简直是灾难。

实际上百姓的贫穷都是有根源的。唐代中后期，由于藩镇割据和吐蕃入侵，唐王朝控制的地域大大减少。但朝廷却供养着大量军队，再加上官吏、地主、商人、僧侣、道士等不耕而食阶层占到总人口的一半以上，所以农民的负担极重，生活也极为困苦。这也就是为什么在如此寒冷的天气里，老百姓既没有可以御寒的衣物，也没有可以取暖的燃料。

“乃知大寒岁，农者尤苦辛。顾我当此日，草堂深掩门。褐裘覆絁被，坐卧有余温。幸免饥冻苦，又无垅亩勤。念彼深可愧，自问是何人！”农民在这样酷寒的日子里是多么的痛苦，而自己则深掩房门，有吃有喝，不挨饿，又没有田间劳作的辛苦。作者一番对比后，不由得生出愧疚之情，于是发出了“自问是何人”的感叹。作为一个封建士大夫，白居易有如此觉悟，在士大夫中难能可贵。当然，如果没有一颗仁爱之心，很难有如此认知。

该诗语言通俗平白，叙述流畅，白描加对比，具有浓郁的白诗特征。

妇人苦

蝉鬓加意梳[①]，蛾眉用心扫[②]；
几度晓妆成，君看不言好。
妾身重同穴[③]，君意轻偕老[④]。
惆怅去年来，心知未能道。
今朝一开口，语少意何深？
愿引他时事，移君此日心。
人言夫妇亲，义合如一身[⑤]；
及至死生际，何曾苦乐均？
妇人一丧夫，终身守孤子[⑥]。
有如林中竹，忽被风吹折；
一折不重生，枯死犹抱节。
男儿若丧妇，能不暂伤情？
应似门前柳，逢春易发容。
风吹一枝折，还有一枝生。
为君委曲言[⑦]，愿君再三听。
须知妇人苦，从此莫相轻。

注 释

① 蝉鬓：古代妇女的一种发式。

② 扫：指画眉。

③ 同穴：指夫妻之义。《诗经·王风·大车》："穀则异室，死则同穴。谓予不信，有如皦日。"后人由《诗经》此言生发，称夫妻生同室、死同穴。

④ 偕老：白头到老。

⑤ 《淮南子·齐俗训》："义者，所以合君臣、父子、夫妻、朋友之际也。"

⑥ 孤孑（jié）：孤单，孤独。

⑦ 委曲：婉转。

题 解

这首诗作于元和年间。男女在婚姻中的不平等存在了几千年，人们可能认为这一切都是理所当然的。但是此诗却把这种不平等当作严重问题予以揭露，表现了作者对妇女命运的深刻体察与同情，体现出白居易进步的思想。作为一个封建士大夫，白居易能从受压抑的女性的角度去思考并发出声音，是难能可贵的。

赏 析

诗人以一个妻子对丈夫诉说的口吻展开全篇。

“蝉鬓加意梳，蛾眉用心扫；几度晓妆成，君看不言好。”很刻意地去梳理发式，又用心去描眉。反复装扮了几次，你都说不好看。“女为悦己者容”，作为一个妻子费心地装扮自己就是为了爱人的开心。“加意”“用心”说明女子对装扮的重视程度，而“几度”则说明了丈夫的挑剔。这丈夫屡次“不言好”是什么原因呢？是因为妻子真的不会装扮，还是已经厌倦了妻子？留给读者很大的想象空间。

“妾身重同穴，君意轻偕老。惆怅去年来，心知未能道。今朝一开口，语少意何深？愿引他时事，移君此日心。”我比较珍视夫妻之义，但是你想的却不是白头到老。去年知道你这样想便感到失望而懊恼，但也只是放在心里从来没有说出来。今天言简意赅地说出来，希望能改变你的这种想法。妻子重视生同室、死同穴，但是丈夫却看轻白头到老。加上前面精心打扮自己而丈夫熟视无睹，任何一个妻子都不免“惆怅”。虽然失望，但是还没有绝望，所以要告诫丈夫，以便“移君此日心”。

“人言夫妇亲，义合如一身；及至死生际，何曾苦乐均？妇人一丧夫，终身守孤子。有如林中竹，忽被风吹折；一折不重生，枯死犹抱节。”都说夫妻应该亲近，遵守一样的人伦准则。但是说到生死，又哪里平等了呢？妇人一旦成了寡妇，就要终身守节不能再嫁。就像林中的竹子被风吹断，断了不能再重生，只能留着这个结一直到枯死。而男人呢？“男儿若丧妇，能不暂伤情？应似门前柳，逢春易发容。风吹一枝折，还有一枝生。”男人若是死了妻子，只是暂时地伤感一下。他们就像那门前的柳树，遇到春天又焕发出新颜。即便被风刮断树枝，还会有新的枝芽长出来。诗人将妇人丧夫和男人丧妻进行对比，用“林中竹”比喻女人，用“门前柳”比喻男人，说明了男女对待配偶的不同态度，表现了男女不平等的现象。

于是诗人发出了最后的呼告：“为君委曲言，愿君再三听。须知妇人苦，从此莫相轻。”委婉地说了这么多，就是希望做丈夫的能够知道妻子的难处，从此以后不再轻视。

欲与元八卜邻，先有是赠

平生心迹最相亲①，欲隐墙东不为身②。
明月好同三径夜③，绿杨宜作两家春④。
每因暂出犹思伴⑤，岂得安居不择邻？
可独终身数相见⑥？子孙长作隔墙人！

注　释

① 心迹：心理与行事。
② 墙东：代指隐居之地。
③ 三径：指归隐者的家园。
④ 绿杨：南朝名士陆慧晓与张融比邻而居，其间有池，池上有杨柳两株。
⑤ 暂出：临时外出。
⑥ 可独：何止，不仅仅。

题　解

卜邻，选择好邻居的意思。古人非常重视邻居的选择，大家熟知的“孟母三迁”便是一个最好的佐证。唐宪宗元和十年（815）春，诗人和朋友元宗简（元八）都在朝廷供职，宗简在长安升平坊购置了一处宅院，乐天用此诗表达了欲与宗简比邻而居的愿望。

赏　析

本诗流露了作者对友人的渴慕，应该说这是一曲友谊之歌。

“平生心迹最相亲，欲隐墙东不为身。”诗一开始便讲二人的志同道合：我们平时的想法和做事方式基本上一致，都想过那种自由自在的隐居生活，期望着不为功名利禄和荣华富贵而同流合污。这两句实际上也阐述了结邻的基本条件：志同道合又兴趣相投。《唐诗评注读书》说：“‘最相亲’三字，是通首主脑，以下言卜邻之美，及所以卜邻之故，皆从此三字生。”

“明月好同三径夜，绿杨宜作两家春。”如同我们做了邻居，一轮明月照耀着我们两家，在月下我们饮酒赋诗，那绿杨则为我们两家共同传递春天的消息，岂不美哉。诗人由一开始结邻的条件说起，到这两句畅想结邻后的生活，言辞切切，颇有说服力。

接下来作者以肯定的语气论证结邻的重要性。“每因暂出犹思伴，岂得安居不择邻？”每当外出的时候都要仔细地考虑挑选一个好的同伴，如果想在住所生活得美好，怎能不挑选一个好的邻居呢？这句看似议论，实际上则是强化表达对与元八为邻的渴慕，以及对友情的渴求与重视。

接下来作者从长远的角度看结邻的益处，表达了对未来的憧憬：“可独终身数相见、子孙长作隔墙人！”一旦我们结邻，不仅我们可以终身相见、随时往来，而且我们的子孙后代还可以继续交往，和睦相处。这是多么美好的一件事情！这两句将全诗推向了高潮，具有很强的感染力。

本诗说理透彻，用典自然，那种对纯洁友情的渴求打动了无数读者。清末学者、诗人俞陛云在《诗境浅说》里评价这首诗“论句法则层层递进，论交情则愈转愈深，在七律中甚少，词句亦流转而雅切也”。

观　　稼

世役不我牵①，身心常自若②；
晚出看田亩，闲行旁村落。
累累绕场稼，啧啧群飞雀③；
年丰岂独人，禽鸟声亦乐。
田翁逢我喜，默起具尊杓；
敛手笑相延，社酒有残酌④。
愧兹勤且敬，藜杖为淹泊⑤。
言动任天真，未觉农人恶。
停杯问生事，夫种妻儿获；
筋力苦疲劳，衣食常单薄。
自惭禄仕者，曾不营农作；
饱食无所劳，何殊卫人鹤⑥？

注　释

① 世役：此处指做官。
② 自若：自得，自在。
③ 啧啧：鸟雀鸣叫的声音。
④ 社酒：社祭之酒。古代在立春、立秋后要举行祭祀土地神的活动，称为“社日”，当天要饮酒聚会。残：剩下。
⑤ 淹泊：停留。
⑥ 卫人鹤：据《左传》载，卫懿公非常喜欢鹤，这些鹤享受士大夫的待遇，最终导致卫国的衰落。此处代指那些不劳而获的官吏。

题 解

该诗作于退居渭上时期。《观稼》实际上就是观察农村生活，作者在诗中描绘了一派生动优美的田园风光。本诗表现了作者对农村生活的深入了解，以及对劳苦民众的尊敬。作者在歌颂劳动者伟大的同时，以自我批判的方式对不劳而获的官僚进行了抨击，这在封建士大夫里难能可贵。

赏 析

本诗描绘了两个大场景，可以分为三层。前八句为第一个场景，描绘了诗人在村子里看到的种种美景，也是第一层；后面的为第二大场景，诗人与老农喝酒畅谈，并由此生发感慨。中间八句为第二层，在此美景中与老农和和美美地畅饮；最后八句则为第三层，因听闻老农的艰辛，诗人进行了自我反思。

“世役不我牵，身心常自若；晚出看田亩，闲行旁村落。”不为当官所累，身心常常比较自得。晚上想去看看田地，悠闲地走向附近的村落。此时作者离职在渭南老家，所以才能够“自若”地“闲行”，才能够去观察农村的生活。“累累绕场稼，啧啧群飞雀；年丰岂独人，禽鸟声亦乐。”那晒麦场上堆满了庄稼，一群群麻雀欢快地在上面飞过。今年的大丰收不光是人在高兴，连鸟禽也感受到了丰收的喜悦，叽叽喳喳叫个不停。“累累绕场稼”表明庄稼的大丰收，加上一句“啧啧群飞雀”则构筑了一派生动而富有想象的田园风光，极具画面感。

“田翁逢我喜，默起具尊杓；敛手笑相延，社酒有残酌。愧兹勤且敬，藜杖为淹泊。言动任天真，未觉农人恶。”老农看见我很高兴，没说话便准备了酒菜。一边笑着一边邀请我喝那祭祀土地神剩下的酒。如此殷勤好客，我不好推脱，便和老农喝着酒闲聊。老农的谈吐露出古朴纯真的本性，丝毫没有沾染令人厌恶的习气。老农见了我为什么会“喜”呢？必然是因为今年有了个好收成。“社酒”二字也能体现丰收，古时要祭祀土地神，以表达敬意。而“残酌”则说明老农并没把诗人当客人，他把白居易当朋友看待，而朋友是不会计较是否是新开的酒。无拘无束，没有过多的讲究，由此可见白居易与普通百姓之间的亲密关系。

“停杯问生事，夫种妻儿获；筋力苦疲劳，衣食常单薄。”放下酒杯和老农聊起了农业生产的事情，一家里丈夫负责耕种，妻子儿女负责收割。一年到头筋疲力尽非常辛苦，却常常吃不饱穿不暖。这四句在前两层的基础上突然逆转，辛辛苦苦地耕种、收获竟然会“衣食常单薄”。既没有自然灾害，又是大丰收，为什么会出现这种情况？虽然作者没有讲述衣食不足的原因，但是却给我们留下了广阔的想象空间，不用问，自然是受统治阶级剥削的原因。

作者旋即进行了自我批判：“自惭禄仕者，曾不营农作；饱食无所劳，何殊卫人鹤？”像我这样的拿着俸禄的阶层，根本没有从事过农业生产。不参加劳动而衣食无忧，多像卫懿公养的鹤。

这首诗通俗质朴，通过田园风光以及与老农的对白，自然而然地引发了对剥削阶层的批判。另外，这首诗跟《观刈麦》极为相似，都描写了农民的艰辛，也都以自我批判的方式对统治阶层进行了批判。不同的是《观刈麦》是在旱灾的情况下进行描写，而本诗是在大丰收的前提下。虽然氛围不一样，但表达的主题却非常一致，二者可谓有异曲同工之妙。

酬张十八访宿见赠

昔我为近臣，君常稀到门；
今我官职冷[1]，唯君来往频。
我受狷介性[2]，立为顽拙身；
平生虽寡合，合即无缁磷[3]。
况君秉高义，富贵视如云[4]；
五侯三相家[5]，眼冷不见君。
问其所与游，独言韩舍人[6]。
其次即及我，我愧非其伦。
胡为谬相爱，岁晚逾勤勤？
落然颓檐下[7]，一话夜达晨。
床单食味薄，亦不嫌我贫。
日高上马去，相顾犹逡巡[8]。
长安久无雨，日赤风昏昏；
怜君将病眼，为我犯埃尘。
远从延康里[9]，来访曲江滨[10]。
所重君子道，不独愧相亲！

注　释

① 官职冷：白居易时任赞善大夫。赞善大夫为太子东宫属官，掌传令、讽过等事，属于闲冷职位。

② 狷 (juàn) 介：性情正直，洁身自好，不与人苟合。

③ 缁磷：《论语·阳货》："不曰坚乎？磨而不磷；不曰白乎？涅而不缁。"何晏集解："孔曰：磷，薄也；涅，可以染皂。言至坚者，磨之而不薄；至白者，染之于涅而不黑。喻君子虽在浊乱，浊乱不能污。"后以缁磷喻操守不坚贞。

④ 富贵如云：富贵犹如过眼云烟。

⑤ 五侯三相：泛指权贵之家。

⑥ 韩舍人：指唐代著名散文家韩愈，字退之。时任考功郎中，知制诰。唐人知制诰亦得称舍人。舍人：中书舍人。

⑦ 落然：空落，无着落。

⑧ 逡 (qūn) 巡：徘徊不前。

⑨ 延康里：延康坊，长安坊名。

⑩ 曲江：在长安升道坊南，其水曲折，为著名风景区。时白居易住长安昭国坊，靠近曲江水道。

题解

唐宪宗元和九年（814）冬，作者入朝拜太子左赞善大夫。张十八即张籍，字文昌，行十八，当时著名诗人，与王建以乐府诗著称，号张王乐府。张籍为太祝十年，因患目疾，几乎失明，明人称为“穷瞎张太祝”。元和十一年（816），转国子监助教，目疾初愈。元和十五年后，迁秘书郎。唐穆宗长庆元年(821)，迁水部员外郎，又迁主客郎中。唐文宗大和二年(828)，迁国子司业。白居易与张籍相识，互相切磋诗文，对各自的创作产生了积极的影响。

赏析

这首诗主要描写了诗人与张籍的交往，表现了两人以道义相交的亲密友情。对于二人的友谊，诗人是缓缓道来的。

“昔我为近臣，君常稀到门；今我官职冷，唯君来往频。”我过去做能够亲近皇帝的大臣时，你基本上很少到家里做客。现如今我在一个闲冷职位上做官，你却和我来往频繁。诗人一开始便铺垫，两人的友谊不是因为权贵利益而交融的。那么他俩的友谊是因为什么呢?

“我受狷介性，立为顽拙身；平生虽寡合，合即无缁磷。况君秉高义，富贵视如云；五侯三相家，眼冷不见君。”我是一个洁身自好的人，一直追求的是不去同流合污。在别人眼里这样看起来很愚钝，但这就是我追求的。平生虽然不合群，但偶尔跟权贵们结交也觉得有失操守。你是一个品质高尚的人，一直视富贵如浮云。在那些皇亲贵族和权贵的家里，从来都看不到你的身影。这八句实质上在总结诗人与张籍结交的原因，他们是志同道合的伙伴，因为精神上的接近性，也有着相同的政治追求，他们才走到了一起。

“问其所与游，独言韩舍人。其次即及我，我愧非其伦。”问张籍都结交的是什么人，他说是韩愈。除过韩愈外他结交的便是我了，我很惭愧能跟韩愈并列提及。“愧”是白居易自谦，更能体现二人友谊的不同寻常。

既然因为志同道合而走在一起，接下来诗人便写二人的交往：“胡为谬相爱，岁晚逾勤勤？落然颓檐下，一话夜达晨。床单食味薄，亦不嫌我贫。”难得张籍欣赏而结交，在空落落的屋檐下，我们常常整晚聊天直到早晨。取暖不周到，吃喝也很简单，但是张籍并没有嫌弃我的穷困。二人既不是为了官场利益而相互攀交，更不是简单的酒肉朋友。能够不嫌弃酒食畅谈整晚的，一定是互相引为人生的知己。

“日高上马去，相顾犹逡巡。长安久无雨，日赤风昏昏；怜君将病眼，为我犯埃尘。”等到天亮张籍上马回家，我们仍然有很多话要说。长安城很久没有下雨，天气炎热，刮风掀起了尘土。难为张籍有着严重的眼病，还在这样的天气里因为我而眼疾加重。

“远从延康里，来访曲江滨。所重君子道，不独愧相亲！”张籍住在长安城西的延康里，而我住在城东的曲江。如此远的距离，有着眼疾几近失明的张籍仅仅来和朋友交流。至此我们可以想象，患有严重眼疾的张籍，骑着马从城西到城东，只是为了去和朋友聊聊天，切磋一下诗文，这是多么动人的一幅画面！我们不得不感叹二人的情谊之深。

全诗文字质朴，情感真挚，二人的友情读来让人感动。

初授赞善大夫，早朝，寄李二十助教

病身初谒青宫日①，衰貌新垂白发年。
寂寞曹司非熟地，萧条风雪是寒天。
远坊早起常侵鼓，瘦马行迟苦费鞭。
一种共君官职冷②，不如犹得日高眠。

注 释

① 青宫：太子东宫。

② 一种：一样，同样。赞善大夫官五品，虽职属闲冷，但属常参官，须早起上朝。

题　解

这首诗为唐宪宗元和九年（814）白居易任赞善大夫时作。李绅，字公垂，排行二十。时任国子助教，是白居易和元稹的诗友。李绅善诗，作《新题乐府》，元稹、白居易相继属和。他与元稹、白居易共倡新乐府诗体（史称新乐府运动），作有《新题乐府》二十首。这首诗描写了早朝生活，表现了居官闲冷的寂寞与无聊。

赏　析

创作这首诗时白居易四十二岁，时任赞善大夫。赞善大夫属于五品官员，更是个闲冷官职，活动范围仅限于东宫，不能谈论、评价朝廷的任何得失。这对于一心报国的白居易来说，无疑是很压抑的。于是在这种气氛下，他写下这首诗给时任国子监助教又同样官职低微的诗友李绅倾诉。

“病身初谒青宫日，衰貌新垂白发年。”带着病身当上了赞善大夫，容貌衰退，头上已经开始生出了白发。“初谒”再次强调是初授赞善大夫。四十二岁才任一个五品的官职，而此时白居易已然是“病身”“衰貌”“白发”，由此可见考取功名是多么不易。

“寂寞曹司非熟地，萧条风雪是寒天。”在这寂寞的官署里一切都不熟悉，风雪交加，天气很冷。“寂寞”“寒天”一方面是写实，在一个清冷职位上没有朋友，天寒地冻不免觉得寂寞；另一方面也是诗人郁郁不得志的情绪流露，闲冷职位实在难以实现政治抱负。

“远坊早起常侵鼓，瘦马行迟苦费鞭。”住的地方离官署很远，每天早起常常还能听见夜晚的更鼓，坐骑是匹瘦马，任凭你怎么鞭打也是行路缓慢。古代规定，参加早朝官员必须半夜起床，穿越半个首都赶往皇宫。这两句写出了官职的清苦：因为住得远，所以要早起才能及时参加早朝；因为无钱，所以只能忍受瘦马的慢慢腾腾。

“一种共君官职冷，不如犹得日高眠。”和你一样都是辛苦又无趣的闲冷官职，真不如什么都不担任每天睡到自然醒。

这首诗文字清冷，与主题颇为切合，表达诗人在闲冷职位上的不满与寂寞。正是因为白居易不安于现状，有着远大的政治抱负，才导致了次年因为仗义执言而被贬谪为江州司马。

重伤小女子

学人言语凭床行，嫩似花房脆似琼。
才知恩爱迎三岁，未辨东西过一生。
汝异下殇应杀礼[①]，吾非上圣讵忘情[②]？
伤心自叹鸠巢拙[③]，长堕春雏养不成！

注 释

① 下殇（shāng）:《仪礼·丧服》传曰:“年十九至十六为长殇，十五至十二为中殇，十一至八岁为下殇，不满八岁以下皆为无服之殇。无服之殇以日易月，以日易月之殇，殇而无服。故子生三月则父名之，死则哭之，未名则不哭也。”金銮子未满三岁，属无服之殇。

② 讵:怎么。忘情:无喜怒哀乐之情。《世说新语·伤逝》:“王戎丧儿万子，山简往省之，王悲不自胜。简曰:‘孩抱中物，何至于此?’王曰:‘圣人忘情，最下不及情。情之所钟，正在我辈。’”

③ 鸠巢:传说鸠不善营巢，取鸟巢居之。《禽经》:“鸠拙而安。”张华注:“《方言》云:蜀谓拙鸟，不善营巢，取鸟巢居之，虽拙而安处也。”

题 解

此诗为唐宪宗元和十年（815）为悼念亡女金銮子而作，写出了一个父亲对爱女的所有思念。小女子，即金銮子，生于元和四年，卒于元和六年，未满三岁。此诗为数年后作，但诗人依然悲痛难忍，故题为“重伤”。

赏 析

“学人言语凭床行，嫩似花房脆似琼。”金銮子才开始学说话，也刚刚能扶着床沿走路。这时候的她柔嫩得像个花骨朵，像块美玉一样脆弱不堪。诗人一开始便写金銮子的可爱之处：模样俊俏、娇小可爱，扶着床沿走路学说话。也正是如此的美丽可爱，才能有着“嫩似花房脆似琼”的描写，也才能让诗人无比的悲痛。

“才知恩爱迎三岁，未辨东西过一生。”刚刚体会到父女之情，马上迎来她的三周岁，不想她还没能分辨东西一生已经没了。“才知”里面包含着惋惜、沉痛。诗人还没有完全享受天伦之乐，却已经白发人送黑发人，这种悲痛是难以形容的。

“汝异下殇应杀礼，吾非上圣讵忘情？”十一至八岁为下殇，不满八岁以下皆为无服之殇。你没有满三岁，礼数应该减少。但是我不是圣人，又怎么会没有喜怒哀乐，又怎么会不伤悲？此时，一个反问，将诗人的悲痛情绪推到了顶点，诗人对金銮子的思念也达到了极致。

“伤心自叹鸠巢拙，长堕春雏养不成！”我暗自伤心，只能感叹自己家门不幸，金銮子还没长大便已经逝去。如今疼爱的女儿已经死去，尽管诗人无比的悲痛，思念着爱女，但这也换不回孩子的复生，只好自我感叹命运的不幸。

这首诗通俗易懂，但里边蕴含着极深的感情。细读全诗，一个思念爱女，悲不自已的父亲形象鲜活地浮现在我们的面前。

初贬官，过望秦岭

草草辞家忧后事①，
迟迟去国问前途。
望秦岭上回头立，
无限秋风吹白须！

注　释

① 草草：匆忙。

题　解

唐宪宗元和十年（815），两河藩镇叛乱，派遣刺客在长安刺杀了宰相武元衡。刺客的目的是阻止朝廷对叛乱的彰义军节度使吴元济进行讨伐。白居易认为这是国家的耻辱，次日就上书奏请尽快缉拿凶手归案，从严处理。一些权贵怨恨白居易“先谏官言事”，给他定了僭越的罪名；并诬告他在母亲看花坠井死后仍作《赏花》和《新井》诗，是大逆不道，有悖名教。结果白居易被贬为江州司马。这首诗即是作于赴江州途中。望秦岭，即秦岭山，在商州（今属陕西）。

赏　析

这首七言绝句生动地描绘了白居易被贬后的情景。

“草草辞家忧后事”，匆匆忙忙地离开，担心后边的事情。“草草”表明匆忙的状态。唐代规定，官吏被贬后要闻诏即行，所以白居易被贬为江州司马离开长安的行程非常急迫，很多事情来不及处理，自然有了“忧后事”。当然，此处的“忧后事”不仅包含着对家人的牵挂及安排，更主要的诗人忧虑国家大事。

“迟迟去国问前途”，慢慢地行走，边走边问前方的路途。正因为诗人担心家人，忧虑国家大事，所以尽管是匆匆地离别，但在路上行进得非常缓慢，体现了内心的依恋与不舍。“问前途”一语双关，既是对去九江路途的询问，也是对自己仕途的迷茫。诗人内心肯定在问，不知道这一贬何时才能回京，自己在仕途上究竟会怎样发展。

“望秦岭上回头立，无限秋风吹白须！”站在秦岭山上回头望去，只觉得无尽的秋风吹动着我发白的胡须。一个“回”字，表现出诗人对家人、对京城的依恋，而且这种依恋之感是真挚、深刻、持久的。站在秦岭山上回望家乡，回望京城，因为心有牵挂，所以才觉得“无限秋风吹白须”。“无限秋风”一方面说明诗人在山顶伫立之久，另一方面“秋风”也是仕途迷茫以及政治环境险恶的隐晦说明。

白居易被贬之前政治志向非常远大，也是竭尽全力为国为民。如今因为他的仗义执言而被贬，心中难免会失落与迷茫。

这首诗语言平易，直抒胸臆。前两句对仗工整，用极为精准的语言描绘了被贬后的复杂心情。后两句则给我们留下了想象的空间：在秦岭山顶，一个忧国忧民的士大夫迎风而立，秋风吹动了他的胡须，却吹不走他满面的愁容。

夜　雪

已讶衾枕冷①，
复见窗户明。
夜深知雪重，
时闻折竹声。

注　释

① 讶：惊讶。衾：被子。

题　解

这首五绝作于唐宪宗元和十一年（816）。白居易时年四十五，任江州司马。古人咏雪，历代不乏佳作。但是大多都是直接去写雪，或者通过雪景去写雪，而以“夜雪”为题的并不多见。因此可以说，白居易的这首小诗在写雪的古体诗里算是别具一格。

赏　析

白居易打破了常人正面描绘的写法，通篇没有一处写雪景，只是通过一系列的知觉去表现：用触觉体会到雪的寒冷，用视觉表现雪的洁白，用听觉表现雪的大小。虽无雪景，却处处动人。

“已讶衾枕冷，复见窗户明。”半夜因为被子和枕头的冰凉突然惊醒了，于是看到了窗外被雪反射月光而形成的明亮。“衾枕冷”是触觉，“窗户明”则为视觉。什么样的雪能把人冻醒？从生活经验角度讲，一般初下雪时不会太冷，因为这时候空气中的冷气会跟雪花融在一起。而雪大了以后，空气中的寒气则又会加重。所以“衾枕冷”从温度去表现雪下得大。而“窗户明”则表明雪下得大并且积得深，故而有了反光。

“夜深知雪重，时闻折竹声。”诗人从触觉和视觉去表现雪下得大且厚，没有正面去写雪景。“时闻折竹声”，这句则又从听觉去印证刚才的直觉，因为不停地听见有被积雪压断的竹子。能把竹子都压断，可见雪势之大。

从另外一个角度看，“衾枕冷”“夜深”“时闻”表现的是一个寂静又寒冷的场景。诗人当时谪居江州，心情应该是非常孤寂的，所以这首诗也比较贴切地表达了作者当时的心情。

全诗立意新颖，韵味深长，保持着白居易诗歌通俗易懂的固有风格。

谪　居

面瘦头斑四十四，还谪江州为郡吏。
逢时弃置从不才[①]，未老衰羸为何事[②]？
火烧寒涧松为烬，霜降春林花委地。
遭时荣悴一时间，岂是昭昭上天意[③]？

注　释

① 逢时：生逢圣明之时。从：听从，任从。
② 衰羸（léi）：衰弱。
③ 昭昭：明辨。

题　解

这首诗作于唐宪宗元和十年（815），作者当时被贬为江州司马。谪居，就是遭受贬谪到边远外地居住的地方，此时诗人居住在江州。诗人以草木遭遇荣悴来比喻自己遭受贬谪弃置，表达了愤懑不平之意。

赏　析

“面瘦头斑四十四，还谪江州为郡吏。”四十四岁的我容貌消瘦头发斑白，还被贬谪到这离京城很远的江州做司马。“面瘦头斑”表明当时诗人的状态——容貌憔悴，才四十四岁便因为忧心而头发斑白。由此可见遭受贬谪对诗人是多么大的打击。

“逢时弃置从不才，未老衰羸为何事？”一个圣明的朝代里却遭受弃置，我也只能听任这样的耻辱发生。我未老先衰究竟是因为什么？作者心中是愤懑的，自己忠心报国，一直拥有远大政治抱负却遭受了小人的陷害，而那所谓圣明的君主竟然听从了小人的建议贬谪了他。诗人接到了首句的“面瘦头斑”，自然而然地发出了疑问，究竟是谁让他未老先衰的？一个问句，将诗人的愤怒全面地展现了出来。

“火烧寒涧松为烬，霜降春林花委地。”一把大火在阴冷的山涧烧起，那些松树都化为灰烬。一场寒霜降在林地里，那些花朵都被冻蔫落在地上。在诗人笔下，“寒涧松”多次成为贫苦读书人的代名词。诗人用松、花自拟，以寒涧松被烧毁、春林花被冻死来比喻遭受贬谪的打击。

“遭时荣悴一时间，岂是昭昭上天意？”这些松树、花朵的荣悴也仅仅是一瞬间的事情，这难道就是上天的意思？看似诗人是在为松树、花朵打抱不平，实质上则是对自己遭受贬谪的一种无奈的自我解嘲。一心想为朝廷出力，却遭受了贬谪，诗人的心情定然是气愤却又无奈。

这首诗比喻贴切，全诗笼罩着一种郁郁不得志的情绪，将遭受贬谪后的心情刻画得细腻独到。

琵 琶 行

浔阳江头夜送客①，枫叶荻花秋瑟瑟②。
主人下马客在船，举酒欲饮无管弦③。
醉不成欢惨将别，别时茫茫江浸月。
忽闻水上琵琶声，主人忘归客不发。
寻声暗问弹者谁？琵琶声停欲语迟。
移船相近邀相见，添酒回灯重开宴④；
千呼万唤始出来，犹抱琵琶半遮面。
转轴拨弦三两声⑤，未成曲调先有情。
弦弦掩抑声声思⑥，似诉平生不得志。
低眉信手续续弹，说尽心中无限事。
轻拢慢捻抹复挑⑦，初为霓裳后绿腰⑧。
大弦嘈嘈如急雨，小弦切切如私语。
嘈嘈切切错杂弹，大珠小珠落玉盘。
间关莺语花底滑⑨，幽咽泉流冰下难⑩。
冰泉冷涩弦凝绝，凝绝不通声暂歇⑪。
别有幽愁暗恨生，此时无声胜有声。
银瓶乍破水浆迸，铁骑突出刀枪鸣。
曲终收拨当心画，四弦一声如裂帛。
东船西舫悄无言，唯见江心秋月白。
沉吟放拨插弦中，整顿衣裳起敛容⑫。
自言本是京城女，家在虾蟆陵下住⑬。

主人下马客在船

十三学得琵琶成，名属教坊第一部⑭。
曲罢曾教善才伏⑮，妆成每被秋娘妒⑯。
五陵年少争缠头⑰，一曲红绡不知数⑱。
钿头云篦击节碎⑲，血色罗裙翻酒污。
今年欢笑复明年，秋月春风等闲度。
弟走从军阿姨死，暮去朝来颜色故。
门前冷落鞍马稀，老大嫁作商人妇。
商人重利轻别离，前月浮梁买茶去⑳。
去来江口守空船，绕船月明江水寒；
夜深忽梦少年事，梦啼妆泪红阑干。
我闻琵琶已叹息，又闻此语重唧唧㉑。
同是天涯沦落人，相逢何必曾相识！
我从去年辞帝京，谪居卧病浔阳城。
浔阳小处无音乐，终岁不闻丝竹声。
住近湓江地低湿，黄芦苦竹绕宅生。
其间旦暮闻何物？杜鹃啼血猿哀鸣。
春江花朝秋月夜，往往取酒还独倾。
岂无山歌与村笛？呕哑嘲哳难为听㉒。
今夜闻君琵琶语，如听仙乐耳暂明。
莫辞更坐弹一曲，为君翻作琵琶行㉓。
感我此言良久立，却坐促弦弦转急。
凄凄不似向前声㉔，满座重闻皆掩泣。
座中泣下谁最多？江州司马青衫湿㉕！

注 释

① 浔阳江：长江流经江西省九江市北的一段。
② 瑟瑟：形容枫树、芦荻被风吹动的声音。
③ 管弦：管乐与弦乐，此处指音乐。
④ 回灯：添油拨芯。
⑤ 转轴：定弦。
⑥ 掩抑：压抑，弦音低徊。
⑦ 拢、捻：左手按弦的指法。抹、挑：右手按弦的指法。
⑧ 霓裳：即《霓裳羽衣曲》。绿腰：也作《六幺》《录要》，为唐代舞曲。
⑨ 间关：鸟鸣声。
⑩ 幽咽：水流声。
⑪ 凝绝：凝止无声。
⑫ 敛容：神情庄重。
⑬ 虾蟆陵：地名，又叫下马陵，在长安东南。
⑭ 教坊：唐代所设教习音乐的机构。第一部：最优秀者。
⑮ 伏：佩服。
⑯ 秋娘：长安著名的乐伎。
⑰ 五陵年少：富家子弟。缠头：用锦缠乐舞者头，以示奖赏。
⑱ 绡（xiāo）：生丝制成的纺织品。
⑲ 钿头云篦（bì）：篦：篦子，用来梳头。此处指金宝镶嵌的篦形发饰。
⑳ 浮梁：今江西浮梁，唐时为重要的茶叶产地。
㉑ 唧唧：叹息声。
㉒ 呕哑嘲哳（zhāo zhā）：杂乱不堪的音乐。
㉓ 翻：作曲或为旧曲填词均为翻。
㉔ 向前：刚才。
㉕ 青衫：唐代官服颜色凭官阶决定，五品以下的官员均穿青色衣服。白居易当时为将仕郎九品，故为青衫。

题 解

行，又叫“歌行”，源于汉魏乐府，是乐府曲名之一，后来成为古代诗歌中的一种体裁。唐宪宗元和十年（815），白居易被贬谪到了江州，元和十一年（816）秋，他创作了这首脍炙人口的长篇叙事诗。该诗描写因送客在江边与一歌伎偶遇，通过大段的描述歌伎演奏音乐以及其不幸遭遇，反映了社会的黑暗与命运的不公。该诗语言优美，对音乐的描写尤为精细，是与《长恨歌》齐名的名篇。

赏 析

在深入了解这首诗之前，不得不先看看白居易被贬这一背景。

白居易任谏官时，直言敢谏，同情民间疾苦，写了大量的讽喻诗，触怒了唐宪宗，得罪了一批权贵。唐宪宗元和十年（815），宰相武元衡被藩镇李师道派人刺杀。白居易情急之中上书请捕刺客，触犯了权贵的利益，被指责越职奏事，贬为江州刺史；权贵又诬陷他作诗“甚伤名教”，与封建礼教相违背，再贬江州司马。江州在当时被看成是“蛮瘴之地”，江州司马虽然名义上是刺史的佐史，实际上是一种闲散职务，而且这个职务一般是安排“犯错误”官员的职位，这对白居易来说是一种莫大的嘲弄。

他的被贬本来就是一桩冤案，又接连遭受打击，于是诗人心境凄凉，满怀郁愤，这时候他遇见了一个有着不幸、凄苦经历的歌伎。两者本来地位悬殊，没有对比性，但因为有着相似的经历，白居易立刻有了同病相怜的感觉，于是就唱出了“同是天涯沦落人，相逢何必曾相识”的心声。

本诗可以分为两层四段。第一层包含三段，主要写琵琶女的出场、演奏及自述。第二层则是诗人由琵琶女联想到自己身上生发的感慨。

从“浔阳江头夜送客”到“犹抱琵琶半遮面”为第一段，描述了琵琶女的出场。诗人开篇交代了时间、事件、背景，在一个秋夜的浔阳江头送别客人。这时候诗人的心情也不畅快，“秋瑟瑟”“无管弦”“惨将别”，明显有着失落寂寞的情绪。就在这时候，江面上传来了琵琶声，“主人忘归客不发”。黑夜里看不清楚，只得“寻声暗问”，“移船相近邀相见”。而演奏者却不太愿意出来相见，“千呼万唤始出来，犹抱琵琶半遮面。”琵琶女为什么不愿意出来相见？作者不说，却宕开去写琵琶女高超的演奏才能。

从“转轴拨弦三两声”到“唯见江心秋月白”为第二段，精彩地再现了琵琶女的演奏才能。诗人在写演奏的过程中，不仅加入了个人体验，而且将大量的听觉信息进行了视觉上的转化处理。调弦还没正式演奏，诗人已经觉得“未成曲调先有情”，“似诉平生不得志”。接着就是大量地将听觉进行视觉化转换，“大珠小珠落玉盘”“间关莺语花底滑”“幽咽泉流冰下难”。等到演奏结束，听众已然入迷，只有“秋月”倒影在水面。

“沉吟放拨插弦中”到“梦啼妆泪红阑干”为第三段，主要讲述琵琶女自诉身世。琵琶女由盛极一时到年长色衰，飘零沦落，强烈的落差下内心自是非常失意，难免想起过去，于是“夜深忽梦少年事，梦啼妆泪红阑干”。在整个叙述的过程中琵琶女的形象真实典型，读来让人印象深刻。

从“我闻琵琶已叹息”至结尾则为第四段，诗人听到琵琶女的遭遇想起了自己的经历，不免同病相怜，抒发胸臆。“我从去年辞帝京，谪居卧病浔阳城。”诗人从去年就被贬到了这里，加上浔阳条件恶劣，没有一点解闷的东西，心情变得苦闷与落寞：“浔阳小处无音乐，终岁不闻丝竹声。住近湓江地低湿，黄芦苦竹绕宅生。其间旦暮闻何物？杜鹃啼血猿哀鸣。春江花朝秋月夜，往往取酒还独倾。岂无山歌与村笛？呕哑嘲哳难为听。”是浔阳真的如此穷乡僻壤吗？恐怕更多的原因是诗人被贬后的苦闷情绪所致。

诗人终于找到了共鸣点，于是他以一个患难知音的身份请琵琶女再来一曲，而诗人则给琵琶女谱写《琵琶行》。琵琶女为白居易的真诚所打动，演奏了一曲更为悲怆的曲目，听众无不动容，诗人更是泪流满面，打湿青衫。

这首诗极具艺术性，对音乐的视觉化摹写出神入化，对环境的描写鲜活动人，加上其新颖的构思及通俗的语言，这首诗让白居易妇孺皆知。唐宣宗评价白居易说“童子解吟《长恨》曲，胡儿能唱《琵琶》篇”。由此可见，《琵琶行》不仅在中原大地流行，也获得了少数民族的认可。这样的诗人并不多见。

弄龟、罗

有侄始六岁，字之为阿龟①。
有女生三年，其名曰罗儿②。
一始学笑语，一能诵歌诗。
朝戏抱我足，夜眠枕我衣。
汝生何其晚？我年行已衰。
物情小可念，人意老多慈。
酒美竟须坏③，月圆终有亏。
亦如恩爱缘④，乃是忧恼资。
举世同此累，吾安能去之！

注　释

① 阿龟：又称龟儿，白居易弟行简之子，生于唐宪宗元和八年（813），从小一直跟着白居易。
② 罗儿：又称罗子，白居易的女儿，生于唐宪宗元和十一年（816）。
③ 竟须：终须。
④ 恩爱缘：佛教认为人间种种恩爱是导致烦恼的缘由，去除恩爱，才能逃离烦恼得到解脱。

题 解

这首诗作于唐宪宗元和十三年（818），诗人时任江州司马。诗中描写了对幼女、侄儿的爱怜之情，不禁想到自己已人老年衰，一方面用佛教思想来说明恩爱是导致忧恼的原因，另一方面又强调谁也难以逃脱这种人之常情。诗人就很善于表达这种人之常情。

赏 析

“有侄始六岁，字之为阿龟。有女生三年，其名曰罗儿。”有个侄儿刚刚六岁，名字叫阿龟。有个女儿已经三岁，名字叫罗儿。

“一始学笑语，一能诵歌诗。朝戏抱我足，夜眠枕我衣。”罗儿才开始学着说话，阿龟已经能够背诵诗歌。他们朝夕跟着我，在我跟前跑来跑去，晚上睡觉的时候盖着我的衣服。这四句表现出诗人很享受现在的天伦之乐。

“汝生何其晚？我年行已衰。物情小可念，人意老多慈。”这两个孩子生得太晚了，而我已经到了衰老的年龄。人情物理虽然渺小，但值得惦念。人的情感因为上了年龄而变得慈祥。作者时年四十六岁，对于生命已经有了很多的个人体验和思考，因为疼爱两个孩子，进而才有了“汝生何其晚？我年行已衰”的感慨。

“酒美竟须坏，月圆终有亏。亦如恩爱缘，乃是忧恼资。举世同此累，吾安能去之！”多好的美酒都有放坏的一天，连月亮也是有圆有缺。我知道这种恩爱是烦恼的源泉，但是整个人世，又有谁能逃脱这种人之常情呢？诗人一方面为自己的衰老而烦恼，另一方面他也安慰自己，人活在世必然都会有如此的磨难。这体现了诗人豁达乐观的一面。

这首诗语言质朴，情感真挚，表达了对女儿和侄儿的深切情感。

山中独吟

人各有一癖①，我癖在章句②；
万缘皆已消③，此病独未去。
每逢美风景，或对好亲故④。
高声咏一篇，恍若与神遇⑤。
自为江上客⑥，半在山中住。
有时新诗成，独上东岩路。
身倚白石崖，手攀青桂树；
狂吟惊林壑⑦，猿鸟皆窥觑⑧。
恐为世所嗤⑨，故就无人处。

注　释

① 癖：癖好。
② 章句：指诗句。
③ 万缘：佛教指一切内外业因缘起。此处指自己与功名利禄之间的关系。
④ 亲故：亲戚朋友。
⑤ 神遇：进入到一个"如有神"的境界。
⑥ 江上客：江边的客人，此处指自己住在浔阳江附近。
⑦ 林壑：树林、山沟。
⑧ 窥觑（qù）：窥伺，偷偷地看。
⑨ 嗤：嗤笑。

题　解

该诗作于江州时期。唐宪宗元和十年（815）白居易被贬为江州司马，表面原因是他越职奏事，率先上书请捕刺杀宰相武元衡的凶手。实际上真正的根源在于他平日所作的讽喻诗招致当权者的嫉恨，故借此机会打击报复他。对此，白居易自言："始得名于文章，终得罪于文章。"被贬江州之后，白居易的思想开始由"兼济天下"向"独善其身"转变，写下了大量的闲适诗。这首诗表达了诗人对诗歌创作的由衷喜爱以及所追求的独特诗歌境界。

赏　析

"人各有一癖，我癖在章句；万缘皆已消，此病独未去。"人活一世，免不了都有各自的喜好，而我的毛病则是过于喜好诗歌。对功名利禄的追求欲望已经消失，只有喜好诗歌的毛病没有去除。"万缘皆已消"在这里充当对比的作用，显示了诗歌在白居易心中的地位高于功名利禄。但实际上诗人此时追求功名利禄的欲望并没有"皆已消"，只不过因为官场的挫折而消沉罢了，要不也不会任江州司马。

"每逢美风景，或对好亲故。高声咏一篇，恍若与神遇。"每当遇见良辰美景或者与亲朋好友相聚的时候，我总是大声地吟诵一首，满意时常常感觉像是有神相助。中国古代诗歌常常是吟诵出来的，正所谓"言之不足歌咏之"，诗人碰见能激发情绪的场景总能以诗歌的形式来抒发心怀。

"自为江上客，半在山中住。有时新诗成，独上东岩路。身倚白石崖，手攀青桂树；狂吟惊林壑，猿鸟皆窥觑。恐为世所嗤，故就无人处。"自从被贬谪到江州后，一半的时间都在山中度过。有时候作一首新诗，独自一人上东边的山路。常常是身子倚靠着山崖，手抓住树枝吟诵。我大声吟诵的声音在山林里穿梭回荡，猿猴、鸟雀听到后偷偷地看我。这一切的原因就在于我怕世人耻笑我，只能找个没人的地方吟诵诗歌，抒发胸臆。"独上东岩路"，一方面能体现作者对诗歌的热爱，另一方面也是诗人孤独无助的表现。白居易由左拾遗贬为一个闲职江州司马，心理落差极大，内心的苦闷无助只能通过诗歌来宣泄。

这首诗表达了作者对于诗歌的痴迷，情中有画，画中有情，读来很有想象空间。

感　情

中庭晒服玩①，忽见故乡履。
昔赠我者谁？东邻婵娟子②。
因思赠时语，特用结终始③；
永愿如履綦④，双行复双止。
自吾谪江郡，漂荡三千里。
为感长情人，提携同到此。
今朝一惆怅，反覆看未已。
人只履犹双，何曾得相似？
可嗟复可惜，锦表绣为里⑤。
况经梅雨来，色黯花草死⑥！

注　释

① 服玩：服装和小饰品。
② 东邻：东边邻家的女儿。宋玉《登徒子好色赋》写“东家女子”为天下绝色女子，登墙窥望宋玉三年，宋玉一直未许，后用东邻女来指主动追求爱情的美女。婵娟：美好。
③ 特用：专门用。
④ 履綦（qí）：鞋带。
⑤ 锦：表面有彩色花纹的丝织品。绣：精美鲜艳的丝织品。
⑥ 花草：指鞋上绣的花草。死：颜色变淡。

题 解

感情，即感念昔日之情。本诗作于江州时期，是一首感念昔日情人的爱情诗。诗中所怀念的对象应该是诗人早年的恋人湘灵。诗人与夫人杨氏结婚以前，曾与这位邻女产生过爱情，邻女赠履，实有信物的性质。她绣手锦心，针线活做得极好，可谓心灵手巧，而且在婚姻问题上大胆主动。但唐代门第等级甚为森严，门户不当，这位美丽的少女终于未能和白居易结为伉俪。这首诗通过对昔日情人的感念，批判了那个扼杀人性的封建婚姻制度和思想观念。

赏 析

“中庭晒服玩，忽见故乡履。昔赠我者谁？东邻婵娟子。”在庭院里晾晒衣服和一些用品，忽然看到了一双从家里带过来的鞋子。我想起了这双鞋的来历，是跟我做邻居的女子送的。诗人叙述得非常平静自然，在阴雨连绵的梅雨季节里因为晾晒各种用品，所以看到了鞋子，于是想起了恋人。

“因思赠时语，特用结终始；永愿如履綦，双行复双止。”睹物思人，看到鞋子想起了她，想起了她当年送我鞋子时说的情话。多情的她希望我们就像鞋子与鞋带一样形影不离，更愿意像一双鞋子般同行同止。这两句话化用晋陶渊明《闲情赋》“愿在丝而为履，附素足以周旋”之意，而措辞更为雅正，表现了二人当时的山盟海誓。

“自吾谪江郡，漂荡三千里。为感长情人，提携同到此。”自从我被贬谪到江州，漂荡了三千里的路程。但是我并没有忘记湘灵，把她送的鞋子一同带了过来。尽管两人没能走到一起，但湘灵在诗人的心中极有分量。因为爱，所以有惦念。如今远离家乡，远离湘灵，拿着她送的鞋子，缅怀这段情感。

“今朝一惆怅，反覆看未已。人只履犹双，何曾得相似？”每当我苦闷惆怅的时候，拿起这双鞋看个不停。我孤身一人，但鞋子还是一双，哪里像当初许下的誓言。“反覆”表明情深，而“人只履犹双”里则饱含着一种辛酸与无奈。

“可嗟复可惜，锦表绣为里。况经梅雨来，色黯花草死！”可叹又可惜的是，往事如过眼云烟，只剩下了锦表绣里的这双鞋子。更糟糕的是因为连绵梅雨的影响，鞋子的色泽已经褪去，连上面花草图案的颜色也变淡了。“况经梅雨来，色黯花草死”既是对鞋子现状的写实，也是寓意，尽管难以忘怀，但诗人与恋人之间的恋情已经终结。

这首诗因景生情，因情而回忆往事，较好地将叙事与抒情结合起来。人生有太多的无奈，与心爱的女子不得不分手，实在是无奈中的无奈。诗人娓娓道来，两个不能终成眷属的有情人形象便浮现在读者脑海。

题浔阳楼

常爱陶彭泽①，文思何高玄。
又怪韦江州②，诗情亦清闲。
今朝登此楼，有以知其然。
大江寒见底，匡山青倚天③。
深夜湓浦月④，平旦炉峰烟⑤。
清辉与灵气，日夕供文篇⑥。
我无二人才，孰为来其间？
因高偶成句⑦，俯仰愧江山！

注 释

① 陶彭泽：陶渊明（365—427），浔阳柴桑（今江西九江西南）人，曾任彭泽令，东晋时期著名诗人。
② 韦江州：唐代诗人韦应物（737—约789），曾任江州刺史。
③ 匡山：庐山。
④ 湓（pén）浦：又名湓水、湓江，今名龙开河，流经九江，入长江。
⑤ 炉峰：庐山上的一座山峰。李白《望庐山瀑布》："日照香炉生紫烟。"
⑥ 日夕：白天和晚上，日日夜夜。
⑦ 因高：因登上了高楼。

题 解

这首诗作于江州司马任内。白居易非常推崇晋代诗人陶渊明和唐代诗人韦应物，恰好这两人都跟浔阳有关联，陶渊明是浔阳人，韦应物曾任江州刺史，而现在乐天也在江州任司马。于是登上浔阳楼，诗人浮想联翩，写下了这首诗。

赏 析

“常爱陶彭泽，文思何高玄。又怪韦江州，诗情亦清闲。今朝登此楼，有以知其然。”我常常仰慕陶渊明，想知道他的文思为什么高妙而有才情。我也常常疑惑韦应物，为什么他的诗情清闲。今天登上浔阳楼，我才知道他们为什么如此出色，心中疑惑也消释了。陶渊明是浔阳人，韦应物做过江州刺史，两位诗人都是白居易欣赏仰慕的对象。白居易此时也是江州司马，在同样的地方，诗人通过登浔阳楼将另外两位诗人联系起来，与自己交融在一起。“常爱”表达出了诗人对陶渊明的敬慕。那么这两位伟大诗人有着独特的风格究竟是受什么影响呢？

“大江寒见底，匡山青倚天。深夜湓浦月，平旦炉峰烟。清辉与灵气，日夕供文篇。”江水一片青冷色，又清澈见底；庐山树木繁茂，山峰高耸像一把剑插在天空。深夜里看一轮明月挂在湓江上，清晨看雾气笼罩香炉峰。于是不免感慨，是月光与江山的灵气，给了他们创造文章的灵感。诗人描写江水、庐山、月亮、香炉峰，于是得出了结论：正是因为有着如此优美、清灵的自然景色，陶渊明和韦应物才能获得创作上的无限灵感。

“我无二人才，孰为来其间？因高偶成句，俯仰愧江山！”我没有他们两人那么出色的才能，又为什么来到这里呢。只是因为登上了高楼偶然间写下了些诗句，实在有愧如此优美的江山景色。“俯仰愧江山”一方面是作者自谦，另一方面也是在暗示，自己也要像韦应物一样创造出无愧于如此灵秀江山的诗篇。

这首诗情景交融，既写出了景物的秀美多姿，也表达了诗人创作诗歌的志向。

大　　水

浔阳郊郭间①，大水岁一至。
闾阎半飘荡②，城堞多倾坠③。
苍茫生海色，渺漫连空翠。
风卷白波翻，日煎红浪沸。
工商彻屋去④，牛马登山避。
况当率税时⑤，颇害农桑事。
独有佣舟子⑥，鼓枻生意气⑦；
不知万人灾，自觅锥刀利。
吾无奈尔何，尔非久得志。
九月霜降后，水涸为平地⑧。

注　释

① 郊：城外。郭：外城。
② 闾阎：里巷的门，借指街坊里巷。
③ 城堞（dié）：城墙。堞：城上女墙。
④ 彻屋：毁坏房屋。
⑤ 率税：征税。
⑥ 佣舟子：船夫。
⑦ 鼓枻（yì）：奋力划桨。枻：船桨。
⑧ 涸：水干。

题　解

这首诗作于唐宪宗元和十一年（816）夏天，诗人在江州司马任上。大水，洪水洪灾的意思。这首诗描写了洪水冲毁农田、房屋，造成百姓流离失所的惨景，诗人批评了发灾难财的船夫，体现了诗人关心百姓、忧国忧民的情怀。

赏　析

“浔阳郊郭间，大水岁一至。”浔阳城每年都会发一次大水。诗人开门见山地交代出地点及事件。

接下来十句写出了大水给国家和百姓带来的灾难和损失：“闾阎半飘荡，城堞多倾坠。苍茫生海色，渺漫连空翠。风卷白波翻，日煎红浪沸。工商彻屋去，牛马登山避。况当率税时，颇害农桑事。”街坊里巷有一半被洪水淹没，连浔阳城的城墙都被冲毁。一眼望去，洪水弥漫了整个城市，水茫茫一片。风吹动洪水翻着波浪，在太阳的照射下洪水也跟着沸腾。房屋宇舍毁坏，人和牲畜都到山上躲避洪水。况且又快到了征税的时候，而这场大水让农作物损失惨重。洪水肆虐，房屋被毁，农田被淹，人民流离失所，白居易不禁担心：这样的情况下，农民如何去缴税，他们又如何去生活。

“独有佣舟子，鼓枻生意气；不知万人灾，自觅锥刀利。”但是有一些船夫却在此时划着船桨做起了生意。不顾及这么大的灾难，却为了个人的微利，发着黑心财。“万人灾”再次表示洪水的严重，虽然诗人没有说这些船夫具体是怎么趁火打劫的，但我们也不难想象，必定是灾难中投机取巧，发灾难的不义之财。

“吾无奈尔何，尔非久得志。九月霜降后，水涸为平地。”我拿这些人也没什么办法，但他们不会猖狂太久。现在是夏天，等到九月霜降后，洪水退去平地便出来了。诗人看似是在呵斥唯利是图的船夫，实质上也是批判朝中的那些奸佞小人，为了丁点利益陷害忠良。

这首诗看似在写洪水，实际上也暗喻了朝中的黑暗与腐朽，具有批判意义。但诗人对这一切都保持一种乐观的态度，他相信“水涸为平地”，总有一天自己的清白会得到恢复，那些奸佞小人总有失败的一天。

问 刘 十 九

绿蚁新醅酒①，
红泥小火炉。
晚来天欲雪②，
能饮一杯无③？

注　释

① 绿蚁：指浮在新酿的没有过滤的米酒上的绿色泡沫。醅（pēi）：酿造。
② 雪：作动词用，指下雪。
③ 无：相当于“否”。

题 解

这首诗作于唐宪宗元和十二年（817），是白居易被贬江州司马之后所作。刘十九是诗人当时结识的一位隐士，作者在《刘十九同宿》诗中称其为“嵩阳刘处士”。由此可知，刘十九是河南登封人，但具体姓名和生平不详。《问刘十九》，实际上就是邀请朋友刘十九前来小饮的劝酒词。

赏 析

全诗只有四句，虽然没有什么华丽的辞藻，也不像其他诗句融入高远的主题，但是朴素直白的语句里却有种撩拨心弦的力量，字里行间洋溢着对友谊的追求，读来让人倍感温暖。

“绿蚁新醅酒，红泥小火炉。”自家酿制的米酒还没有过滤，上面还漂浮着一层绿色的泡沫，香气扑鼻。准备的小土炉已经生得正旺，火焰红彤彤的。“新醅酒”，刚刚酿好就叫朋友来喝，可见待客之恳切；喝酒却要准备“小火炉”，说明天气冷，也为下句的将要下雪做了铺垫。可以想象此时的场景：备好了新酒，炉子生得正旺，屋子里散发着酒香，就等朋友来了一起饮酒。如此场面，对于以酒会友的古人来说颇有诱惑力。

“晚来天欲雪，能饮一杯无？”看今天的这个样子，晚上怕是要下雪，我已经备好了酒、生好了火炉，你不过来喝一杯吗？“天欲雪”，证明大雪还没有下，友人有赶路过来喝酒的可能性。再者也暗含一层意思，一旦下了大雪，独自坐在屋里多么的无聊，哪有跟朋友围着火炉喝酒畅谈来得痛快。“能饮一杯无”以口语的形式说出，直奔心扉，没有任何人可以抵御这种邀请。

诗人用字不多，但本诗颇有诱惑力。《诗境浅说续编》评价这首诗“寻常之事，人人意中所有，而笔不能达者，得生花江管写之，便成绝唱，此等诗是也”。诗人能将寻常小事变成千古绝唱，这便是白居易的高明之处。对于末句的口语化问法，《诗境浅说续编》也给予高度肯定：“末句之‘无’字，妙作问语，千载下如闻声口也。”多少年过去了，现在读本诗依然觉得作者就在眼前。

“酒不醉人人自醉”。不知道两人喝了多少新酒，也不知道有没有人醉倒，但这些诗句却醉倒了很多人。全诗虽然语言浅显，但是细细品读，竟饱含着深深的情感，作者的那种对友情的真诚，感染了无数的读者。

大林寺桃花

人间四月芳菲尽①，
山寺桃花始盛开②。
长恨春归无觅处③，
不知转入此中来④。

注　释

① 芳菲：盛开的花。
② 山寺：指大林寺。
③ 长恨：常常惋惜。
④ 不知：想不到。

题 解

这首七绝是一首纪游诗，唐宪宗元和十二年（817）作者于初夏作于江州。庐山有上、中、下大林寺。中寺在锦涧桥北，是由晋僧慧远建；下寺即旧资圣寺，在锦涧桥西；此诗所指为上大林寺，遗址在今天江西庐山的花径公园内，为晋代名僧昙诜所建。大林寺之北为大林峰，传晋僧昙诜“杂植花木，郁然成林”，故峰名“大林”，寺也名“大林”，今大林寺已废。

赏 析

这首诗写于白居易被贬为江州司马的第二年。

唐宪宗元和十年（815）六月，白居易因上书言事得罪当权者，被贬谪为江州司马。因为江州司马是闲职，没有什么公事可办，所以白居易屡次游览庐山，于是就有了这首诗。

全诗短短四句，看似没有什么深邃的地方，细读却颇有意境，富有情趣。

“人间四月芳菲尽，山寺桃花始盛开。”已是四月，在平原上的那些美丽的花朵已经凋零，但是大林寺的桃花才刚刚盛开。“芳菲尽”与“始盛开”对应。由此我们可以推测，在平原上诗人发现春天离去花朵凋谢，定当是一种失望、懊恼的心情。但是在山上的大林寺却发现有一片盛开的桃花，诗人此时的心情自然是惊喜。

诗人在惊喜之余进一步发出了感慨：“长恨春归无觅处，不知转入此中来。”我常常为春天的消逝与无处可寻而苦恼，没想到春天反倒藏到这深山里来了。当诗人惋惜春天离去的时候，无意中却发现了藏匿的春天，诗人自然兴致很高。

这首诗写景独特，读来清新扑面。尤其在被贬之后，按说意志比较消沉，但是诗人还能写出如此秀美的诗句，由此可见白居易胸襟宽阔、乐观豁达。

昭　君　怨

明妃风貌最娉婷①，合在椒房应四星②。
只得当年备宫掖③，何曾专夜奉帏屏④？
见疏从道迷图画⑤，知屈那教配虏庭⑥？
自是君恩薄如纸，不须一向恨丹青⑦。

注　释

① 明妃：晋避司马昭讳，改昭君为明君。
② 合：应当。椒房：汉后宫以椒和泥涂壁，取温香多子之义。四星：钩陈四星，天子妃嫔之象。
③ 宫掖：皇宫的旁舍称掖庭，为妃嫔所居。
④ 帏屏：指寝息之所。
⑤ 从道：任从说。
⑥ 虏庭：亦作“虏廷”。古时对少数民族所建政权的贬称。
⑦ 丹青：本为绘画的两种颜料，这里指图画。

题 解

这首诗为江州时期所作。此诗歌咏汉代王昭君出塞之故事，诗人将王昭君的悲剧原因归结为“君恩薄如纸”，不仅尽翻前人旧说，而且也借此表达了封建臣子对君恩难凭的担忧。据《汉书·元帝纪》《后汉书·南匈奴传》等记载，王昭君字嫱，汉元帝时以良家子选入掖庭，匈奴呼韩邪单于来朝，求婚汉朝，昭君自请行。《西京杂记》又载：元帝使画工图后宫形貌，案图召幸，昭君不肯赂画工，遂不得见。以赐单于，及去乃见，遂穷按其事，画工皆弃市。乐府古辞有《王昭君》。

赏 析

“明妃风貌最娉婷，合在椒房应四星。”王昭君的姿态最是美好，在后宫里应该属于妃嫔之貌。“最娉婷”“应四星”极尽说明王昭君相貌之美，这也为之后的感慨和发问做铺垫。

“只得当年备宫掖，何曾专夜奉帏屏?”只是当年一直住在皇宫的旁舍，何曾被皇帝宠幸过？如此貌美的女子，却一直未被宠信，诗人不禁为王昭君感到委屈。

“见疏从道迷图画，知屈那教配虏庭？”见识疏浅只知道迷信画图，不知道王昭君赐婚给匈奴屈才了吗？诗人开始批判后宫不辨美丑。实际上诗人当时被贬谪到江州任司马，他的人生及仕途经历了重大的转折，内心也是无比的伤感。诗人为王昭君抱打不平，实际上也是为自己的怀才不遇而感到痛心，他需要一个情感的宣泄口。

“自是君恩薄如纸，不须一向恨丹青。”这都是因为皇帝的恩情像纸一样薄，不用老是埋怨画师。诗人不同意一味地去谴责画师，他认为王昭君之所以会被埋没就是因为皇帝薄情寡恩，不识贤愚。这两句将矛头直接对准封建王朝的最高统治者，这在当时来说，无疑需要极大的胆识和勇气。

诗人利用昭君出塞这一历史题材，对王昭君这一文学形象的内涵进行了深入发掘，既隐喻了自身怀才不遇的悲愤，同时不忘对统治者加以劝谏。而劝谏皇帝也是他对自己诗歌创作理想的积极践行，这一切使这首诗实现了叙事、抒情、说理三方面的完美融合。

题岳阳楼

岳阳城下水漫漫[①]，独上危楼凭曲栏[②]。
春岸绿时连梦泽[③]，夕波红处近长安。
猿攀树立啼何苦？雁点湖飞渡亦难！
此地唯堪画图障[④]，华堂张与贵人看[⑤]。

注　释

① 漫漫：大水无边无际的样子。

② 危楼：高楼。凭：倚、靠。

③ 梦泽：即云梦泽，古代楚国七大泽之一，当时面积极大，包括长江南北大小湖泊无数，江北为云，江南为梦。到唐代，一般称岳阳南边的青草湖为云梦。

④ 图障：画幅，画幛。唐人喜画山水为屏障，张挂在厅堂上。

⑤ 华堂：华丽的厅堂。张：挂。

独上危楼凭曲栏

题 解

这首诗作于唐宪宗元和十四年(819)春。当时白居易自江州赴忠州刺史任，路过岳阳时作。洞庭湖烟波浩渺，气象万千，很多文人墨客登临岳阳楼，题写了秀美的诗篇。诗人几经贬谪，不堪流离漂泊之苦，所以在他描写湖光山色优美风景的同时，诗中也透露出淡淡的哀怨及对京城的眷恋之情。

赏 析

这首诗一开始便描绘洞庭湖的宏伟阔大：“岳阳城下水漫漫，独上危楼凭曲栏。”岳阳城下水面宽广，诗人一个人登上岳阳楼倚着栏杆远眺。“漫漫”一词富于形象性，给人造成一种水势浩瀚、无边无际的印象。“独上”既是写实，也透露了作者政治上不得意的孤寂心情。如此一来，独自一人站在如此浩渺的水势面前，不免浮想联翩。

在描述水势无边无际之后，诗人进一步描写洞庭湖的广阔：“春岸绿时连梦泽，夕波红处近长安。”草木的绿色与远处云梦泽的水色连接在一起，夕阳西下，天空的彩霞与湖水的红波交相辉映，似乎离长安也近了。云梦泽方圆八九百里。洞庭春涨，既远连云梦，又距长安不远，如此夸张洞庭湖壮阔的晚景，使读者对洞庭湖之宏大有了具体可感的认识。“夕波红处近长安”暗用“日远长安近”的典故。诗人看见夕阳返照之处，不由得想起了长安，想到自己由江州赶赴岳州，和长安又近了一步。所以这句诗表面是描绘洞庭晚景的壮阔，实际上却寄寓着诗人对京城的眷恋之情。

既然心情是矛盾的、复杂的，诗人不免进一步感慨：“猿攀树立啼何苦？雁点湖飞渡亦难！”岸边树上的猿猴趴在树上哭啼，即便大雁频频歇息也是飞不过去的。“猿啼”“雁渡”表达了对京城的眷恋之苦，虽然想回到长安，但迫于生存他不能回去，而且目前中间还有着宽阔的洞庭湖水加以隔绝。

“此地唯堪画图障，华堂张与贵人看。”如此优美的景致可以作成画幅，挂在奢侈的厅堂里供那些贵人们赏玩。任何美景都与观赏者的心境相关，在不同的观赏者眼里，有着不同的认识。岳阳楼有如此的美景，只有那些养尊处优的贵人们才有闲心去欣赏，而对于一个漂泊在外的人来说，看到的只能是茫然与凄凉。

这首诗的突出特点就是寓情于景，写景与抒情紧密结合。诗人在描绘优美动人的景色时，毫不掩饰地向读者敞开自己的心扉。

种　桃　杏

无论海角与天涯，大抵心安即是家。
路远谁能念乡曲①？年深兼欲忘京华②。
忠州且作三年计，种杏栽桃拟待花。

注　释

① 乡曲：偏僻的地方。后引申指乡里、故乡。
② 年深：年久。京华：京城，长安。

题　解

此诗是六句律诗，作于忠州。诗人以心安即是家的思想来宽慰自己，开始种树栽杏，从容安排生活。这首诗体现了白居易的一种达观的思想，很有些入禅的味道。这也与他的“乐天”之字颇为相得，也就无怪乎白居易常吟唱“达哉达哉白乐天”了。

赏　析

“无论海角与天涯，大抵心安即是家。”无论身在天涯海角，只要心里平静，那里便是家园。被贬谪在外地，何时能回京，何时才能结束这种生活，这一切都是未知数。尽管在江州司马时期诗人思想发生了重要的变化，趋向于半官半隐的生活，但被贬谪在外的感觉还是很难受的。于是诗人只好自我安慰，以乐观旷达的态度抚慰自己焦躁的心情。“大抵心安即是家”，诗人做出了“心安”的姿态，但是从诗文来看，并没有真正的安心。

“路远谁能念乡曲？年深兼欲忘京华。”忠州离家乡太远，谁还能惦念家乡的曲子？年事渐高，我身在外地已经慢慢地忘记了京城的繁华。这两句看似是在写诗人将要忘记故乡、忘记京城，其实这正是诗人难以忘怀的体现。想念却无法达到目的，只能强压这种思绪，换种说法，给自己找个人生的出口。可以说诗人此时的心态万分矛盾。那么这个出口是什么呢？

“忠州且作三年计，种杏栽桃拟待花。”还是在忠州定个三年计划吧，种杏树，栽桃树，等待着它们开花。诗人设定了一个时间限制——三年。俗话说“桃三年杏四年”，桃树开花结桃需要三年，杏树则是四年。诗人一方面摆出了安心的姿态，种杏栽桃等待着开花；另一方面也体现了诗人盼望着结束这忠州三年的任期。

这首诗通俗易懂，体现了诗人乐观旷达的心态，但细读难掩作者当时的矛盾心情。

夜泊旅望

少睡多愁客，中宵起望乡[①]。
沙明连浦月，帆白满船霜。
近海江弥阔，迎秋夜更长。
烟波三十宿，犹未到钱塘[②]。

注 释

① 中宵：中夜，半夜。
② 钱塘：杭州。

题　解

本诗作于唐穆宗长庆二年（822）诗人自长安赴杭州任刺史途中。这首诗描写了江中夜泊的景色，诗人遥望开阔的江面，引出了乡愁以及心中的忧患。

赏　析

诗人一开始便展现了心中的忧愁：

“少睡多愁客，中宵起望乡。”睡不着觉的多半是忧愁的客人，半夜起来望着家乡的方向。“少睡”是因为“多愁”。原本是去杭州赴任，半夜不睡觉忧愁什么呢？诗人不说，但“望乡”还是让人知道，不管这“愁”是由什么组成的，还有其他什么样的不痛快，最起码此时的忧愁里面有乡愁的成分。

“沙明连浦月，帆白满船霜。”月明星疏的夜晚，船上的帆白茫茫一片，整个船上都是秋霜。“沙明”“浦月”“帆白”“船霜”构建出了一个清冷的秋夜。在如此寒冷的秋夜里，诗人孤身一人站在船头遥望江面，冷风袭来，秋霜已降，更加体现诗人心绪难平。

“近海江弥阔，迎秋夜更长。”因为离海近的缘故江面显得宽阔，因为到了秋天，夜晚变得更长。“江弥阔”对应“夜更长”，也交代出一种清冷、空旷的氛围。这种氛围能够更好地衬托出诗人的那种愁绪难掩。究竟是何种愁绪，我们不得而知。

“烟波三十宿，犹未到钱塘。”在这烟波笼罩中已经过了三十个夜晚，还没有到达杭州。“三十宿”交代旅途时间之长，“犹未到”则说明路途之遥远。这两句看似是在叙事，写路途的遥远，实质上此时我们也可以揣测，这两句隐含着诗人对未来的担忧，到杭州的仕途究竟如何，诗人心中没谱，有些难以平静。

这首诗用笔简练，读来颇有韵味。《唐诗近体集韵》评价这首诗：“律法严谨，尚与盛唐相近。”

春题湖上

湖上春来似画图，乱峰围绕水平铺①。
松排山面千重翠②，月点波心一颗珠③。
碧毯线头抽早稻④，青罗裙带展新蒲⑤。
未能抛得杭州去，一半勾留是此湖⑥。

注　释

① 乱峰：参差不齐的山峰。
② 松排山面：指山上有许多松树。
③ 月点波心：月亮倒映在水中。
④ 碧毯：指早穗连成一片，如同绿色的地毯。
⑤ 蒲：香蒲，多年生草本植物，生于浅水或池沼中，叶长而尖，可以编席和扇子等。
⑥ 勾留：留恋。

题 解

这首诗主要描绘西湖春景。诗人于唐穆宗长庆二年（822）七月出任杭州刺史，十月到任，至长庆四年五月底离杭赴洛阳。此诗约作于长庆四年（824）春，作者在杭州任期将满，就要离开之前所作。诗人将春日的西湖比作一幅精美绝伦的图画，用浓墨重彩描绘西湖的美景。西湖之美不仅吸引了诗人，更让无数读者向往。

赏 析

"湖上春来似画图，乱峰围绕水平铺。松排山面千重翠，月点波心一颗珠。"西湖的春天像一幅图画，参差不齐的山峰围绕着西湖，远远望去一片翠绿。一轮明月倒影水中，就像一颗珍珠。"排"字表现了山上松树傲然直立的情景，"点"字将湖水的碧绿、平静及月光倒映于水中的景致描绘出来。西湖的春天果然风景如画。

"碧毯线头抽早稻，青罗裙带展新蒲。"田野里早稻拔节抽穗，好像碧绿的毯子上的线头；河边香蒲新长出的嫩叶，犹如少女罗裙上的飘带。诗人连用两个比喻，将西湖的春意渲染得极为动人。"碧毯"则出人意表地把视角转到对农作物的观察上。在山水诗中嵌入农事，弄不好会雅俗相悖，很不协调，而白居易却别出心裁地把农事诗化：早稻犹如碧毯上抽出的线头、新蒲像青罗裙上的飘带，如此精妙新奇的比喻本身不仅体现出作者对百姓的关怀，使读者由此可以联想到正是这位自幼向往杭州的白刺史，一到任便体恤民情，把杭州变成了人间天堂。

"未能抛得杭州去，一半勾留是此湖。"不愿离开杭州回京，有一半因素就是舍不得这风景如画的西湖。《唐宋诗醇》评价这两句"以不舍意作结，而曰'一半勾留'，言外正有余情"。那么其"言外余情"是什么呢？这得联系作者的有关行迹和创作来探寻。除杭州刺史之前，白居易原在长安任中书舍人。面对国事日荒、民生益困的现实，屡屡上书言事而不被采纳，眼见时局日危，朋党倾轧加剧，便自求外任，来到杭州，这是问题的一方面；另一方面是他认为做隐士不好，做京官也不好，只有做杭州刺史闲忙得当，正合其意。这就是此诗的“言外余情”，也是“一半勾留是此湖”的另一半原因。

白居易孩提时代就立志要到杭州做官，心愿得酬，自然为之欣喜，其对杭州的深情于此可见一斑。这首诗的结构曲折委婉，别有情致，作者以具有如此浓重的感情色彩描写西湖美景，读来让人神往。此诗不仅是白居易山水诗中的佳作，也是历代描写西湖诗中的名篇之一。

钱塘湖春行

孤山寺北贾亭西①，水面初平云脚低。
几处早莺争暖树②，谁家新燕啄春泥？
乱花渐欲迷人眼，浅草才能没马蹄。
最爱湖东行不足，绿杨阴里白沙堤③。

注　释

① 孤山寺：永福寺，在西湖内孤山上。贾亭：贾公亭，唐贞元年间贾全为杭州刺史时所建。

② 暖树：向阳的树木。

③ 白沙堤：白堤，西湖中的一条长堤。

题　解

这首诗作于唐穆宗长庆三年（823）或四年春，白居易任杭州刺史时。钱塘湖是西湖的别名。这首诗描写了杭州西湖春天的美景，该诗处处扣紧环境和季节的特征，把刚刚披上春天外衣的西湖描绘得生意盎然，恰到好处。本诗格调明快，体现了白居易律诗明朗疏快的风格。

赏　析

这是一首描写西湖美景的名篇。

“孤山寺北贾亭西，水面初平云脚低。”诗人一开始便交代了自己所处的位置：孤山寺之北，贾亭之西。孤山寺在西湖之中，是游玩西湖的最好地方，而贾亭在当时也是西湖名胜。处在这样的美妙位置，自然而然地便能看到湖中的景色，于是便看到了“水面初平云脚低”。第二句写水面写云，并将二者融合，显得意境开阔。“云脚低”是因为春水新涨，在水天一色中，天空里的白云和湖面的波澜连成了一片，构成了一幅绚烂的西湖早春图。

“几处早莺争暖树，谁家新燕啄春泥？”黄莺是春天的歌唱者，有她便有着春的活力。而燕子则是春天的报幕者，燕子的出现则标志着春天的到来。因为是初春，诗人便细腻地选择了词语：“几处”而不是“处处”,“谁家”而不是“家家”。这两个词语的选择妥帖地表明了初春的季节，黄莺和燕子也是刚刚开始忙碌。“争”字显得颇有动感，“谁家”也问的新奇。于是“早莺”“新燕”两种生命为我们展现了一幅优美生动、活力四射的图画：黄莺抢着向阳的暖树来歌唱春天，而燕子则忙碌地啄泥衔草，修建新巢。

“乱花渐欲迷人眼，浅草才能没马蹄。”花朵慢慢地盛开，都快要迷了人的眼睛，而春草才刚刚能够掩没马蹄。“乱花”“浅草”进一步展现了西湖春景。“迷人眼”说明花朵的繁盛与品种之多，过了初春便能看到姹紫嫣红的百花盛开图，而“没马蹄”则表现出了春草的柔嫩。

“最爱湖东行不足，绿杨阴里白沙堤。”正是因为有着如此的美景，诗人才愿意游玩西湖。而最后一句诗人则说，漫步在湖东绿树成荫的白沙堤上，则是

最爱湖东行不足

一件最美妙的事情，表现了诗人对西湖美景的流连忘返。

这首诗由“孤山寺”写起，又由“白沙堤”归结。前四句由点到面，先交代地点再交代出了景色，为我们展现了云脚低、早莺、暖树、新燕、春泥等景象；后四句则相反，先写乱花、人眼、浅草、马蹄等景物，再收结到地点白沙堤，体现了结构变化之巧妙，读者不细心是观察不到的。

这首诗回环往复，读来清丽自然。

西湖晚归，回望孤山寺，赠诸客

柳湖松岛莲花寺①，晚动归桡出道场②。
卢橘子低山雨重③，栟榈叶战水风凉④。
烟波澹荡摇空碧，楼殿参差倚夕阳⑤。
到岸请君回首望，蓬莱宫在海中央⑥。

注　释

① 柳湖：指西湖。松岛：指孤山。莲花寺：佛寺的通称。
② 归桡（ráo）：归船。道场：佛教讲经做法之处，此处指佛寺。
③ 卢橘：像橘子似的水果。
④ 战：颤抖。
⑤ 参差：形容多。
⑥ 蓬莱宫：道教传说中的三仙山之一的宫殿，此处指孤山寺。

题　解

唐穆宗长庆二年（822）秋至长庆四年（824）夏，白居易在杭州任刺史。政事之余，他常喜欢到西湖附近的佛寺里听僧侣讲经。这首诗便是写他与“诸客”听讲归来时的感受。作品生动地描绘了孤山寺的秀美，风景中处处点染着诗人的喜悦之情。

赏　析

“柳湖松岛莲花寺，晚动归桡出道场。”作者一开始就交代了西湖听讲的大背景是在柳湖松岛上的莲花寺里。这两句有四个场景需要先厘清：“柳湖”即为西湖，因为垂柳掩映所以称为柳湖。“松岛”，则为孤山，矗立在西湖中。“莲花寺”，即孤山寺，湖中莲花盛开，因而以之形容其美。“道场”是僧侣诵经礼拜之处，即佛殿。“柳湖”“松岛”“莲花寺”“道场”这四个场景环环相扣，是一个逐步推进的过程。我们可以模拟摄像手法来看，诗人先是一个大全景，波光粼粼、垂柳掩映的西湖。接着将镜头推近，形成一个近景，湖中岛上有一座佛寺。接下来继续向前推，形成一个中景，莲花寺的种种美景。最后是两个分镜头：湖上，天近傍晚，撑船人正摇动“归桡”，准备接客归去；寺中，诗人正和“诸客”走出道场，准备“晚归”。这种写法层次分明，主从有序，给人以清晰明快之感。另外，诗人用了富有特征性的修饰词语和借代之法，从而增加了景物的质感和特征，写出了诗人对它的喜悦之情。

“卢橘子低山雨重，栟榈叶战水风凉。”卢橘果实众多，山雨过后，果枝压得低垂了下来。栟榈树叶高大，山雨过后也随着风而摆动，似乎也感受到了清凉。一个“重”字，写出了诗人对它的喜悦之情。一个“凉”字，透出诗人的种种快感。这两句，可以说是美景爽情的融洽，诗情画意的结合，似情似景，难解难分。

“烟波澹荡摇空碧，楼殿参差倚夕阳。”在宽阔的湖面上，寒冷的烟雾轻轻地飘着，好像这种摇荡让天空和湖水变得颜色一致。那佛寺的建筑高低不齐，都像是倚靠在夕阳里。“澹荡”二字，使人如泛仙槎，如升青冥，写出了清爽闲适之情。“参差”二字，则写出了随山势高下而建筑的宇观楼殿的特有景色，从而使人想到檐牙错落、各抱地势的瑰丽情景；加之夕阳晚照，红砖绿瓦，金光明灭，佛地真是宛如仙境。因而诗人发出由衷的感慨：“到岸请君回首望，蓬莱宫在海中央。”——落笔到“回望孤山寺，赠诸客”的题旨，作品便戛然而止。蓬莱，神话中海上的仙山，而孤山寺中又有蓬莱阁，两者浑然一体，不着痕迹，更增加了韵外味、弦外音，使孤山寺的诗情画境久久萦绕于读者的脑际。

这首诗意境开阔，读来清新明丽。诗虽简短，却展现了一幅优美的湖光山色图，颇有美感和想象空间。

杭州春望

望海楼明照曙霞①，护江堤白踏晴沙②。
涛声夜入伍员庙③，柳色春藏苏小家④。
红袖织绫夸柿蒂⑤，青旗沽酒趁梨花⑥。
谁开湖寺西南路⑦？草绿裙腰一道斜。

注 释

① 望海楼：又名东楼，在杭州府治内。作者原注：“城东楼名望海楼”。

② 护江堤：指白沙堤，后人为纪念白居易，称为白堤。

③ 伍员：字子胥，春秋时楚国人。他的父兄都被楚平王杀害，伍员逃入吴国，协助吴王阖闾打败楚国，又协助吴王夫差打败越国。后来夫差听信谗言，杀害了伍员。人们同情忠臣的不幸遭遇，立祠堂纪念他。民间传说，因为他怨恨吴王，死后驱水为潮，故钱塘江潮又被称为“子胥涛”。

④ 苏小：即苏小小，南朝齐时钱塘名伎。其墓在西湖西泠桥畔。

⑤ 红袖：代指织绫女子。柿蒂：一种有名的彩绫。

⑥ 青旗：指卖酒人家的酒旗。梨花：酒名。作者原注：“其俗酿酒趁梨花时熟，号为梨花春。”

⑦ 西南路：指由断桥向西南通往湖中到孤山的长堤。作者原注：“孤山寺路在湖洲中，草绿时望如裙腰。”

题　解

这首诗为唐穆宗长庆三年（823）或四年（824）春白居易任杭州刺史时作。此诗描绘了杭州的风景名胜，对杭州春日景色做了全面的描写，前六句都是一句一景，最后两句为一景。七处景色都靠“望”字把它们连在一起，构成一幅完整的画面。全诗用笔简洁明快，富于变化。

赏　析

“望海楼明照曙霞，护江堤白踏晴沙。”当曙光霞色照亮望海楼的时候，在白沙堤上踏着沙子行走，领略杭州的美景。诗人一开篇即从城东望海楼写起，通过总写绚丽多姿的景象，统摄全文。

“涛声夜入伍员庙，柳色春藏苏小家。”波涛涌动的声音在夜晚传入伍子胥庙，绿柳的春色藏在苏小小家。两句诗文化用伍子胥和苏小小的典故写景，一个“春”字点明了季节，并以歌楼舞榭，写出杭州的繁华景象。《唐宋诗醇》评这两句说：“‘入’字、‘藏’字极写望中之景。”

“红袖织绫夸柿蒂，青旗沽酒趁梨花。”红衣女子在织造柿蒂绫，梨花开放，在挂着青色旗的酒肆中饮酒。这两句意象色彩艳丽，极具画面感：在梨花盛开的美丽地方，红衣女子忙碌地织造，而游人们在酒旗飘飘的店里畅饮。

“谁开湖寺西南路？草绿裙腰一道斜。”是谁在孤山寺边开修白沙堤，那些绿草看着好像一道绿裙腰斜过。“裙腰”一词比喻绝妙，不仅写出了春日白堤的迷人景色，而且自然使人联想到裙，由裙又自然使人联想到妩媚秀丽的西湖是美丽少女的化身。

这首诗里诗人写出了杭州的名胜古迹、相关传说、特产、湖面风光等，容量大而集中。诗人把杭州春日最有特征的景物，熔铸在一篇之中，勾绘出一幅《杭州春望图》。全诗色彩鲜艳，用曙光、彩霞、蓝天、白沙、柳色、红袖、青旗、绿草、梨花等去装饰西湖、杭州，读来不仅让人浮想翩翩。在写法上，由城外之东南，写到城内，然后又写到西湖，远近结合，错落有致，而又次序井然。诗人在写景的同时咏古，描写自然之景的同时又将风土人情结合起来，使景物更加丰富多彩，富有诗味。

别 州 民

耆老遮归路①，壶浆满别筵。
甘棠一无树②，那得泪潸然③？
税重多贫户，农饥足旱田④。
唯留一湖水⑤，与汝救凶年⑥。

注 释

① 耆老：六七十岁的老人。

② 甘棠：植物名，即梨棠。据说周朝召公南巡时为了不惊扰百姓，在一甘棠树下休息，人们写《甘棠》一诗怀念他。

③ 潸（shān）然：泪流满面。

④ 足：多。

⑤ 一湖水：诗人原注："今春增筑钱塘江堤，贮水以防天旱，故云。"

⑥ 凶年：灾荒之年。

题　解

本诗作于唐穆宗长庆四年（824）五月，白居易杭州刺史三年任期已满，即将离开杭州回京。当他离任回归时，杭州百姓为感谢他为官几年的作为，扶老携幼，提着酒壶，洒泪饯别。这种情景，令白居易十分感动，他为群众负担重税而难过，也因自己未能为群众多办事而自责，于是写下了这首诗。

赏　析

白居易在杭州任上为百姓做了不少实事，赢得了百姓的爱戴，才有诗中的挥泪送别。

诗人一开始便描绘了送别的感人情景："耆老遮归路，壶浆满别筵。"父老乡亲们堵住了离开的路，准备了水酒筵席为我送别。"耆老"为六七十岁的老人，连他们都出来为白居易送行，可见白居易在百姓心中的威望，他的离任百姓是多么不舍。

"甘棠一无树，那得泪潸然？"我惭愧在任上没有建树，哪里值得百姓为我流泪送别。这两句是诗人自谦，感觉自己不能承受父老乡亲的盛情。实际上白居易任职期间，为杭州百姓做了大量的事情。譬如修建堤坝解决灌溉等问题，对后来杭州的治理湖水有很大的影响。

"税重多贫户，农饥足旱田。唯留一湖水，与汝救凶年。"因为赋税重，还有很多贫民；又因为旱田太多，很多百姓在挨饿。我只是增筑了钱塘江堤坝，给百姓们留下了一湖水以便应对灾荒之年。《唐宋诗醇》评价这四句："经济政绩，具见其中，慈惠之意，蔼然言表。"白居易关怀百姓，为百姓谋福利，但他觉得心有余而力不足，还一直在自责没能为百姓做更多的事情。但百姓自有评判，白居易无疑是好官，这才有了老少拦路挥泪送别的情景。

这首诗只有短短八句，但细节场景刻画得细腻生动，饱含着深情。白居易与杭州百姓的情谊让人感动，后人也没有忘记他。西湖有白堤横亘湖上，把西湖划分为外湖和里湖，两岸栽种有杨柳。白堤唐时称为"白沙堤"，后人为纪念白居易，才称为"白堤"。

青 门 柳

青青一树伤心色，
曾入几人离恨中！
为近都门多送别①，
长条折尽减春风。

注 释

① 都门：都城的城门。古代都城指国家（包括诸侯国）的首都及较大的城市。后人亦称国都（各国及诸侯国首都）为“都城”。

题 解

这首诗约作于长庆年间以前。汉长安城东城门叫霸城门，因为颜色为青，俗称“青门”。青门外有桥名霸桥，汉人送行至此，折柳赠别。柳树常常代表着别离，古人更是有折柳相赠的习俗。古人在赋予柳诸多的使命中，初意可能只是因为“柳”与“留”谐音，一枝青柳能够表达对离别者恋恋不舍的挽留之情。后有学者称，柳条细长柔软，象征着离别时那种情感的绵长与不舍，因此离别时折一枝柳条相赠，最能体现离别的心情。因此后来“青门”多泛指送别之处，“青门柳”便成赠别送行的典故。这首诗借歌咏长安青门之柳，叙写离别的伤感。

赏 析

作者一开始便营造浓浓的离别氛围：“青青一树伤心色，曾入几人离恨中！”那一树青青绿绿的颜色真让人伤心，让人们在离别的时候恨意更重。万物复苏，绿意盎然，大地一派生机勃勃，那青绿的柳条也在迎风招展，面对如此赏心悦目的场景，原本应该是一件让人开心的事情。但是因为离别，因为有着折柳赠别的习俗，所以连这么美好的绿色也成了“伤心色”，那无辜的柳树也加入了“离恨中”，成为离别人嫉恨的目标。这两句将离别之恨渲染到极致。由此可见，诗人是多么地不舍与人离别。

“为近都门多送别，长条折尽减春风。”因为离城门近，送别又多，柳树上长一点的枝条都已经被折尽，像是把春风都减少了。古人有折柳送别的风俗，表达依依不舍的情感，可能折的不仅是一枝，所以靠城门近的柳树被折光了长枝不足为奇，但诗人加了“减春风”三字，立马让离别的形象鲜活了起来。

这首诗语言通俗，文字平实，但作者借描写柳树将那种离别的伤感表达得淋漓尽致。

暮 江 吟

一道残阳铺水中，
半江瑟瑟半江红①。
可怜九月初三夜，
露似真珠月似弓②。

注 释

① 瑟瑟：原为一种宝石，此处指江水呈现碧绿色。
② 真珠：即珍珠。月似弓：上弦月，弯得像弓。

半江瑟瑟半江红

题 解

此诗是白居易在唐穆宗长庆二年（822）秋天赴杭州任刺史的途中完成的。《暮江吟》就是指黄昏时刻在江边作的诗。“吟”是古代的一种诗体。诗人目睹了当时朝官的种种丑态，自求外任，开始远离朝政的中心。

赏 析

这首小诗展现了两幅优美绚烂的风景画，《唐宋诗醇》评价该诗“写景奇丽，是一幅着色秋江图”。

第一幅是夕阳与江水构成的壮阔景观。“一道残阳铺水中，半江瑟瑟半江红。”夕阳西下，一天中最后的一道阳光照射在水面，晚霞映照下的江水一半是红色，一半是碧绿，此时的江水煞是好看。既然是“残阳”，那么太阳一定很低，光线几乎贴着地平线照过来的，所以作者用了一个“铺”字，不仅贴切地表现了夕阳的状态，而且给人一种柔和、温暖的感觉。一半的江水是红的，一半是碧绿，这主要是因为光的照射不均匀而产生的现象，光照多的地方自然是红色，而光照少的地方则呈现的是绿色。诗人无疑被夕阳下波光粼粼的江水呈现的两种颜色所吸引，并沉醉其中。

夕阳下江水展现的画面让诗人喜悦不已，流连忘返。更没想到的是月亮出来后有了更加美丽的画面，接着第二幅秀丽画卷出场：“可怜九月初三夜，露似真珠月似弓。”九月初三的这个夜晚真可爱，露水像珍珠一般晶莹剔透，月亮又似一张弯弓挂在天上。刚才还在黄昏下看江面，最后一句直接到了夜晚的露珠和月亮，看似跳跃性很大，但因为有“九月初三夜”一句过渡，证明诗人是从黄昏一直看到夜晚，保证了时间上的连贯性。

该诗构思巧妙，将两幅优美的画面连缀在一起，构建出的新画面绚丽动人，令人神往。这首诗历来就获得了众多的好评，更是为广大读者所传诵。明代杨慎《升庵诗话》认为这首诗颇有风韵：“言残阳铺水，半江之碧，如瑟瑟之色；半江红，日所映也。可谓工微入画。”

采　莲　曲

菱叶萦波荷飐风①，
荷花深处小船通。
逢郎欲语低头笑，
碧玉搔头落水中②。

注　释

① 萦（yíng）：旋转。飐（zhǎn）风：因风而招展。

② 碧玉搔头：玉簪。

题 解

这首诗约作于穆宗长庆年间前，题材和风格深受民歌影响。《采莲曲》是乐府诗旧题，又称《采莲女》《湖边采莲妇》等，为《江南弄》七曲之一，内容多描写江南采莲妇女的生活。《采莲曲》作为民歌题材，同类作品历来很多。但白居易没有落入俗套，在短短的四句二十八个字中，既写景又写人，生动形象，富有情趣，层层深入，活灵活现。诗人通过描写江南采莲女的生活，勾绘了一出动人的爱情画面。

赏 析

采莲是江南旧俗，历代多位诗人都写过采莲，白居易的这首诗在其中较有名气。

诗人一开始写景，为采莲女遇见情郎做铺垫："菱叶萦波荷飐风，荷花深处小船通。"那菱叶随着波浪而摆动，荷花在风中招展。一条小船在荷花深处来回穿梭。读者不禁可以想象，在一个微风的天气里，水波荡漾，荷花招展，一条小船轻快地来回游动，这是多么动感而富有诗情的一幅画面。在如此精致动人的画面里，之后出现的爱情故事便让人觉得更加美好。

紧接着诗人用细节描写转入写人："逢郎欲语低头笑，碧玉搔头落水中。"采莲女遇见了心上人，欲言又止，只是低头笑着。这样的情况下，头上的玉簪掉入了水里。"欲语低头笑"这一细节体现了采莲女的多情与羞涩，一个看见心上人想打招呼又怕别人笑话的少女形象立刻浮现在我们脑海中。不敢开口，内心又很欢喜，只能是低着头痴痴地笑着。少女遇见情郎的娇羞心态被诗人通过这五个字刻画得惟妙惟肖。"碧玉搔头落水中"能看出采莲女的紧张与激动，遇见心上人才如此慌乱，连头上的玉簪都掉进水里。虽然慌乱，但是里边蕴含着爱情的欢乐与甜蜜。作者通过低头笑与玉簪落水这两个细节描写，以动作刻画心理，形象逼真，塑造了一个娇羞的采莲女形象，读来意味无穷。

这首诗主要通过细节去表现一位采莲姑娘腼腆的情态和羞涩的心理。全篇语言清新明快，富有江南民歌的活泼风趣，犹如一幅纯洁、质朴的爱情画面。

花　非　花

花非花，雾非雾，
夜半来，天明去。
来如春梦几多时，
去似朝云无觅处①。

注　释

① 朝云：出自宋玉《高唐赋》，化用“朝云暮雨”典故，指神女早晚变化，比喻男女的情爱与欢会。

题　解

该诗写作时间不详，据王汝弼先生推测，大概是唐穆宗长庆二年（822）七月出任杭州刺史至唐文宗宝历二年（826）卸任苏州刺史这段时间创作。题目取诗的前三字，相当于无题。看似是花但又不是花，实际上营造了一种朦胧的意境。

赏　析

白居易的诗向来以语言通俗、主题明晰著称，该诗虽然语言上易于理解，但主题却让人颇为费解，属于白诗里较为朦胧的作品。

“花非花，雾非雾，夜半来，天明去。”像花又不是花，像雾又不是雾，夜深人静的时候出来，天一亮又走了。“非花”“非雾”都为否定，所以作者是在表达似曾相识的感觉，所咏之物跟花与雾很相似。“夜半来，天明去”，表明时间的短暂。

“来如春梦几多时，去似朝云无觅处。”来的时候像春梦一样短暂，去的时候又像朝云一样无迹可寻。梦虽然美好却很短暂，云霞虽然美好却极易幻灭。这两句与前文所咏事物虚无短暂的特征继续吻合。

诗人用花、雾、春梦、朝云做比喻，表现所咏事物的易逝。这一系列的比喻环环相扣，紧密结合，如行云流水般自然。但是用了这么多的喻体却不告诉本体，这在古诗里非常少见。正是因为这样的原因，让该诗在意境上则更加地朦胧。

另外，关于该诗的主题，实质上是有争议的。王汝弼先生认为这首诗“通篇皆作隐语，主题当是咏官妓”。把这首诗理解为官员与官妓之间的交往可能是事实，但确实没有什么美感。对于普通读者来说，能够感受到诗人营造的含蓄朦胧的意境，体会到诗句的优美，这便够了。

霓裳羽衣歌

和微之。

我昔元和侍宪皇[①]，曾陪内宴宴昭阳[②]。
千歌百舞不可数，就中最爱霓裳舞。
舞时寒食春风天[③]，玉钩栏下香桉前[④]。
桉前舞者颜如玉，不着人家俗衣服。
虹裳霞帔步摇冠[⑤]，钿璎累累珮珊珊[⑥]。
娉婷似不任罗绮，顾听乐悬行复止[⑦]。
磬箫筝笛递相搀，击擫弹吹声逦迤[⑧]。
散序六奏未动衣[⑨]，阳台宿云慵不飞[⑩]。
中序擘騞初入拍[⑪]，秋竹竿裂春冰坼[⑫]。
飘然转旋回雪轻[⑬]，嫣然纵送游龙惊[⑭]；
小垂手后柳无力[⑮]，斜曳裾时云欲生。
烟蛾敛略不胜态[⑯]，风袖低昂如有情。
上元点鬟招萼绿，王母挥袂别飞琼[⑰]。
繁音急节十二遍，跳珠撼玉何铿铮[⑱]。
翔鸾舞了却收翅，唳鹤曲终长引声。
当时乍见惊心目，凝视谛听殊未足。
一落人间八九年[⑲]，耳冷不曾闻此曲。
湓城但听山魈语[⑳]，巴峡唯闻杜鹃哭[㉑]。

移领钱塘第二年[22]，始有心情问丝竹。
玲珑箜篌谢好筝，陈宠觱篥沈平笙[23]；
清弦脆管纤纤手，教得霓裳一曲成。
虚白亭前湖水畔[24]，前后只应三度按[25]。
便除庶子抛却来[26]，闻道如今各星散。
今年五月至苏州[27]，朝钟暮角催白头；
贪看案牍常侵夜[28]，不听笙歌直到秋。
秋来无事多闲闷，忽忆霓裳无处问。
闻君部内多乐徒[29]，问有霓裳舞者无？
答云七县十万户，无人知有霓裳舞。
唯寄长歌与我来，题作霓裳羽衣谱。
四幅花笺碧间红[30]，霓裳实录在其中；
千姿万状分明见，恰与昭阳舞者同。
眼前仿佛睹形质，昔日今朝想如一；
疑从魂梦呼召来，似着丹青图写出。
我爱霓裳君合知，发于歌咏形于诗。
君不见，我歌云：惊破霓裳羽衣曲。
又不见，我诗云：曲爱霓裳未拍时。
由来能事皆有主，杨氏创声君造谱[31]。
君言此舞难得人，须是倾城可怜女。
吴妖小玉飞作烟[32]，越艳西施化为土[33]。
娇花巧笑久寂寥，娃馆苎萝空处所[34]。
如君所言诚有是，君试从容听我语：
若求国色始翻传，但恐人间废此舞。

妍蚩优劣宁相远[35]？大都只在人抬举。
李娟张态君莫嫌[36]，亦拟随宜且教取[37]。

注　释

① 元和：唐宪宗李纯年号。宪皇：指唐宪宗。白居易在宪宗朝曾任左拾遗、翰林学士。

② 昭阳：汉昭阳殿。成帝皇后赵飞燕居之，此借用。

③ 寒食：节令名，在农历清明前一天。

④ 钩栏：即勾栏，演出场所所围的栏杆。

⑤ 虹裳霞帔（pèi）：形容舞者服装的华美。帔：披肩。步摇：女子头饰，因上有垂珠行步则摇，故名。

⑥ 钿璎：宝钿装饰的璎珞。累累：下垂貌。珊珊：玉佩的响声。

⑦ 乐悬：钟、磬等乐器，按一定制度悬挂演奏。

⑧ 击、擫（yè）、弹、吹：各种乐器的演奏方法。钟、磬等撞击，箫、笛等用口吹并以手擫（捺），筝等以手弹。逦迤（lǐ yǐ）：同迤逦，连延不断。

⑨ 散序：指《霓裳羽衣舞》的前奏曲。六奏：六遍的意思。

⑩ 阳台：见宋玉《高唐赋》。

⑪ 中序：中段。擘騞（bò huō）：段落分明。

⑫ 坼（chè）：开裂。

⑬ 回雪：形容舞姿之轻柔飘举。曹植《洛神赋》："仿佛兮若轻云之蔽月，飘飖兮若流风之回雪。"

⑭ 游龙：形容舞姿之婉转。曹植《洛神赋》："翩若惊鸿，婉若游龙。"

⑮ 小垂手：舞蹈的一种动作，如同柳条无力而垂。《乐府诗集》卷七六引《乐府解题》："《大垂手》《小垂手》，皆言舞而垂其手也。"

⑯ 烟蛾：用麝烟画的眉毛。

⑰ 上元：上元夫人。萼绿：女仙。王母：西王母。飞琼：女仙。

⑱ 跳珠撼玉：形容乐声。铿铮：乐音响亮。

⑲ 人间：指离开京城。

⑳ 湓城：即江州，今江西九江。山魈：山怪。传说为独足反踵，手足三歧。

㉑ 巴峡：长江三峡。杜鹃：杜鹃鸟，鸣声凄厉。

㉒ 钱塘：杭州。白居易于唐穆宗长庆二年（822）出守杭州。

㉓ 玲珑：姓商。与谢好、陈宠、沈平均为杭州乐伎。箜篌（kōng hóu）：一种拨弦乐器。觱篥（bì lì）：又作筚篥，亦名笳管，一种簧管乐器。

㉔ 虚白亭：又名虚白堂，在杭州府治内。

㉕ 按：演奏。

㉖ 除庶子：白居易于唐穆宗长庆四年（824）五月除太子左庶子分司东都，离杭州赴洛阳。来：助词。

㉗ 今年：指唐敬宗宝历元年（825）。

㉘ 案牍：公案文书。侵夜：入夜。

㉙ 君：指元稹。时任浙东观察使、越州刺史。乐徒：能歌善舞的乐人。

㉚ 花笺：彩色信笺。

㉛ 杨氏：杨敬述。唐人传说，道士叶法善引明皇入月宫，闻乐归，笛写其半。会西凉府都督杨敬述进《婆罗门曲》，声调相合，玄宗遂以月中所闻为散序，杨敬述所进为其腔，制《霓裳羽衣曲》。由传说可知，《霓裳羽衣曲》是根据《婆罗门曲》改编的。

㉜ 小玉：《太平御览》卷五百七十三引《搜神记》：“吴王夫差小女名玉。”

㉝ 西施：春秋时越国美女，越王勾践将其与郑旦献于吴王夫差。

㉞ 娃馆：馆娃宫。吴王夫差所建，用以居西施。故址在苏州砚石山。吴人呼美女为娃。苎（zhù）萝：据《吴越春秋》《越绝书》，西施、郑旦为苎萝山女。

㉟ 妍：美。蚩：丑。

㊱ 李娟、张态：苏州妓女名。

㊲ 教取：教给。

题 解

这首诗作于唐敬宗宝历元年（825），白居易时任苏州刺史。当时元稹为浙东观察使、越州刺史。此诗题下有“和微之”三字，是因为元稹先作此诗，故白居易和作一首。但现在《元氏长庆集》中却没有《霓裳羽衣歌》，大约是遗失未编入。《霓裳羽衣曲》是唐玄宗所制舞曲，是唐歌舞的集大成之作。

赏 析

白居易极喜爱音乐，每到一处，必有记录当地歌舞的诗。因此，他的诗集里，有关唐代音乐的资料很多。《霓裳羽衣曲》是唐玄宗时新流行的法曲，到元和、长庆年间，地方上已很少有人能表演。

这首诗可以分成三层。开篇至“凝视谛听殊未足”为第一层，主要回忆当初观看《霓裳羽衣舞》的情景；由“一落人间八九年”到“闻道如今各星散”为第二层，主要叙述自己曾在杭州教练歌伎排演《霓裳羽衣舞》；第三层为“今年五月至苏州”至结尾，表达诗人对《霓裳羽衣舞》的重视，以及和元稹之间就舞曲进行的交流。

“我昔元和侍宪皇，曾陪内宴宴昭阳。千歌百舞不可数，就中最爱霓裳舞。”我在元和年间，曾侍奉宪宗皇帝，在宫里参与内宴，见过不少歌舞，我最爱的就是《霓裳羽衣舞》。“昭阳”是汉代皇宫名，在这里指代唐代皇宫。诗人在唐宪宗元和三年（808）五月拜左拾遗，元和五年除京兆府户曹参军。所以诗中所云参加内宴的时间，在元和三年五月至五年之间。“千歌百舞”说明诗人参加宴会之多，也为霓裳舞的独特做了铺垫。

接下来诗人交代了表演的时间、地点以及舞女的情况：“舞时寒食春风天，玉钩栏下香桉前。桉前舞者颜如玉，不着人家俗衣服。虹裳霞帔步摇冠，钿璎累累珮珊珊。娉婷似不任罗绮，顾听乐悬行复止。磬箫筝笛递相搀，击擫弹吹声逦迤。”当时观看《霓裳羽衣舞》是在寒食日，演出场所周围都是玉石做的栏杆。舞女们美貌如花，穿着不是平常人家能见到的衣服。她们的衣服如同彩虹一样艳丽，披肩像云霞一般夺目，头上插着各种精美的首饰，身上有许多玉佩。

舞女们看起来柔弱得连罗绮衣裳都嫌重，但却听着音乐的节奏走与停。当所有的乐器开始演奏时，音乐曲折连绵，富有变化。

紧接着诗人描绘了表演霓裳舞的盛况："散序六奏未动衣，阳台宿云慵不飞。中序擘騞初入拍，秋竹竿裂春冰坼。飘然转旋回雪轻，嫣然纵送游龙惊；小垂手后柳无力，斜曳裾时云欲生。烟蛾敛略不胜态，风袖低昂如有情。上元点鬟招萼绿，王母挥袂别飞琼。繁音急节十二遍，跳珠撼玉何铿铮。翔鸾舞了却收翅，唳鹤曲终长引声。当时乍见惊心目，凝视谛听殊未足。"《霓裳羽衣舞》的前奏曲有六遍，这个时候舞蹈没有开始。等到中序的时候，舞蹈便开始了，场上立马迤逦多姿了起来。舞女们舞姿曼妙，做小垂手动作时就像那无力下垂的柳条，裙角转动就像生出的云彩。舞女们眉目传情，那舞动的衣袖似乎也饱含着真情。她们的姿态一会儿像上元夫人在召唤仙女，又像西王母别离的景象。等到了繁音急节阶段，场上的情景又像跳珠撼玉，急促而激烈。最后，舞女们就像鸾凤飞舞后收了翅膀，而音乐像空中的鹤唳一般收束。当时看得惊心夺目，歌舞结束后还沉浸在其中。

"一落人间八九年，耳冷不曾闻此曲。湓城但听山魈语，巴峡唯闻杜鹃哭。移领钱塘第二年，始有心情问丝竹。玲珑箜篌谢好筝，陈宠觱篥沈平笙；清弦脆管纤纤手，教得霓裳一曲成。虚白亭前湖水畔，前后只应三度按。便除庶子抛却来，闻道如今各星散。"到外地做官八九年，再没听到演奏这一曲目。在江州只听到山魈夜语，在忠州只听到杜鹃悲啼。出任杭州刺史后，才有心情打听杭州的音乐。公务之余，常以排演《霓裳舞》为乐。无奈一离开，众歌伎如飞鸟投林四散而去，几年心血付之东流。

"今年五月至苏州，朝钟暮角催白头；贪看案牍常侵夜，不听笙歌直到秋。秋来无事多闲闷，忽忆霓裳无处问。闻君部内多乐徒，问有霓裳舞者无？答云七县十万户，无人知有霓裳舞。唯寄长歌与我来，题作霓裳羽衣谱。四幅花笺碧间红，霓裳实录在其中；千姿万状分明见，恰与昭阳舞者同。眼前仿佛睹形质，昔日今朝想如一；疑从魂梦呼召来，似着丹青图写出。"诗人念念不忘《霓裳舞》的重现，在苏州听说好友元稹的部属多有能歌善舞者，于是以书问之。元稹答以《霓裳羽衣谱》。诗人如获至宝，"眼前仿佛睹形质""疑从魂梦呼召来"等语表达了他的喜悦。

"我爱霓裳君合知，发于歌咏形于诗。君不见，我歌云：惊破霓裳羽衣曲。

又不见，我诗云：曲爱霓裳未拍时。由来能事皆有主，杨氏创声君造谱。君言此舞难得人，须是倾城可怜女。吴妖小玉飞作烟，越艳西施化为土。娇花巧笑久寂寥，娃馆苎萝空处所。如君所言诚有是，君试从容听我语：若求国色始翻传，但恐人间废此舞。妍蚩优劣宁相远？大都只在人抬举。李娟张态君莫嫌，亦拟随宜且教取。”原谱所写形象鲜明，使他仿佛看到了当初宫廷美人千姿百态的表演实况，犹如梦中一般。最后他决心以谱为据，在苏州重新教练歌伎排演。“但恐人间废此舞”表达了担心优美舞乐失传的思想。

诗歌叙述了诗人围绕《霓裳羽衣舞》在几十年间的沧桑变化，内容丰富，情节曲折。但在诗人的笔下，却极富条理。《唐宋诗醇》评价这首诗“叙次分明，层层照应，可当一篇《霓裳羽衣》记；情致缠绵往复，极一唱三叹之妙”。

答刘禹锡白太守行

吏满六百石，昔贤辄去之①；
秩登二千石②，今我方罢归。
我秩讶已多，我归惭已迟。
犹胜尘土下，终老无休期。
卧乞百日告，起吟五篇诗③。
朝与府吏别，暮与州民辞。
去年到郡时，麦穗黄离离；
今年去郡日，稻花白霏霏。
为郡已周岁，半岁罹旱饥。
襦袴无一片④，甘棠无一枝⑤。
何乃老与幼，泣别尽沾衣？
下惭苏人泪，上愧刘君辞！

注 释

① 昔贤：指邴曼容。他为官不肯逾越一定的界限，名声超过以清行著称的邴汉。

② 二千石：汉代太守的俸禄为两千石，唐代刺史与汉太守相当。

③ 五篇诗：原注："谓将罢官《自咏》五首。"

④ 襦袴（rú kù）：短衣与裤，亦泛指衣服。后以"袴襦"二字指代地方官吏的善政。

⑤ 甘棠：原指树，这里指称颂循吏的美政和遗爱。

题　解

这首诗是答刘禹锡的《白太守行》而作。唐敬宗宝历元年 (825) 白居易任苏州刺史，宝历二年（826）因眼病肺伤，请百日长假。假满遂罢苏州刺史。白居易在苏州任上时废寝忘食，勤心劳力，为苏州百姓造福，政绩斐然，深受苏州百姓的爱戴。离任时，苏州数十万民众挥泪相送，白居易十分感动，写有《别苏州》："青紫行将吏，斑白列黎氓。一时临水拜，十里随舟行。"诗人刘禹锡在《白太守行》中也记录了这感人至深的场面："闻有白太守，抛官归旧谿。苏州十万户，尽作婴儿啼。"

赏　析

赏析这首诗前，不得不补充下刘禹锡与白居易的关系。刘禹锡，字梦得，唐中期诗人，与白居易并称为"刘白"。两人友谊深厚，写有大量酬唱诗，编写《刘白唱和集》三卷，白居易曾以"四海齐名白与刘"自夸二人作品。这首诗就是他和刘禹锡的唱和之作。

"吏满六百石，昔贤辄去之；秩登二千石，今我方罢归。"那个贤人只要六百石的俸禄，还动辄罢官离去。我的俸禄两千石，直到今天才离职。"昔贤"指邴曼容。作者拿自己与"昔贤"做对比，隐含地表达了政治追求以及仕途上对自己的严格要求，这几句里面有谦虚，也有愧疚。愧疚什么呢？"我秩讶已多，我归惭已迟"，原来是因为拿的俸禄多，离职的时间晚。

"犹胜尘土下，终老无休期。卧乞百日告，起吟五篇诗。"都快入黄土的人了，却还在岗位上。因为生病告假百天，我为自己离职写了五首诗。

紧接着诗人由离职时的情景切入，谈在任上的情况："朝与府吏别，暮与州民辞。去年到郡时，麦穗黄离离；今年去郡日，稻花白霏霏。"早上与官吏告别，晚上与百姓离别。去年来到苏州的时候还是麦穗青黄，今年离开时稻子已经非常茂密。虽然白居易从到苏州做刺史至离去仅仅经历了一年，但这一年里他的所作所为已经深受百姓的爱戴，因此才有了"暮与州民辞"的情景。

"为郡已周岁，半岁罹旱饥。襦袴无一片，甘棠无一枝。何乃老与幼，泣别尽沾衣？下惭苏人泪，上愧刘君辞！”当苏州刺史已经满一年，中间还经历了一次旱灾。没给百姓更多更好的政令，也没给百姓留下美好的回忆，如何对得起那么多的老幼百姓痛哭流涕的送行。一来对不起百姓的眼泪，二来对不起刘禹锡的称赞。短短一年时间，诗人为百姓谋福利，深得百姓的爱戴，但是诗人仍然自责，认为这些都还不够，对不起百姓的口碑以及刘禹锡的称赞。诗人用“襦袴”“甘棠”两个典故自谦，更能体现他为民着想的仕途志向。实际上白居易在任期间一直为民造福，而且政绩斐然。

这首诗言辞恳切，诗人在表达对州民的愧疚之情的同时，一位拥有远大政治抱负，爱民如子、为民谋福利的父母官形象也清晰地浮现在读者的脑海里。

醉赠刘二十八使君

为我引杯添酒饮①，与君把箸击盘歌②。
诗称国手徒为尔③，命压人头不奈何④！
举眼风光长寂寞⑤，满朝官职独蹉跎⑥。
亦知合被才名折⑦，二十三年折太多⑧！

注　释

① 引杯添酒：斟满酒杯。
② 箸（zhù）：筷子。
③ 国手：指国内最优秀的人才。徒为尔：白白努力。
④ 不奈何：无可奈何。
⑤ 举：向上抬。
⑥ 蹉跎：受挫折，这里指失意贬官。
⑦ 折：折损，损害。
⑧ 二十三年：刘禹锡于唐顺宗永贞元年（805）旧历九月被贬连州刺史，赴任途中再贬朗州司马。十年后，奉诏入京，又复贬任连州刺史，转夔、和二州刺史。直至唐敬宗宝历二年（826），方得回京，预计回到京城时，已达二十三年。

题 解

刘二十八使君即刘禹锡，大概是刘禹锡在同宗同辈兄弟姊妹之间排行为第二十八，所以称他为刘二十八。至于使君，汉代称呼太守为刺史，汉以后用作对州郡长官的尊称。唐敬宗宝历二年（826），刘禹锡罢和州刺史任返洛阳，同时白居易从苏州回洛阳，两位诗人在扬州相逢。白居易在筵席上写下了这首诗相赠。刘禹锡写了《酬乐天扬州初逢席上见赠》来酬答他。全诗共八句五十六字，此诗称赞了刘禹锡的才华，对刘禹锡贬官二十三年的坎坷遭遇，表示了极度不平和无限感慨，抒发了两人同病相怜之情。

赏 析

白居易有两个好友，年轻的时候跟元稹交往最深，两人并称“元白”。而晚年则跟刘禹锡的关系较近，并称“刘白”。如果没有二人深厚的友谊，没有白居易对刘禹锡的肯定与欣赏，是不会有这首诗的。

“为我引杯添酒饮，与君把箸击盘歌。”你为我举起酒杯斟满酒，咱们一同狂饮，我为你拿着筷子敲碗碟吟唱诗歌。刘白二人相互赏识，也只有这样才有了无拘无束地把酒言欢、吟诗作乐。

“诗称国手徒为尔，命压人头不奈何！”哪怕你的诗在全国排在前面也没用，命不由人啊，不能出人头地也是无可奈何。“国手”一词可以看出诗人对刘禹锡的极尽赏识，但是如此优秀的人才也没办法改变命运坎坷的局面。这两句为下文刘禹锡的坎坷命运做铺垫。

“举眼风光长寂寞，满朝官职独蹉跎。”放眼望去别人都风风光光的，唯有你一直是孤独寂寞的状态。满朝的文武官员都在升迁，只有你却频繁遭遇种种不幸。一个“国手”遭遇的却是“长寂寞”，不能不说刘禹锡的命运太“蹉跎”了。作为刘禹锡的好友，诗人感到愤怒、失望，为刘禹锡抱打不平。

“亦知合被才名折，二十三年折太多！”你的才名太高，按理说遭受点挫折也正常，但是遭遇二十三年的曲折，这磨难也太多了。诗人一方面赞扬了刘禹锡的才情，另一方面对刘禹锡的曲折遭遇表示了同情，这种直率与坦诚绝不是写给一般人的，只有友谊深厚才有如此言语。诗人在为刘禹锡鸣不平的同时，实际上将矛头指向了上层统治者，批判了那些不珍视人才，甚至戕害人才的统治阶层。

刘禹锡为回赠这首诗，写下了《酬乐天扬州初逢席上见赠》："巴山楚水凄凉地，二十三年弃置身。怀旧空吟闻笛赋，到乡翻似烂柯人。沉舟侧畔千帆过，病树前头万木春。今日听君歌一曲，暂凭杯酒长精神。"有意思的是后人对刘禹锡的这首诗评价更高，尤其认为"沉舟侧畔千帆过，病树前头万木春"两句更能体现刘禹锡乐观、豁达的状态，相比该诗里白居易那副抱怨命运的状态更有意境。不可否认，刘禹锡的诗读来更加的坚韧与豪放，但白居易诗歌最主要的特点就是坦率、真诚，敢于直言，往往将各种问题写入诗中。

太 湖 石

烟翠三秋色，波涛万古痕。
削成青玉片，截断碧云根①。
风气通岩穴，苔文护洞门。
三峰具体小②，应是华山孙③。

注 释

① 碧云根：古人谓云起于深山高深之处，故称山石为云根。
② 具体小：具体而微小。
③ 华山：西岳华山，在陕西华阴。

题 解

这首诗于唐文宗大和（827—835）年间在洛阳所作。赏石之风兴起于中唐，白居易也是最早的收藏、鉴赏者之一。在这首对太湖石的描绘刻画中，诗人独到的眼光和想象力得以展现。白居易在《太湖石记》中评价太湖石卓越："石有族聚，太湖为甲，罗浮、天竺之徒次焉。"太湖石出于太湖洞庭山，以生水中者为贵。

赏 析

诗人一开始先介绍太湖石的形成原因："烟翠三秋色，波涛万古痕。削成青玉片，截断碧云根。"青蒙蒙的石头在水中经受着波涛水浪的拍打，那些山石被削成了青玉一般的状态。

接下来作者写太湖石的形状及特征："风气通岩穴，苔文护洞门。三峰具体小，应是华山孙。"因为石头在水中为波涛所击打，所以都成了镂空的状态，可以通气，像似洞穴，露出水面的部分上面还有些苔纹。"应是华山孙"将自然石比作大山的缩影，视为华山的儿孙，既寓意深远，又形象生动。

白居易爱石，他写下了《双石》《莲石》《问友琴石》等咏石诗作多篇，但白居易更爱太湖石，除过这篇《太湖石》外，诗人还有一篇《太湖石记》，这是中国赏石文化中第一部山石的专著，详细论述了太湖石的产地、观赏特点、欣赏价值和分类标准，在赏石史上具有划时代的意义。为了便于欣赏、收藏和交换，白居易在《太湖石记》中将太湖石分为若干品级："石有大小，其数四等，以甲乙丙丁品之。每品有上中下，各刻于石阴。"这种分级的方法，开中国赏石分级品赏之先河。这部著作是对赏石文化理论和实践应用的高度概括，标志着中国的赏石文化已进入了昌盛时期。

白居易晚年辞官闲居洛阳，与石为友，常与告老定居洛阳的一代名相牛僧孺一道赏石、咏石，结下了深厚的友谊。作为诗人，白居易在其玩石、写石、咏石中，不但注入了自己的许多想象、联想和精神寄托，从赏石中引发出种种对人生的感悟，更珍贵的是融进了他的赏石方法、理念以及他对赏石文化的理解，因而他的石诗、石文对后世的赏石理念、赏石方法均有深远的影响。

晚 桃 花

一树红桃亚拂池①，竹遮松荫晚开时。
非因斜日无由见，不是闲人岂得知？
寒地生材遗校易②，贫家养女嫁常迟。
春深欲落谁怜惜？白侍郎来折一枝③。

注 释

① 亚：通“压”，使低。杜甫《上巳日徐司录林园宴集》：“鬓毛垂领白，花蕊亚枝红。”
② 校：比较，较为。
③ 白侍郎：白居易时为刑部侍郎。

题 解

这首诗于唐文宗大和三年（829）作于长安，是一首咏物抒怀诗。由于经历了官场上的种种遭遇，加之进入了暮年，白居易从政热情进一步低落，思想开始由之前的“兼济天下”转向“独善其身”。而大和三年就是这个转折点。诗人由桃花晚开联想到出身低微的读书人更容易被抛弃，表达了一种落寂无奈的感慨。

赏 析

“一树红桃亚拂池，竹遮松荫晚开时。”池边一树桃花开得正艳，那桃枝低低地掠过水面。因为竹子遮挡阳光，松树又给它阴凉的缘故，所以这树桃花开得晚。这两句交代出了桃树恶劣的生存背景：受到竹子和松树的遮挡，无法接受阳光。实际上也是为下文的“寒士”做铺垫，他们出身卑微而又难以在仕途上得到发展。

“非因斜日无由见，不是闲人岂得知？”要不是因为太阳斜射照在桃花上还真看不见，不是我这样的闲人又怎么会看到晚开的桃花。“无由见”“岂得知”说明桃花的处境，即便是艳丽地开放，一般人也看不到。这也是在说，寒士即便才能出众也不会轻易被发现，如果没有遇见一个好的官员，寒士连被发现的可能都没有。

紧接着作者切入主题：“寒地生材遗校易，贫家养女嫁常迟。”那些在贫瘠环境里成长出来的材料都比较容易被遗弃，家境困难的家庭养的女儿也是常常出嫁很晚。诗人在宦海多年，他深知道那些出身卑微、贫贱的底层读书人，穷其一生考取功名，但往往在仕途上并不顺利，甚至常常遭受到各种挫折。这晚开的桃花跟这些寒士是多么的相似！

“春深欲落谁怜惜？白侍郎来折一枝。”春天已经快要过去，晚开的桃花也要凋落了。谁又来怜惜这些桃花呢？我不妨折一枝保存下。这两句表达了诗人对寒士处境的无奈与同情。

这首诗借物抒情，看似诗人是在写一树晚开的桃花，实际上表达了对出身卑微读书人生存不易的感慨。

引　泉

一为止足限[①]，二为衰疾牵；
邴罢不因事[②]，陶归非待年[③]。
归来嵩洛下[④]，闭户何翛然[⑤]！
静扫林下地，闲疏池畔泉。
伊流狭似带[⑥]，洛石大如拳。
谁教明月下，为我声溅溅[⑦]。
竟夕舟中坐，有时桥上眠。
何用施屏障？水竹绕床前。

注　释

① 止足：《老子》四十四章："知足不辱，知止不殆。"
② 邴罢：邴，指邴汉，西汉末年以清行而见称的名士。据《汉书·龚胜传》记载，王莽秉政时，他不屑与汉贼同流合污，而辞官归隐，保全了自己的声誉。
③ 陶：指陶渊明。归：指辞官归隐。
④ 嵩：嵩山，在河南登封。洛：洛水，流经洛阳。
⑤ 翛（xiāo）然：自由自在。《庄子·大宗师》："翛然而往，翛然而来。"
⑥ 伊流：伊水，在洛阳东与洛水汇合。
⑦ 溅（jiān）溅：水疾流貌。

题　解

该诗于唐文宗大和三年（829）在洛阳所作。这一年白居易罢刑部侍郎，以太子宾客分司东都。诗人之所以去东都洛阳任一个虚设的官职，是因为中唐时期宦官弄权，朝政紊乱，仕途险恶，官员不得不考虑归隐以明哲保身。白居易没有在京城做官，也不是退隐到偏远的山林，在保障物质生活的同时避开了政治的倾轧。此诗表现了作者自求闲退、以止足为乐的思想，描写了闲居生活的乐趣。

赏　析

唐文宗大和三年（829），白居易的思想发生了重大的变化。思想开始由之前的“兼济天下”变为“独善其身”。出现这样的变化，除了进入暮年外，归根结底是因为朝政的混乱，导致白居易对仕途的失望。“大隐隐于闹市，小隐隐于山林”，白居易选择了离开长安去洛阳担任一个虚职，这实际上是一种“中隐”。这首诗反映了白居易思想转变初期的一些想法。

作者一开始就为自己到东都洛阳任职进行铺垫：“一为止足限，二为衰疾牵；邴罢不因事，陶归非待年。”一是因为知道知足就不会受辱，明白适可而止就不会危险。二来因为疾病和衰老的限制，所以才到东都任个虚职。邴汉辞官是因为不屑于同流合污，陶渊明回归故里也不是因为年老而辞官。随着年龄的增长，诗人有了“知足不辱，知止不殆”的理念，开始注重独善其身。官场的险恶生态，让他对仕途失望，但迫于生计，不得不去东都任虚职。“邴罢”“陶归”指邴汉与陶渊明，这里用二人辞官的典故体现了白居易的政治理想。

接着作者开始描绘到洛阳后的闲适状态：“归来嵩洛下，闭户何翛然！静扫林下地，闲疏池畔泉。”回到嵩山洛水旁，闭门不出是何等的自由自在。安详地去扫那树下的落叶，有空了就去清理下池畔的水流。诗人描绘了一幅悠然自乐的图画。

“伊流狭似带，洛石大如拳。谁教明月下，为我声溅溅。竟夕舟中坐，有时桥上眠。何用施屏障？水竹绕床前。”伊水狭长得像条玉带，洛水里的石头大的像拳头，不知是谁让它们在明月下为我溅起水流的声音。整个黄昏都在舟中坐着，有时候就睡在桥上。不用设置什么屏障，水竹绕床不就是最好的屏障吗？这几句将诗人的闲适、豁达心情描绘得淋漓尽致。

这首诗闲适幽静，读来有一种从容之感，符合诗人当时的生活状态和心态。

春　　词

低花树映小妆楼①，
春入眉心两点愁。
斜倚栏干臂鹦鹉，
思量何事不回头？

注　释

① 妆楼：指妇女的居室。唐代沈佺期《侍宴安乐公主新宅应制》诗："妆楼翠幌教春住，舞阁金铺借日悬。"

题 解

这首诗作于唐文宗大和三年（829）。诗中描绘了一位女子独立于小妆楼内，愁眉不展，斜倚栏杆，心事重重，久不回头。至于为何而愁，诗人没有点明。该诗作后，刘禹锡写了一首同题和诗："新妆宜面下朱楼，深锁春光一院愁。行到中庭数花朵，蜻蜓飞上玉搔头。"两首诗都主要写女子的愁绪。

赏 析

诗人一开始先交代场景："低花树映小妆楼"。庭院花开，树木掩映中有一栋妆楼。如此我们就可以判断，主人公是一个女子。"低花树映"说明时节，也为下文的"愁"做铺垫。

"春入眉心两点愁"，满园的春色，但她看到后却依然是忧愁的样子。春天本来是生机与活力的表现，我们不禁要问一个女子为何看到如此美景依然忧愁？这句总写了女子的状态，为全诗定下了"愁"的基调。

"斜倚栏干背鹦鹉"，女子斜倚着栏杆，背后是鹦鹉。满面的愁容，又倚靠着栏杆发呆，由此可见女子心事之重。那么她到底在想什么呢？是莫名的伤感还是因为丈夫的无情？是迫于生计还是苦于名利？这一切诗人没有交代，给读者留下了巨大的想象空间。

一个女子如此忧愁地发呆，陷入深深的思绪中，即便后边的鹦鹉叽叽喳喳的吵闹也不回头。这一画面让人疑惑，于是诗人不禁发出了感慨："思量何事不回头？"她究竟是因为什么而这么投入呢？

这首诗细腻含蓄，韵味深厚，《唐诗镜》评价说"每觉浅出藏情"。全诗围绕着"愁"去写，描绘一个在春光烂漫的日子里，斜倚栏杆、背向鹦鹉、眉目含愁的年轻女子形象。景美人愁，以"思量何事不回头"问句作结，轻轻一拨，引而不发，意味深长。《唐宋诗醇》评价这首诗"艳体妙于蕴藉"。

耳顺吟寄敦诗、梦得

三十四十五欲牵[1]，七十八十百病缠；
五十六十却不恶，恬淡清净心安然。
已过爱贪声利后，犹在病羸昏耄前[2]。
未无筋力寻山水，尚有心情听管弦。
闲开新酒尝数盏，醉忆旧诗吟一篇。
敦诗梦得且相劝，不用嫌他耳顺年。

注 释

① 五欲：佛教称眼知色、耳闻声、鼻知香、舌知味、身知触，人所贪恋，为五欲。

② 昏耄（mào）：昏乱。

题 解

该诗于唐文宗大和五年（831）在洛阳而作。作者此年六十，作此诗与朋友互勉，以顺其自然的态度对待老年的到来，摆脱恐惧和哀伤的心情。耳顺，六十岁。《论语·为政》:“六十而耳顺。”敦诗，即崔群，字敦诗。官至吏部尚书。梦得，刘禹锡。二人为白居易好友。白居易《花前有感兼呈崔相公刘郎中》:“何事同生壬子年，老于崔相及刘郎？”崔群、刘禹锡、白居易三人为同一年（772）出生，所以说都到了耳顺之年。

赏 析

这首诗表现了诗人安时处顺的旷达胸怀，这与他后期极力张扬的乐天知命、与世无争的独善主义是离不开的。仕途险恶，加上已经达到耳顺之年，诗人的思想再次发生了变化。

“三十四十五欲牵，七十八十百病缠；五十六十却不恶，恬淡清净心安然。”人啊，在三四十岁时总是受到财、色、名、食、睡这五欲的牵绊，七八十岁又百病缠身不得轻松。只有五六十岁才不坏，生活安逸又身心宁静。诗人此年六十岁，经历了多年的宦海生活与磨砺，他对人生有了更深层次的感悟，开始过一种自己喜欢的安逸生活。

“已过爱贪声利后，犹在病羸昏耄前。未无筋力寻山水，尚有心情听管弦。”在已经过了贪恋声色、名利的年龄后，还没有成为老弱病残、头眼昏花。还有精力去寻山问水，也有听音乐的心情。诗人继续描绘这个年龄段的生活状态，六十岁既没有仕途的压力，又不至于老眼昏花，诗人表达出一种宁静自足的心态。

“闲开新酒尝数盏，醉忆旧诗吟一篇。敦诗梦得且相劝，不用嫌他耳顺年。”有空的时候开坛新酿的美酒喝它几杯，喝醉了就回想以前的诗吟诵一番。在这里与崔群、刘禹锡互相劝勉，不要顾忌已经六十岁了。崔群是白居易的好友之一，他们交往四十多年，时有书问馈赠，留有诗文多篇，成为文学史上的佳话。白居易的晚年更是与刘禹锡友谊深厚，相互倾慕，写下了很

闲开新酒尝数盏

多的唱和之作。

有趣的是白居易与崔群、刘禹锡三人都是唐代宗大历七年（772）生，在写诗的这年均为六十岁。诗人写这首诗的目的是劝勉朋友以顺其自然的态度对待老年的到来，摆脱恐惧和哀伤的心情。全诗既没有典故，也没有华丽的辞藻，平静的叙述中却展现了浓浓的情谊，读来顺畅感人。

哭 崔 儿

掌珠一颗儿三岁，鬓雪千茎父六句①。
岂料汝先为异物，常忧吾不见成人。
悲肠自断非因剑，啼眼加昏不是尘。
怀抱又空天默默，依前重作邓攸身②！

注 释

① 六旬：六十岁。

② 邓攸：据《晋书·邓攸传》记载，邓攸的弟弟很早就过世了，留下一子。当时社会动荡，邓攸与妻子带着自己的儿子与侄子一起逃亡。由于担心带两个孩子逃亡会被胡人追上，故舍子取侄，带侄子逃走。

题 解

唐文宗大和五年（831）在洛阳作。崔儿是白居易的儿子，大和三年（829）生。白居易老年得子，本来是一件开心的事情。但遗憾的是崔儿不到三岁便丧命，这对白居易来说是个沉痛的打击，他的悲痛失望之情尤为强烈。这首诗表达的便是这种深重的哀伤。

赏 析

“掌珠一颗儿三岁，鬓雪千茎父六旬。”我就像对待掌上明珠一样对待着三岁的崔儿，因为我已经头发花白六十岁了。白居易老来得子，对崔儿自是万分珍视喜爱，崔儿在他眼里就是“掌珠一颗”。如此喜爱的崔儿却离世了，诗人怎能不悲痛？“儿三岁”指崔儿才三岁，实际上从出生到离世，崔儿不满三岁。

“岂料汝先为异物，常忧吾不见成人。”想不到你先离开人世，我还常常担心看不到你成年。这两句为倒装，诗人原本憧憬着孩子的未来，担心自己看不到崔儿的成年便离开人世，没想到崔儿竟然走在前面。老年丧子，白发人送黑发人，这种伤痛是莫过于人生中最大的痛苦。

“悲肠自断非因剑，啼眼加昏不是尘。”满肚子的愁肠断了并不是因为刀剑的缘故，流泪的眼睛都昏花了也不是因为进了尘土。“悲肠自断”进一步说明崔儿离世对诗人的打击，如此的痛苦以至于不停地流泪，让眼睛昏花，所以诗人“啼眼加昏不是尘”。

“怀抱又空天默默，依前重作邓攸身！”我的怀抱又空了，只能默默地看着天空，这种伤痛跟邓攸是一样的。晋朝，北方胡人入侵，邓攸带着妻子、孩子逃亡他乡。因为在逃亡的路程中缺少粮食，邓攸劝说妻子舍弃自己的儿子而保留死去弟弟的孩子，但后来生活安定后妻子却未再怀孕。

崔儿的离世让白居易还写下另一首《初丧崔儿报微之晦叔》：“书报微之晦叔知，欲题崔字泪先垂。世间此恨偏敦我，天下何人不哭儿。蝉老悲鸣抛蜕后，龙眠惊觉失珠时。文章十帙官三品，身后传谁庇荫谁。”老年丧子对白居易是个沉重的打击，“欲题崔字泪先垂”，就连提笔写字用到“崔”字时也会泪流满面，这种苦楚到了极致。

这首诗情真意切，满篇都弥漫着沉沉的悲痛，读来不禁让人动容。

新制绫袄成，感而有咏

水波文袄造新成[①]，绫软绵匀温复轻。
晨兴好拥向阳坐，晚出宜披蹋雪行[②]。
鹤氅毳疏无实事[③]，木绵花冷得虚名[④]。
宴安往往欢侵夜，卧稳昏昏睡到明。
百姓多寒无可救，一身独暖亦何情！
心中为念农桑苦[⑤]，耳里如闻饥冻声。
争得大裘长万丈，与君都盖洛阳城！

注 释

① 水波文：绫的花纹如水波。
② 蹋：同“踏”，踩踏。
③ 鹤氅（chǎng）：鸟羽所制外套。毳（cuì）：鸟兽细毛。
④ 木绵：即草棉（棉花），古亦称木绵。
⑤ 农桑：农业，农事。

题 解

这首诗作于唐文宗大和五年（831），诗人时任河南尹。白居易晚年对官场心灰意冷，远离政治中心，写下了很多闲适诗，但他关心百姓疾苦的思想始终没有泯灭。这首诗由自己一身独暖而联想到百姓多寒，与早年所作《新制布裘》诗主题相通。

赏 析

这首诗可以分为两层，前八句为第一层，主要描述绫袄的外表及质地；后六句为第二层，写作对象突转至挨饿受冻的百姓身上，体现了诗人对贫苦百姓的同情与关注。

“水波文袄造新成，绫软绵匀温复轻。晨兴好拥向阳坐，晚出宜披踏雪行。”新制成的棉袄有着水波一样的纹路，面料用的是柔软的绫缎，里面填充的棉花松软匀称，所以绫袄既保暖又轻便。“水波文袄”是说棉袄的外表，“温复轻”则说明棉袄质量上乘。

如此一件高档的御寒衣物确实带给诗人良好的感觉：“晨兴好拥向阳坐，晚出宜披踏雪行。”晴天早上可以穿着去晒太阳，晚上又可以披着踏雪行走。“好”“宜”二字强调棉袄使用起来让人觉得舒心。

紧接着诗人用对比来表现绫袄的卓越品质：“鹤氅毳疏无实事，木绵花冷得虚名。宴安往往欢侵夜，卧稳昏昏睡到明。”跟身上的这件绫袄相比，贵族们的那些鸟兽细毛做的衣服显得华而不实，纯棉衣服也只是徒有虚名。每个宴会结束后的寒冷夜晚，我穿着绫袄昏睡到天亮。“鹤氅毳疏”“木绵”在当时都属于珍稀品，而跟诗人身上这件绫袄相比，它们都差远了。

但是诗人能真正的昏睡吗？不，诗人想到了广大的贫苦民众：“百姓多寒无可救，一身独暖亦何情！”那么多百姓在寒冷的天气里没有御寒的衣物，我一人就是穿得再暖和心里也不是滋味。诗人惦记着底层的百姓，关心他们的命运。“心中为念农桑苦，耳里如闻饥冻声。”心里想着百姓农作的辛苦，耳朵里仿佛听到他们挨冻受饿的痛苦声音。

于是诗人发出了感慨："争得大裘长万丈，与君都盖洛阳城！"什么时候才能有长万丈的大棉衣，这样让整个洛阳都没有挨冻的。这两句深刻体现了白居易关怀百姓，同情民众疾苦。与杜甫《茅屋为秋风所破歌》中"安得广厦千万间，大庇天下寒士俱欢颜"有异曲同工之妙。

这首诗主要运用对比的手法，前文新制棉袄的舒适暖和与后文百姓的寒冷难忍形成强烈的反差，显得真实可信。全诗也体现了诗人关怀百姓疾苦的品质。

天 津 桥

津桥东北斗亭西①，到此令人诗思迷②。
眉月晚生神女浦③，脸波春傍窈娘堤④。
柳丝袅袅风缫出⑤，草缕茸茸雨剪齐。
报道前驱少呼喝⑥，恐惊黄鸟不成啼。

注 释

① 斗亭：洛阳城落水与漕渠分流处置有一斗门（控制蓄池水量的通口），上有桥，桥上有屋亭，简称斗亭。

② 诗思：诗情。

③ 眉月：新月。神女浦：地名，具体位置不详。

④ 脸波：眼神。窈娘堤：天津桥附近的一个堤。

⑤ 缫（sāo）：把蚕茧在滚水里抽丝。此处借指风使柳丝发芽生长。

⑥ 报道：告诉，命令。前驱：开道的人。

题 解

本诗约作于唐文宗大和六年（832）至大和七年（833）之间，白居易时任河南尹。诗文中“津桥”指“天津桥”，始建于隋炀帝大业三年（607），原是一座浮桥。古人把洛水誉为“天汉”，即天河（银河），而洛阳就是天帝的居所——“紫微宫”，天津即天河的渡口，故名“天津桥”。隋唐时，天津桥是连接洛河两岸的交通要道，十分繁华。桥上有四角亭，桥头有酒楼。据说，天快亮的时候漫步天津桥上，抬头会看见一弯明月，低头则可以看到河面波光粼粼。这种景象被称为“天津晓月”，号称“洛阳八景”之一。

赏 析

这首诗主要描写春天来临之时，诗人游玩洛阳城的情景。

“津桥东北斗亭西，到此令人诗思迷。”天津桥东北方向至斗亭以西的景色实在优美，一到这里就让人诗情大发。诗人一开始就交代了游玩地点，强调了天津桥风光之美。

“眉月晚生神女浦，脸波春傍窈娘堤。”一轮新月从神女浦上方升起，月光照在窈娘堤。“眉月”就是新月，“脸波”则将新月拟人化，此时的月亮仿佛一个女子，目光清澈地注视着窈娘堤。

“柳丝袅袅风缫出，草缕茸茸雨剪齐。”一阵春风拂过，垂柳细长如丝的枝条纷纷发芽，伴着春雨，那地上的草也整齐地长出来。“柳丝袅袅”“草缕茸茸”表现风景的优美，此时大地苏醒，万物回春，天津桥附近春意盎然。“风缫出”“雨剪齐”又把风、雨拟人化，既写活了风、雨，也形象地表达春天如同一个使者，来到了人间，带来了绿色。

“报道前驱少呼喝，恐惊黄鸟不成啼。”告诉前面开道的人别大声喝叫，以免惊吓到黄雀，不能再听到它们啼叫。诗人有着一颗天真烂漫的童稚之心，这才有了如此细腻的嘱咐。实际上我们也可以想象，天津桥附近草木新绿、鸟雀鸣叫，在如此优美的环境下，诗人正沉浸其中欣赏，又怎会忍心让别人来破坏这一醉人的画面呢？

这首诗大量运用拟人手法，将天津桥附近的景物描绘成一个个惊艳绝伦的女子，读来春意盎然，颇有韵味。

寄刘苏州

去年八月哭微之[1]，今年八月哭敦诗[2]。
何堪老泪交流日，多是秋风摇落时！
泣罢几回深自念，情来一倍苦相思。
同年同病同心事，除却苏州更是谁？

注　释

① 微之：即元稹，字微之，白居易好友，早年与白居易提倡“新乐府”，二人并称“元白”。卒于唐文宗大和五年（831）。
② 敦诗：即崔群，白居易好友，卒于唐文宗大和六年（832）。

题 解

刘苏州，即刘禹锡。刘禹锡原是京官监察御史，“永贞革新”后受尽冷遇，唐文宗大和六年（832）被贬为苏州刺史。在白居易的晚年，刘禹锡是关系最为亲密的朋友。两人不仅政治抱负一致，诗歌主张一致，而且两人都生于唐代宗大历七年（772），有同庚之谊。本诗作于大和六年，是白居易写给刘禹锡的，故题为《寄刘苏州》。

赏 析

“去年八月哭微之，今年八月哭敦诗。”去年八月的时候元稹去世，今年八月的时候崔群又去世。去年指的是唐文宗大和五年（831）。崔群曾在唐宪宗元和十三年（818）帮助白居易从江州司马升任至忠州刺史，所以白居易终生难忘。去年八月至今年八月，仅仅相隔一年，诗人失去了两位挚友，那种悲痛的心情我们可以想象。于是诗人一开始便自然地流露出了友人离世的真实状态：悲不能抑，痛哭流涕。

“何堪老泪交流日，多是秋风摇落时！”让人受不了的是老朋友离世都是在秋风扫落叶的时候。看来诗人已经怕了秋风，因为秋风不仅吹动树叶，而且这个时刻意味着朋友的离去。一个个志同道合的好友离去，怎么能不让诗人“老泪交流”。

“泣罢几回深自念，情来一倍苦相思。”哭泣几次后又陷入深深的思念，每次哭泣后越发感到孤独和悲苦。“泣罢几回”就是哭泣了好几次，说明对老友的思念之强烈，那种痛失好友的情绪在这反复几次的哭泣里表现得淋漓尽致。

“同年同病同心事，除却苏州更是谁？”和我同一年出生同一年生病，又有着同样的心事，如今这个人除了刘禹锡还能是谁呢？只有刘禹锡才能理解、明白他的心境、思绪和情感，诗人只好向老友倾诉这些烦恼。

这首诗在写法上别具一格，诗人开门见山地点出与元稹、崔群的友谊，表明自己对他们的怀念以及哀痛之情。但在结尾，诗人以反问的语气来强调，他和刘禹锡的友谊，跟与元稹、崔群的友谊是一样的。最终说明，白居易为人特别地珍视友情。

杨柳枝词

一树春风千万枝，
嫩如金色软于丝。
永丰西角荒园里，
尽日无人属阿谁[①]？

注　释

① 阿谁：唐宋时期口头语言，意即“谁”。

题 解

杨柳枝，唐教坊曲名。关于这首诗，当时河南尹卢贞有一首和诗，并写了题序说：“永丰坊西南角园中，有垂柳一株，柔条极茂。白尚书曾赋诗，传入乐府，遍流京都。近有诏旨，取两枝植于禁苑。乃知一顾增十倍之价，非虚言也。”卢贞于武宗会昌四年（844）七月为河南尹（治所在洛阳）。永丰坊为唐代东都洛阳坊里名称。白居易于唐武宗会昌二年（842）以刑部尚书致仕后寓居洛阳，直至会昌六年（846）卒。据此推知，此诗约作于会昌三年至五年之间。

赏 析

这首诗借描写杨柳而言志，是一首咏物诗。

柳树在诗人笔下常常与春天紧密关联：“一树春风千万枝，嫩如金色软于丝。”春风吹拂，千万枝柳条随风起舞，那些嫩黄的枝条像丝带一样轻盈。一棵柳树有千万枝条，可见柳树之繁茂。在春风的吹拂下，如此茂密的柳枝随风招展，煞是好看。“嫩于金色软于丝”表现的是柳枝的状态——嫩黄、柔软。“金色”“丝”贴切形象，将柳枝的颜色与状态描绘得淋漓尽致。“如”，也作“于”，与后面“于”连用，一方面突出了柳条的软与嫩，另一方面让诗文的节奏更加灵巧轻快。

美好的事物理应有一个好的归宿，但是诗人笔锋一转，写的却是柳树荒凉冷落的处境：“永丰西角荒园里，尽日无人属阿谁？”这棵柳树长在永丰坊一个荒废的园子里，照不到太阳，平日里没人照看。如此动人的柳树却有着凄凉的遭遇，因为出身的问题得不到人们的重视。实质上诗文至此，诗人想要表达的思想已经全部交代出来：这些柳树不就跟那些怀才不遇的文人一样吗？

这首诗语言直白，咏物与寓意熔为一炉，对柳树的描写生动传神。看似是在抒写对永丰柳树的惋惜之情，实质上是对当朝埋没人才的无奈感慨，饱含了诗人的强烈情感。

惜牡丹花

惆怅阶前红牡丹①，
晚来唯有两枝残②。
明朝风起应吹尽③，
夜惜衰红把火看④。

注　释

① 惆怅：伤感，愁闷，失意。
② 残：凋谢。
③ 明朝：明天。
④ 把火：手持火把。

题　解

牡丹被誉为国色天香，向来多入诗人的笔下。《惜牡丹花》，看到题目如若依常理去推测，内容一定是看到花落而感到惋惜！但白居易这首诗一反常情，由鲜花盛开之时想到红衰香褪之日，表现了对牡丹的无限怜惜，寄寓了岁月流逝、青春难驻的深沉感慨。

赏　析

作者是喜爱牡丹的。“惆怅阶前红牡丹”，本诗首句便透露出了一种惋惜的基调。“惆怅”红牡丹，让人不禁联想，是不是红牡丹已经凋谢了？立刻将读者引入到“惜花”的情境当中。

“晚来唯有两枝残”，原来只有两枝凋零而已。“唯有两枝”说明诗人赏花细心，将满园的花朵都看遍了，而且数的一清二楚，满园的牡丹花开得正艳。这句将诗人的惜花之情表现得淋漓尽致。看起来，满园的牡丹花盛开，只有两枝凋零而已，用不着惆怅了。但是作者新的担心又来了，既然已经有凋零的了，那么证明春天快要走了，牡丹花还是要凋谢的。

“明朝风起应吹尽”，盛开的牡丹随时会遭受风雨的袭击而凋谢，要是刮一场风，这美丽的牡丹花怕是看不到了。“应”表示作者并不肯定第二天会刮风，只是担心而已，但这简单的一个“应”字却体现了作者的惜花之情。

“夜惜衰红把火看”，担心半夜里牡丹花就凋谢完了，索性晚上举着火把看牡丹花。如果前三句的惜花之情算是层层递进的话，那么此时的惜花之情已经到了登峰造极的地步。怕看不到花朵的盛开，于是晚上打着火把看花，这样的行为可以说是喜欢牡丹到了极致。

至此，我们便不难理解诗人为什么一开始就“惆怅”，因为他爱极了牡丹，所以一旦牡丹凋谢，他的心情定会跌到低谷。此时再看首句的“惆怅”，便觉得合情合理。

此诗虽然通俗浅显，但白居易惜花的表述方式很独特，不是直接去描写残花落红，而是独辟蹊径从其他角度入手，“明朝风起应吹尽，夜惜衰红把火看。”

拿着火把晚上看花，这才是惜花的极致。

白居易的这种写作风格影响了很多后人。如李商隐的《花下醉》:“客散酒醒深夜后，更持红烛赏残花。”这里换成了红烛赏花，而且更加伤感；苏轼的《海棠》里把花朵拟人化，点着蜡烛惜花：“只恐夜深花睡去，故烧高烛照红妆。”李商隐和苏东坡这两首诗历来更为人们所称道，可以说也有白居易的一份功劳。

客 中 月

客从江南来，来时月上弦①。
悠悠行旅中，三见清光圆。
晓随残月行②，夕与新月宿③。
谁谓月无情，千里远相逐。
朝发渭水桥，暮入长安陌。
不知今夜月，又作谁家客？

注 释

① 上弦：形状似弓弦向上的月牙儿。
② 残月：农历月底的月亮或月相。
③ 新月：农历每月初的弯形月亮。

题 解

本诗写作时间不详，但从内容看，应该是中年以后的作品。“客中月”，就是旅途中的月亮。“客”指诗人自己。全诗围绕自己和月亮的关系展开诗文。诗人离开江南回长安，旅途整整三个月，一路陪伴的只有那轮千古明月。作者对月亮充满了感激之情，也说明诗人一路无人相伴，旅途孤寂清冷。

赏 析

“客从江南来，来时月上弦。悠悠行旅中，三见清光圆。”我从江南回长安，出发的时候是上弦月。在漫长的旅途中，三次看见圆圆的月亮。“悠悠”意为遥远，强调旅途之久。“三见清光圆”指看见月圆三次，也就是旅途经历整整三个月时间。

“晓随残月行，夕与新月宿。”清晨伴着残月行走，晚上又在新月下宿眠。“晓”与“夕”相对，“残月”与“新月”相对，白天伴着月亮赶路，晚上又在月辉下休息。在漫长艰辛的路途中，诗人孤单一人，只能伴月而行。

“谁谓月无情，千里远相逐。”谁说月亮无情，我行走了千里，它一直追随陪伴着。“无情”“相逐”将月亮拟人化，在这一路的行走中，月亮已经不是单纯的月亮，而是成为诗人的一个旅伴。诗人以反问的方式表达了对月亮在孤寂路途一路相伴的感激之情。

“朝发渭水桥，暮入长安陌。”早晨涉过了渭水，踏过了渭水桥，傍晚赶到了京城的小道。进了长安城，诗人这一路的艰辛总算终结了。但是诗人依然对月亮充满感情，于是又有最后的想象。

“不知今夜月，又作谁家客？”不知道今晚的月亮，又去陪伴哪位旅途中的客人。这两句是对月亮的发问，饱含着诗人对月亮的感激成分。

这首诗以“客”开场，以“客”结尾，全诗都围绕“客”与“月”的关系展开描写。古人与月亮有着深深的渊源，中国文人更是有很重的月亮情结。人在旅途，一轮明月挂在天空，身边又无家人好友相伴，诗人必是感慨颇多。这首诗在流露出对月亮感激之情的同时，也表现出了诗人一路的艰辛与寂寞。

长相思两首（其一）

汴水流[①]，泗水流[②]，流到瓜洲古渡头[③]。
吴山点点愁[④]。
思悠悠，恨悠悠，恨到归时方始休。
月明人倚楼。

注 释

① 汴水：即汴渠，自荥阳与黄河分流，向东南流。
② 泗水：发源于山东泗水，入于淮河。
③ 瓜洲古渡：在江苏扬州的瓜洲镇。
④ 吴山：在浙江杭州。

题 解

《长相思》是唐教坊曲名，多表现男女情爱。原词两首，这里选了第一首。白居易这首《长相思》的写作对象是他的侍妾樊素。樊素善歌《杨柳枝》，因又名柳枝。因为种种原因，樊素自求离去，白氏在《别柳枝》绝句中说："两枝杨柳小楼中，袅袅多年伴醉翁。明日放归归去后，世间应不要春风。"可见作者对于樊氏的离去十分伤感。

赏 析

相思从来是文人墨客的一个重要的话题，自古也产生了太多太多关于相思的诗句。单以"长相思"为题的就有不少的作品，南朝的陈后主，到唐代的李白、白居易都有所涉及。

"汴水流，泗水流，流到瓜洲古渡头。吴山点点愁。"汴水长流啊，泗水长流，一直流到了瓜洲古渡口。江南的群山啊，都像是在频繁地点头，诉说着绵长的忧愁。古人常常用流水来表示忧愁，例如南唐后主李煜《虞美人》的"问君能有几多愁，恰似一江春水向东流"一句，最具代表性：那愁与恨怎么来形容，像江水一样连绵不绝又不可阻挡。这句在所有词句中堪称"千古一愁"，愁到了极致。而在本词里，诗人用汴水、泗水的流动，来表现对侍妾的相思。

白居易的侍妾樊素是杭州人氏，因此她要回杭州必须通过京杭大运河，而汴水和泗水则是京杭大运河的重要组成部分。这样一来，汴水和泗水能够流到江苏扬州的瓜洲古渡口去便是理所当然，诗人用侍妾樊素家乡杭州所在的"吴山"来诉说对她的相思也在情理之中。

"思悠悠，恨悠悠，恨到归时方始休。月明人倚楼。"止不住的思念，停不下的怨恨，而这一切的思念与怨恨只有你回来才会停止，等你回来了我们一起在月下依楼而望。用了两个"悠悠"，强化了忧愁的程度，"恨到归时方始休"则表现了对爱人的思念至深。

这首词形式短小，却有着绵远悠长的韵味，将相思之痛、离别之苦表现得淋漓尽致。俞陛云在《唐五代两宋词选释》中评价这首词：若“晴空冰柱”，通体虚明，不着迹象，而含情无际。由汴而泗而江，心逐流波，愈行愈远，直到天末吴山，仍是愁痕点点，凌虚着想，音调复动宕入古。第四句用一“愁”字，而前三句皆化“愁”痕，否则汴泗交流，与人何涉耶！结句盼归时之人月同圆，昔日愁眼中山色江光，皆入倚楼一笑矣。

哭刘尚书梦得(其一)

四海齐名白与刘，百年交分两绸缪①。
同贫同病退闲日②，一死一生临老头③。
杯酒英雄君与操④，文章微婉我知丘⑤。
贤豪虽殁精灵在，应共微之地下游⑥。

注　释

① 绸缪(chóu móu):缠绵，指情意深厚。

② 退闲:退职闲居。

③ 一死一生:古代谚语云:"一死一生，乃见交情。"

④ 杯酒英雄:指刘备与曹操煮酒论英雄的典故。《三国志·蜀书·先主传》:"是时曹公从容谓先主(刘备)曰:'今天下英雄，唯使君与操耳。本初之徒，不足数也。'先主方食，失匕箸。"

⑤ 文章微婉:源自《左传·成公十四年》:"《春秋》之称，微而显，志而晦，婉而成章，尽而不污，惩而劝善。"知丘:丘，孔丘，孔子，这里指代刘禹锡。《孟子·滕文公下》:"孔子曰:知我者其唯《春秋》乎，罪我者其唯《春秋》乎?"

⑥ 微之:元稹，去世于唐文宗大和五年(831)，与刘禹锡亦为至交。

题 解

刘尚书梦得，即刘禹锡。唐武宗会昌二年（842），刘禹锡去世。刘禹锡是白居易志同道合的朋友，更是一生中最好的朋友。他的离世让白居易颇受打击异常悲痛，一度无法自已。会昌二年七月，他在洛阳写下了《哭刘尚书梦得》二首，这里选录了其中的一首。诗中表达了作者对晚年最后一位挚友的深切哀悼。

赏 析

刘禹锡与白居易早年相识，后同居洛阳，交往甚密。诗人一开始便陈述二人深厚的友情："四海齐名白与刘，百年交分两绸缪。"抬眼望去，诗坛里刘白齐名，两人的交往算得上情深义厚。"绸缪"表现朋友间的情意之缠绵，"绸缪"之前加上"百年交分"，显示出二人友情的深厚，也显示出在白居易的一生中，刘禹锡是最好的朋友。白氏《醉吟先生传》："退居洛下，（与）彭城刘梦得为诗友。"当时诗坛，刘白并称，二人有唱和诗集《刘白唱和集》。

接下来的四句叙述二人友情的基础："同贫同病退闲日，一死一生临老头。杯酒英雄君与操，文章微婉我知丘。"我们同时在洛阳任闲职，年近古稀，老病缠身，两位挚友同病相怜，心心相印。我和刘禹锡就像刘备与曹操那样煮酒论英雄，他的文章委婉如同孔子的《春秋》。诗人将自己和刘禹锡比作三国时煮酒论英雄的刘备与曹操，说明两人都是诗坛的集大成者，水平也是在伯仲之间，可谓惺惺相惜。把刘禹锡比作刘备与孔子这样的英雄与先贤，更是在赞扬刘禹锡的高贵品质与卓越才华。其实白居易引刘禹锡为终身好友，除了他们在诗文方面水平相当外，更是因为两人有着相同的政治抱负。

"贤豪虽殁精灵在，应共微之地下游。"刘禹锡这样的诗豪虽然离世，但英灵还在，应该是和元稹一起在另一个世界漫游。诗人以揣测的口吻认定刘禹锡虽然逝去但英灵还在，而且还和他的另一位好友元稹在另一个世界里结伴游玩。此时元稹去世已经十年，诗人依然怀念这位朋友，如今刘禹锡又离去了，诗人只能以臆测的方式表达对两位挚友的思念，对亡友的追忆与眷恋表达得淋漓尽致。

这首诗语言精练却饱含深情，诗人高度赞颂了刘禹锡的品格与才华，表达了深沉的眷恋，虽然读来悲怆却哀而不伤。

图书在版编目（CIP）数据

白居易诗歌赏析 / 马玮主编. — 北京 ：商务印书馆国际有限公司，2017.6（2024.4重印）
（中国古典诗词名家菁华赏析丛书）
ISBN 978-7-5176-0404-4

Ⅰ. ①白… Ⅱ. ①马… Ⅲ. ①白居易（772–846）–唐诗–诗歌欣赏 Ⅳ. ①I207.227.42

中国版本图书馆CIP数据核字(2017)第109127号

BAIJUYI SHIGE SHANGXI

白居易诗歌赏析

主　　编	马　玮
出版发行	商务印书馆国际有限公司
地　　址	北京市朝阳区吉庆里14号楼 佳汇国际中心A座12层
邮　　编	100020
电　　话	010–65592876（编校部） 010–65598498（市场营销部）
网　　址	www.cpi1993.com
印　　刷	北京中科印刷有限公司
开　　本	710mm × 1000mm　1/16
字　　数	335千字
印　　张	20.5
版　　次	2024年4月第1版第6次印刷
书　　号	ISBN 978-7-5176-0404-4
定　　价	39.80元